Über dieses Buch Die satirisch gefärbte Erzählung ›Glück‹, die 1920 der Erzählungssammlung ›Bliss and Other Stories‹ den Titel gab, erschien erstmals im August 1918 in der Literaturzeitschrift *The English Review.* Die Erzählung gehörte zu jenen, die Katherine Mansfield bekannt, wenn auch nicht gerade beliebt machten. »Jetzt ist sie erledigt«, schrieb Virginia Woolf über Katherine Mansfield. ›Glück‹ beschreibt Ekel und Abscheu vor dem Society-Getue und der albernen Geschraubtheit der Bloomsbury-Group. Die Erzählungen spielen in New Zealand, Paris und London, sie kehren in Andeutungen immer wieder zum Autobiographischen zurück. In einem Brief an Dorothy Brett schrieb Katherine Mansfield 1918: »Ich bin ein Schriftsteller, der sich um nichts kümmert als um das Schreiben – so fühle ich es jedenfalls. Wenn ich unter Leuten bin, fühle ich mich wie ein Arzt mit seinen Patienten – sehr mitfühlend, sehr am Fall interessiert, sehr begierig, daß sie mir alles erzählen, was sie können – aber was mich selbst angeht, sehr allein, sehr isoliert – ein merkwürdiger Zustand.«

Über die Autorin Katherine Mansfield, 1888 als Kathleen Beauchamps, Tochter eines englischen Bankiers, in Wellington, New Zealand, geboren. 1908 verließ sie endgültig die als provinziell empfundene überseeische Heimat und siedelte nach London um. Ein unstetes Leben begann, es war die Zeit des ›fin de siècle‹, dessen verführerisches Leben sie anzog: »O, ich will die Dinge auf die Spitze treiben!«, wie sie schon 1906 in ihr Tagebuch schrieb. Durch eine unglückliche Heirat fand dieses Leben ein Ende. Nach der Scheidung heiratete sie 1918 den Schriftsteller John Middleton Murry. Paris, London, Cornwall, die Provence waren Stationen eines unruhigen, ›unbürgerlichen‹ Daseins. Unheilbar an Tuberkulose erkrankt, suchte sie 1922 in Frankreich Hilfe, wo sie 1923 in der Nähe von Fontainebleau starb.
Die vollständige Ausgabe ihrer Erzählungen erscheint im Fischer Taschenbuch Verlag: ›Das Gartenfest‹ (Bd. 9269); ›Das Taubennest‹ (Bd. 9271); ›Etwas Kindliches, aber sehr Natürliches‹ (Bd. 9272); ›In einer deutschen Pension‹ (Bd. 9273); ›Das Leben sollte sein wie ein stetiges, sichtbares Licht‹. Briefe, Tagebücher, Kritiken. Mit einer biographischen Skizze von Elisabeth Schnack. Herausgegeben von Christel Schütz (Bd. 5739).

Katherine Mansfield
Glück

Erzählungen

Herausgegeben und übersetzt
von Elisabeth Schnack

Fischer
Taschenbuch
Verlag

Originaltitel: The Collected Stories of Katherine Mansfield
Verlag Constable, London 1945

18.–25. Tausend: September 1988

Ungekürzte Ausgabe
Veröffentlicht im Fischer Taschenbuch Verlag GmbH,
Frankfurt am Main, November 1982

Lizenzausgabe mit freundlicher Genehmigung der
Büchergilde Gutenberg, Frankfurt am Main

Die Originalausgabe erschien unter dem Titel
›The Collected Stories of Katherine Mansfield‹
im Verlag Constable, London 1945
Umschlaggestaltung: Buchholz/Hinsch/Hensinger
unter Verwendung des Gemäldes ›La Conversation à Arcachon‹
von Pierre Bonnard
(Musée du Petit Palais, Paris)

Druck und Bindung: Clausen & Bosse, Leck
Printed in Germany
ISBN 3-596-29270-0

Inhalt

Prélude

— — — — — — — — — — — — — — —

I.

Im Buggy war für Lottie und Kezia kein Zollbreit Platz. Als Pat sie mit Schwung aufs Gepäck hinaufhob, schwankten sie zu sehr; der Schoß ihrer Großmutter war auch schon beladen, und Linda Burnell hätte einen Plumpsack von Kind unmöglich auch nur das kleinste Wegstück auf den Knien halten können. Isabel thronte sehr überlegen neben dem neuen Faktotum auf dem Kutschbock. Plaidrollen, Schachteln und Taschen waren auf dem Boden aufgetürmt. »Völlig unentbehrliche Sachen, die ich keine Minute aus den Augen lassen werde«, erklärte Linda Burnell, und ihre Stimme zitterte vor Müdigkeit und Aufregung.

Lottie und Kezia standen in ihren Mänteln mit den goldenen Ankerknöpfen und den kleinen Tellermützen mit Matrosenbändern reisefertig gleich hinter dem Tor. Hand in Hand blickten sie mit ihren runden, ernsten Augen zuerst auf die völlig unentbehrlichen Sachen und dann auf ihre Mutter.

»Wir müssen sie eben hierlassen! Das ist die einzige Möglichkeit. Wir müssen sie einfach verstoßen!« sagte Linda Burnell. Ein seltsames kleines Lachen flatterte über ihre Lippen; sie lehnte sich mit geschlossenen Augen gegen die Lederpolsterung, und ihre Lippen zitterten vor Lachen. Glücklicherweise kam in diesem Augenblick auf dem Gartenweg Mrs. Samuel Josephs dahergewatschelt, die hinter dem Rouleau ihres Wohnzimmers das ganze Theater beobachtet hatte.

»Warum wollen Sie die Kinder nicht heute nachmittag bei mir lassen, Mrs. Burnell?« fragte sie mit einer Stimme, als wäre ihre Nase verstopft. »Sie können dann beim Rollkutscher auf dem Lieferwagen sitzen, wenn er heute abend kommt. Die Sachen hier auf dem Rasen sollen auch weg, nicht wahr?«

»Ja, alles vor dem Haus soll weg«, sagte Linda Burnell und deutete mit ihrer weißen Hand auf die Tische und Stühle, die auf dem Rasen Kopfstand machten. Wie komisch sie aussahen! Entweder müßten sie andersherum stehen, oder Lottie und Kezia müßten kopfstehen. Gar zu gern hätte sie gesagt: ›Steht kopf, Kinder, und wartet auf den Rollkutscher!‹ Das kam ihr so sagenhaft komisch vor, daß sie Mrs. Josephs nicht genügend Aufmerksamkeit schenken konnte. Die dicke, ächzende Frau beugte sich übers Gartentor, und ihr breites, wabbeliges Gesicht lächelte. »Sorgen Sie sich bloß nicht, Mrs. Burnell! Lottie und Kezia können mit meinen Kindern im Kinderzimmer Tee trinken, und nachher schaffe ich sie auf den Lieferwagen.«

Die Großmutter überlegte. »Ja, es ist wirklich das beste. Wir sind Ihnen sehr dankbar, Mrs. Josephs! Kinder, bedankt euch bei Mrs. Josephs!«

Eingeschüchtert piepste es: »Danke schön, Mrs. Josephs!«

»Und seid brave kleine Mädchen, hört ihr, und – kommt mal her –« Sie näherten sich. »Vergeßt nicht, es Mrs. Josephs zu sagen, wenn ihr ...«

»Ja, Oma.«

»Sorgen Sie sich nicht, Mrs. Burnell!«

Im letzten Augenblick ließ Kezia Lotties Hand los und schoß auf den Buggy zu.

»Ich möchte meiner Oma noch einen Abschiedskuß geben!«

Aber sie kam zu spät; der Buggy rollte schon die Straße hinauf; Isabel platzte vor Stolz und blickte hochmütig auf die ganze Welt hinunter; und die Großmutter wühlte in ihrem schwarzseidenen Pompadour zwischen allem erdenklichen Kram herum, den sie in der letzten Minute eingesteckt hatte, um ihrer Tochter etwas zu geben. Der Buggy fuhr durch Sonnenschein und feinen goldenen, über die Anhöhe funkelnden Staub und war weg. Kezia biß sich auf die Lippe, Lottie aber stieß, nachdem sie zuerst sorgsam ihr Taschentuch hervorgesucht hatte, ein Jammergeschrei aus.

»Mutter! Oma!«

Mrs. Samuel Josephs umarmte sie wie ein großer, schwarzseidener Teewärmer.

»Laß nur, meine Kleine! Sei ein liebes Kind! Kommt und spielt im Kinderzimmer!«

Sie legte den Arm um die weinende Lottie und führte sie vom Tor weg. Kezia folgte ihnen und schnitt Mrs. Josephs' Rockschlitz eine Fratze: er stand, wie üblich, mal wieder offen, und zwei lange rosa Korsettbänder baumelten heraus. Lottie hörte auf zu weinen, als sie die Treppe hinaufstieg; aber in der Tür zum Kinderzimmer bot sie mit ihren verschwollenen Augen und der aufgequollenen Nase einen Anblick, den die Josephs-Kinder sehr genossen: sie saßen auf zwei Bänken vor einem langen, mit Wachstuch überzogenen Tisch, auf dem riesige Schüsseln mit Schmalzbroten und zwei braune, leicht dampfende Krüge standen.

»Hallo! Du hast geheult!«

»Uiiih, deine Augen sind ganz klein geworden!«

»Wie komisch ihre Nase aussieht!«

»Du bist ganz verfleckt!«

Lottie erregte Aufsehen. Sie spürte es und lächelte, schüchtern, aber stolz.

»Komm, setz dich schön zu Zaidee, mein Häschen«, sagte Mrs. Samuel Josephs, »und du, Kezia, setz dich ans Ende neben Moses!«

Moses griente und gab Kezia einen Knuff, als sie sich setzte, aber sie tat, als merke sie es nicht. Sie konnte Jungen nicht ausstehen.

»Was möchtest du lieber«, fragte Stanley, lehnte sich sehr höflich über den Tisch und lächelte ihr zu, »womit willst du anfangen: mit Erdbeeren und Sahne oder mit Schmalzbrot?«

»Erdbeeren und Sahne, bitte!«

»Hahaha«, lachten sie alle und hämmerten mit den Löffeln auf den Tisch. Wie sie reingefallen war! Und wie! Hatte sie gehörig angeführt, der gute alte Stan!

»Ma, sie hat geglaubt, ich mein's im Ernst!«

Sogar Mrs. Josephs, die Milch und Wasser einschenkte, mußte lächeln. »Ihr müßt sie nicht an ihrem letzten Tag noch veräppeln!« schniefte sie.

Aber Kezia biß einen großen Happen aus ihrem Schmalzbrot und stellte es dann hochkant auf ihren Teller. Mit der herausgebissenen Stelle bildete es ein niedliches kleines Tor. Pah! Ihr war's egal! Eine Träne kullerte ihr die Wange hinunter, aber weinen tat sie nicht. Vor den greulichen Josephs-Kindern hätte sie nicht weinen können. Sie saß mit gesenktem Kopf da, und als die Träne langsam hinuntersikkerte, fing sie sie mit einem geschickten Drüberwegwischen ihrer Zungenspitze ein und verschluckte sie, ehe nur einer von ihnen sie gesehen hatte.

II.

Nach dem Tee schlenderte Kezia wieder in ihr Elternhaus. Langsam ging sie die Hoftreppe hinauf und durch die Spülkammer in die Küche. Nichts war dringeblieben als ein Stück fleckiger gelber Sandseife in der einen Ecke vom Fensterbrett und ein Lappen mit einem Waschblaubeutel in der andern Ecke. Der Herd war mit Müll vollgestopft. Sie stocherte darin herum, fand aber nichts als eine Haartüte mit draufgemalten Herzen, die dem Dienstmädchen gehört hatte. Auch die ließ sie liegen und trödelte über den engen Durchgang ins Wohnzimmer. Die Jalousie war heruntergelassen, aber nicht ganz geschlossen. Lange, bleistiftdünne Sonnenbahnen fielen hindurch, und der flackernde Schatten eines Strauchs vor dem Fenster tanzte auf den goldenen Strichen. Mal war er still, mal flatterte er wieder, und jetzt reichte er fast bis auf ihre Füße. Summ-summ! Eine Schmeißfliege prallte gegen die Decke. An den Teppichstiften hafteten noch rote Flaumflocken.

Das Eßzimmerfenster wies in jeder Ecke ein Viereck aus Buntglas auf. Das eine war blau, und das andre war gelb. Kezia bückte sich, um noch ein letztesmal blauen Rasen mit blauen Kallalilien am Tor zu betrachten, und dann gelben Rasen mit gelben Lilien und einen gelben Zaun. Während sie hindurchschaute, erschien die kleine Chinesenlottie auf dem Rasen und begann die Tische und Stühle mit einem Zipfel ihrer Schürze abzustauben. War das wirklich Lottie? Kezia war nicht ganz sicher, bis sie durch die gewöhnliche Glasscheibe gespäht hatte. Oben im Elternschlafzimmer fand sie eine Pillenschachtel, die außen blank und schwarz und innen rot war und einen Wattebausch enthielt.

›In der könnte ich ein Vogelei aufbewahren‹, fand sie.
Im Dienstbotenzimmer steckte ein Korsettknopf in einer Fußbodenritze, und in einer andern waren Glasperlchen und eine lange Nadel. Sie wußte, daß sie in Großmutters Zimmer nichts finden würde, denn sie hatte ihr beim Packen zugeschaut. Sie ging ans Fenster, lehnte sich dagegen und drückte die Hände auf die Scheibe.
Es gefiel ihr, so am Fenster zu stehen. Es gefiel ihr, das kühle, schimmernde Glas unter ihren heißen Handflächen zu spüren und die komischen weißen Stellen auf den Fingerspitzen zu beobachten, wenn sie sie fest gegen die Scheibe drückte. Während sie so dastand, verflackerte der Tag, und die Dunkelheit brach an. Und mit der Dunkelheit stahl sich winselnd und jammernd der Wind hervor. Die Fenster des leeren Hauses zitterten, in den Wänden und Böden knarrte es, und auf dem Dach klapperte einsam ein loses Stück Blech. Kezia war plötzlich sehr, sehr still: sie hatte die Augen weit aufgerissen und die Knie zusammengepreßt. Sie fürchtete sich. Sie wollte Lottie rufen und hätte am liebsten dauernd nach ihr gerufen, während sie treppab und aus dem Haus lief. Aber das ETWAS war dicht hinter ihr, wartete an der Tür und am Treppenabsatz und am Fuß der Treppe, versteckte sich im Durchgang und wollte zur Hoftür hinausstürzen. Aber auch Lottie war an der Hoftür.
»Kezia!« rief sie vergnügt. »Der Rollkutscher ist da! Alles ist auf dem Lieferwagen – mit den drei Pferden davor, Kezia! Mrs. Josephs hat uns einen großen Schal gegeben, in den wir uns einwickeln sollen, und sie sagt, du sollst deinen Mantel zuknöpfen. Sie kommt nicht nach draußen, weil sie Asthma hat.«
Lottie tat sehr wichtig.
»Also jetzt, ihr Krabben!« rief der Rollkutscher. Er steckte seine großen Daumen unter ihre Achseln und schwenkte sie hinauf. Lottie drapierte den Schal sehr ›kunstvoll‹, und der Rollkutscher packte ihre Füße in eine alte Pferdedecke ein.
»Die Beinchen hoch! Immer sachte!«
Sie hätten ebensogut zwei junge Ponys sein können. Der Rollkutscher prüfte die Stricke, die seine Ladung festhielten,

löste die Bremskette vom Rad und schwang sich pfeifend zu ihnen hinauf.
»Bleib dicht neben mir«, sagte Lottie, »sonst ziehst du mir den Schal an der Seite weg, Kezia!«
Aber Kezia rutschte zum Kutscher. Er ragte wie ein Riese neben ihr auf und roch nach Nüssen und neuen Holzkisten.

III.

Es war das erstemal, daß Lottie und Kezia noch so spät draußen waren. Alles sah anders aus. Die farbigen Holzhäuser waren viel kleiner als bei Tage und die Gärten viel größer und wilder. Helle Sterne waren über den Himmel gesprenkelt, und der Mond stand über dem Hafen und betupfte die Wellen mit Gold. Sie konnten den Leuchtturm sehen, der von der Quarantäneinsel herschimmerte, und die grünen Lichter auf den alten, abgetakelten Kohlefrachtern.
»Da kommt das Schiff von Picton«, sagte der Rollkutscher und deutete auf einen kleinen, ganz mit bunten Lämpchen behangenen Dampfer.
Doch als sie oben auf der Höhe angelangt waren und auf der andern Seite bergab fuhren, verschwand der Hafen, und obwohl sie noch immer in der Stadt waren, kannten sie sich nicht mehr aus. Andere Wagen ratterten an ihnen vorbei. Jeder kannte den Rollkutscher.
»Gute Nacht, Fred!«
»Gute Nacht!« rief er.
Kezia hörte ihm gern zu. Jedesmal, wenn in der Ferne ein Wagen erschien, blickte sie hoch und wartete auf sein Rufen. Er war ein alter Freund von ihnen; mit ihrer Großmutter war sie oft bei ihm gewesen, um Weintrauben zu kaufen. Der Rollkutscher wohnte ganz allein in einem Häuschen, an dessen eine Wand er ein Treibhaus gebaut hatte. Innen spannte und wölbte sich ein einziger wunderschöner Weinstock über das ganze Treibhaus. Er nahm ihr den braunen Korb ab und legte ihn mit drei großen Weinblättern aus; dann tastete er in seinem Gürtel nach einem kleinen Hornmesser und langte hoch, schnippte eine große blaue Traube ab und

legte sie so liebevoll auf die Blätter, daß Kezia beim Zuschauen den Atem anhielt. Er war sehr groß und trug braune Kordsamthosen, und er hatte einen langen braunen Bart. Aber einen Kragen trug er nie, nicht mal am Sonntag. Sein Nacken war von der Sonne knallrot gebrannt.
Alle paar Minuten fragte eins von den Kindern die gleiche Frage.
»Ach, das ist die Hawk Street – oder der Charlotte-Crescent?«
»Natürlich!« Bei diesem Namen spitzte Lottie die Ohren: sie hatte immer gefunden, daß der Charlotte-Crescent ganz besonders ihr gehöre. Nicht viele Leute hießen ebenso wie eine Straße.
»Schau mal, Kezia, dort ist der Charlotte-Crescent! Sieht er nicht ganz anders aus?« Jetzt hatten sie alles Altvertraute hinter sich gelassen. Der große Rollwagen ratterte nun durch eine unbekannte Gegend längs neuer Straßen mit hohen Böschungen auf jeder Seite, steile, steile Anhöhen hinauf und tief hinunter in Täler mit Gesträuch und durch breite, seichte Bäche. Weiter und weiter. Lotties Kopf wackelte; sie sank zusammen, rutschte halb auf Kezias Schoß und blieb dort liegen. Kezia aber konnte die Augen nicht weit genug aufreißen. Der Wind blies, und sie zitterte, doch die Wangen und Ohren brannten ihr.
»Werden die Sterne manchmal herumgepustet?« fragte sie.
»Mir nicht bekannt«, sagte der Rollkutscher.
»Ein Onkel und eine Tante von uns wohnen ganz in der Nähe von unserm neuen Haus«, erzählte Kezia. »Sie haben zwei Kinder, der ältere heißt Pip, und der jüngere heißt Rags. Er hat einen Schafbock, den füttert er aus einer Emailteekanne mit einem Handschuhfinger über der Tülle. Er will's uns vormachen. Was ist der Unterschied zwischen einem Bock und einem Schaf?«
»Na, ein Bock hat Hörner, und damit geht er auf einen los.«
Kezia wurde nachdenklich. »Eigentlich möchte ich ihn nicht so besonders gern sehen«, sagte sie. »Ich kann Tiere nicht leiden, die auf einen losgehen, sogar Kamele, und wenn sie losrennen, wird der Kopf rie-sen-groß!«

Der Rollkutscher sagte nichts. Kezia linste zu ihm hinauf und verdrehte die Augen. Dann streckte sie die Finger aus und strich über seinen Ärmel; er fühlte sich haarig an. »Sind wir bald da?« fragte sie.
»Jetzt ist's nicht mehr weit«, antwortete der Rollkutscher. »Bist du müde?«
»Oh, ich bin nicht die kleinste Spur schläfrig«, sagte Kezia. »Aber meine Augen klappen immer so komisch zu.« Sie stieß einen tiefen Seufzer aus und schloß die Augen, damit sie nicht länger zuklappten ... Als sie sie wieder öffnete, rasselten sie durch eine Zufahrt, die den Garten so gerade wie ein Peitschenhieb durchschnitt und sich plötzlich um eine Roseninsel kringelte, hinter der — aber erst, wenn man hinkam — das Haus sichtbar wurde. Es war langgestreckt und niedrig, hatte eine Veranda auf Pfosten und ringsherum einen Balkon. Wie ein schlafendes Tier hatte es sich weich und weiß und behäbig im grünen Garten ausgestreckt. Und dann flammte erst eins und dann noch ein anderes Licht in den Fenstern auf. Jemand ging mit einer Lampe durch die leeren Räume. Aus dem Fenster zu ebener Erde flackerte das Licht des Kaminfeuers. Eine merkwürdig schöne Erregung schien wie in zitternden Wellchen von dem Haus auszugehen.
»Wo sind wir?« fragte Lottie und richtete sich auf. Ihre Matrosenmütze war ganz auf die Seite gerutscht, und auf ihrer Wange war der Abdruck eines Ankerknopfs, auf dem sie im Schlaf gelegen hatte. Behutsam hob der Rollkutscher sie herunter, schob ihre Mütze gerade und zog ihr zerknülltes Kleid zurecht. Blinzelnd stand sie auf der untersten Verandastufe und sah, wie Kezia anscheinend durch die Luft auf sie zugeflogen kam.
»Hu!« rief Kezia und warf die Arme hoch. Aus der dunklen Halle kam ihre Großmutter mit einer Lampe in der Hand.
Sie lächelte.
»Habt ihr euch im Dunkeln zurechtgefunden?« fragte sie.
»Sehr gut!«
Aber Lottie torkelte auf der untersten Verandastufe wie ein Vogel, der aus dem Nest gefallen ist. Wenn sie eine Sekunde

stillstand, schlief sie ein; wenn sie sich irgendwo anlehnte, fielen ihr die Augen zu. Sie konnte keinen Schritt weiter.
»Kezia«, fragte die Großmutter, »kann ich dir die Lampe anvertrauen?«
»Ja, Oma.«
Die alte Frau bückte sich und gab ihr das helle, atmende Ding zu halten, und dann hob sie die schlaftrunkene Lottie auf. »Hier entlang!«
Es ging durch einen viereckigen Flur mit Ballen und Hunderten von Papageien (die aber bloß auf der Tapete waren), dann einen engen Gang entlang, wo die Papageien immer noch durchaus an Kezia und ihrer Lampe vorbeifliegen wollten. »Seid sehr leise!« ermahnte sie die Großmutter, stellte Lottie ab und machte die Eßzimmertür auf. »Die arme kleine Mutter hat solche Kopfschmerzen!«
Linda Burnell lag vor einem prasselnden Feuer auf einem Liegestuhl, hatte die Füße auf einem Fußpolster und eine Wolldecke über den Knien. Stanley Burnett und Beryl saßen am Tisch in der Zimmermitte; sie aßen gebratene Koteletts und tranken Tee aus einer braunen Porzellankanne. Isabel beugte sich über die Rückenlehne des Liegestuhls, auf dem ihre Mutter lag. Sie hatte einen Kamm in der Hand, und mit sanfter Hingabe kämmte sie ihrer Mutter die Locken aus der Stirn. Außerhalb des Lichtkreises, den die Lampe und der Flammenschein bildeten, dehnte sich das Zimmer dunkel und leer bis zu den kahlen Fenstern.
»Sind die Kinder da?« fragte Linda, aber im Grunde war es ihr gleichgültig; sie schlug nicht einmal die Augen auf, um nachzuschauen.
»Stell die Lampe hin, Kezia«, sagte Tante Beryl, »sonst steht das Haus in Flammen, ehe wir die Kisten ausgepackt haben. Noch etwas Tee, Stanley?«
»Ja, du könntest mir noch fünf Achtel von der Tasse einschenken«, erwiderte Stanley und beugte sich über den Tisch. »Nimm noch ein Kotelett, Beryl! Prima Fleisch, was? Nicht zu mager und nicht zu fett.« Er wandte sich seiner Frau zu. »Hast du noch immer keine Lust darauf, Liebling?«
»Beim bloßen Gedanken daran wird mir schon übel!« Sie

zog eine Augenbraue in die Höhe, wie es ihre Gewohnheit war. Die Großmutter brachte Brot und Milch für die Kinder, und sie setzten sich rotwangig und schläfrig an den Tisch.
»Ich habe Fleisch zum Abendbrot bekommen«, sagte Isabel und kämmte behutsam weiter. »Ein ganzes Kotelett habe ich bekommen, mit Knochen und Worcestersauce und allem, nicht wahr, Vater?«
»Ach, prahl nicht so, Isabel!« sagte Tante Beryl.
Isabel machte ein verdutztes Gesicht. »Ich hab' ja gar nicht geprahlt, nicht wahr, Mama? Mit keinem Gedanken! Ich habe nur geglaubt, daß es sie interessiert. Wollt's ihnen nur erzählen.«
»Also gut – das genügt jetzt!« sagte Stanley Burnell. Er schob seinen Teller zurück, nahm einen Zahnstocher aus der Tasche und begann in seinen kräftigen weißen Zähnen herumzustochern.
»Könntest du zusehen, daß Fred in der Küche ein bißchen zu essen bekommt, ehe er zurückfährt, Mutter?«
»Ja, Stanley.« Die alte Frau wandte sich zum Gehen.
»Oh, warte einen Moment! Vermutlich weiß niemand, wo meine Hausschuhe hingeraten sind? Vermutlich werde ich sie ein, zwei Monate nicht auftreiben können, was?«
»Doch«, ertönte Lindas Stimme. »Ganz oben im Reisesack! ›Dringend Nötiges!‹ steht außen drauf.«
»Ach, könntest du sie mir wohl bringen, Mutter?«
»Ja, Stanley.«
Burnell stand auf, reckte sich und ging zum Kamin; er stellte sich mit dem Rücken ans offene Feuer und hob seine Rockschöße hoch.
»Das ist, weiß Gott, eine schöne Bescherung, was, Beryl?«
Beryl trank, die Ellbogen aufgestützt, in kleinen Schlückchen ihren Tee und lächelte ihm über die Tasse hinweg zu. Sie trug eine ungewohnte rote Schürze; die Ärmel ihrer Bluse waren bis zu den Schultern aufgekrempelt, so daß die schönen, sommersprossigen Oberarme frei blieben; das Haar fiel ihr in einem langen Zopf über den Rücken.
»Wie lange, meinst du, wird es dauern, bis alles in Ordnung ist? Ein paar Wochen, was?« neckte er sie.

»Gott im Himmel, nein!« entgegnete Beryl obenhin. »Das Schlimmste haben wir schon hinter uns. Wir haben einfach den ganzen Tag geschuftet, das Mädchen und ich, und sowie Mutter herkam, hat sie sich auch gleich wie ein Pferd abgerackert. Wir haben uns keine Minute hingesetzt. Für einen Tag hatten wir genug.«

Stanley hörte den Vorwurf heraus.

»Du wirst doch wohl nicht erwartet haben, daß ich aus dem Büro stürze und hier die Teppiche auslege, was?«

»Sicher nicht«, lachte Beryl. Sie stellte ihre Tasse hin und lief aus dem Eßzimmer.

»Was, zum Teufel, erwartet sie denn?« rief Stanley. »Daß sie sich hinsetzen und mit einem Palmblattfächer fächeln kann, während ich die Arbeit von einer Schar Handwerker erledigen lasse? Meine Güte, wenn sie nicht mal ein bißchen Hand anlegen kann, ohne deswegen ein großes Gezeter anzustimmen ...« Und er stierte vor sich hin, während sich in seinem empfindlichen Magen die Koteletts gegen den Tee auflehnten. Aber Linda hob die Hand und zog ihn zu sich herunter, neben ihren Liegestuhl.

»Es ist eine schlimme Zeit für dich, mein Lieber«, sagte sie. Ihre Wangen waren sehr blaß, aber sie lächelte und kuschelte ihre Finger in seine große rote Hand. Burnell beruhigte sich. Plötzlich begann er zu pfeifen: ›So lilienrein und froh und frei‹ – ein gutes Zeichen.

»Meinst du, daß dir's hier gefallen wird?« fragte er.

»Ich will ja nicht petzen, Mutter, aber ich muß es dir doch sagen«, flüsterte Isabel. »Kezia trinkt Tee aus Tante Beryls Tasse!«

IV.

Sie wurden von der Großmutter zu Bett gebracht. Mit einer Kerze ging sie vorneweg, und die Treppenstufen hallten von ihren Schritten. Isabel und Lottie lagen in einem Zimmer für sich, und Kezia schmiegte sich in das weiche Bett ihrer Großmutter.

»Haben wir keine weiße Bettwäsche, Oma?«

»Nein, heute nacht nicht.«
»Es kitzelt«, sagte Kezia, »aber es ist wie bei den Indianern.« Sie zog ihre Großmutter zu sich herunter und küßte sie unter das Kinn. »Komm bald ins Bett und sei ein tapferer Indianer!«
»Was für ein Dummchen du bist!« sagte die alte Frau und stopfte die Decke ringsum so fest, wie Kezia es gern hatte.
»Läßt du mir keine Kerze hier?«
»Nein! Pst! Schlaf ein!«
»Aber die Tür kannst du doch offenlassen, bitte!«
Sie rollte sich zu einer Sechs zusammen, schlief aber nicht ein. Überall im Haus waren Schritte zu hören. Auch das Haus selbst knarrte und knackte. Von unten drang lautes Getuschel herauf. Einmal hörte sie, wie Tante Beryl hell auflachte, und ein andermal hörte sie den scharfen Trompetenton, mit dem sich ihr Vater die Nase putzte. Draußen vor dem Fenster hockten viele hundert schwarze Katzen mit gelben Augen am Himmel und beobachteten sie – aber sie fürchtete sich nicht. Lottie sagte gerade zu Isabel: »Heute sage ich mein Nachtgebet im Bett auf.«
»Nein, das darfst du nicht, Lottie!« Isabel blieb fest. »Gott erlaubt Gebete im Bett bloß, wenn man Fieber hat.« Lottie gab also nach:

»Ich bin klein,
mein Herz ist rein,
soll niemand drin wohnen
als Jesus allein.«

Und dann lagen sie Rücken an Rücken, daß ihre kleinen Popos sich gerade noch berührten, und schliefen ein.

Beryl Fairfield stand mitten im Mondschein und zog sich aus. Sie war müde, aber sie tat so, als wäre sie noch müder, als sie es in Wirklichkeit war: sie ließ die Kleider herunterfallen und schob ihr warmes, schweres Haar mit einer lässigen Handbewegung zurück.
»Oh, wie müde bin ich, wie müde!«

Sie schloß einen Moment die Augen, aber ihre Lippen lächelten. Ihre Brust hob und senkte sich beim Atmen wie unter zwei fächelnden Schwingen. Das Fenster stand weit offen; es war warm, und irgendwo draußen im Garten schlich ein schlanker junger Mann mit spitzbübischen Augen durch die Büsche und pflückte einen großen Strauß Blumen, schlüpfte unter ihr Fenster und hielt die Blumen zu ihr hinauf. Im Geist sah sie, wie sie sich hinausbeugte. Er steckte seinen Kopf zwischen die hellen, wachsweißen Blüten und lächelte listig.

»Nein, nein«, sagte Beryl. Sie wandte sich vom Fenster ab und warf sich das Nachthemd über den Kopf.

›Wie schrecklich unvernünftig Stanley manchmal ist‹, dachte sie beim Zuknöpfen. Und als sie sich dann hinlegte, meldete sich der alte Gedanke wieder, der grausame Gedanke: ›Ach, wenn ich doch eigenes Geld hätte!‹

Ein furchtbar reicher junger Mann ist gerade aus England eingetroffen. Er lernt sie ganz zufällig kennen ... Der neue Gouverneur ist unverheiratet ... Im Gouverneurshaus wird ein Ball veranstaltet ... Wer ist das entzückende Geschöpf in nilgrüner Atlasseide? Beryl Fairfield ...

»Was mir besonders gefällt«, sagte Stanley, lehnte sich an die Bettkante und kratzte sich tüchtig an Schultern und Rükken, ehe er ins Bett stieg, »das ist der Gedanke, daß ich das Haus so spottbillig bekommen habe, Linda. Ich habe heute mit dem kleinen Wally Bell darüber gesprochen, und er konnt's einfach nicht begreifen, warum mein Angebot angenommen wurde. Das Land hierherum wird nämlich immer wertvoller ... in etwa zehn Jahren ... natürlich müssen wir es sachte angehen lassen und die Ausgaben soweit wie möglich einschränken. Du schläfst doch wohl nicht, was?«

»Nein, Liebster, ich habe jedes Wort gehört«, sagte Linda.

Er stieg ins Bett, beugte sich über sie und blies das Licht aus.

»Gute Nacht, Herr Geschäftemacher!« sagte sie, nahm seinen Kopf bei den Ohren und gab ihm einen schnellen Kuß. Ihre leise, verträumte Stimme schien wie aus einem tiefen Brunnenschacht zu kommen.

»Gute Nacht, Liebling!« Sein Arm glitt unter ihren Nacken, und er zog sie zu sich heran.
»Ja, halt mich fest!« sagte die leise Stimme aus dem tiefen Brunnenschacht.

Das Faktotum Pat rekelte sich in seiner kleinen Kammer hinter der Küche. Schwammbeutel und Jacke und Hose hingen wie ein Gehenkter am Türhaken. Unter der Wolldecke schauten seine krummen Zehen hervor, und auf dem Fußboden neben ihm stand ein leerer Vogelkäfig aus Peddigrohr. Alles zusammen war die reinste Karikatur.
»Ronk! Ronk!« schnurgelte das Dienstmädchen. Sie hatte Polypen in der Nase.
Die letzte, die sich schlafen legte, war die Großmutter.
»Was? Bist du noch nicht eingeschlafen?«
»Nein, ich habe auf dich gewartet«, sagte Kezia. Die alte Frau seufzte und legte sich neben sie. Kezia steckte den Kopf unter den Arm ihrer Großmutter und machte: »Piep!« Aber die Großmutter drückte sie nur leise an sich, seufzte wieder, nahm ihr Gebiß heraus und legte es in ein Glas Wasser, das neben ihr auf dem Fußboden stand.
Im Garten kauerten Zwergeulen auf den Zweigen eines Stinkbaumes und riefen: ›Mord-Mord! Mord-Mord!‹ Und weit weg im Busch schnatterte es heiser und hastig: ›Hahaha! Hahaha!‹

V.

Die Morgendämmerung brach beißend kühl an – mit roten Wolken am blaßgrünen Himmel und Wassertropfen auf jedem Blatt und Halm. Eine Brise wehte über den Garten hin, so daß Tau und Blütenblätter heruntertropften, lief fröstelnd über die feuchten Pferdekoppeln und verlor sich im düsteren Buschwald. Ein paar winzige Sterne schwebten einen Augenblick am Himmel und verschwanden – aufgelöst wie Seifenblasen. Und deutlich vernehmbar drang durch die frühe Morgenstille das Murmeln des Baches: in der Koppel rieselte er über braune Steine, rannte in sandige Kuhlen hinein und wieder heraus, versteckte sich unter Gruppen dunkler Beerensträucher und ergoß sich in einen Sumpf aus Wasserkresse und gelber Iris.

Und dann, beim ersten Sonnenstrahl, fingen die Vögel an. Große, freche Vögel, die Stärlinge und Hirtenstare, pfiffen auf dem Rasen, und die kleineren Vögel, Goldammern und Fliegenschnäpper und Hänflinge, flitzten von Ast zu Ast. Ein herrlicher Eisvogel saß auf dem Zaun der Koppel und putzte seine prunkende Schönheit, und ein Priestervogel sang seine drei Töne und lachte und sang sie noch einmal.

›Wie laut die Vögel sind!‹ sagte Linda in ihrem Traum. Sie ging gerade mit ihrem Vater über eine grüne, mit Margeriten besternte Koppel. Plötzlich bückte er sich, schob die Grashalme auseinander und zeigte ihr dicht vor ihren Füßen ein winziges Flaumbällchen. ›O Papa, wie süß!‹ Sie fing den winzigen Vogel in ihrer Handmuschel und strich ihm mit dem Finger über den Kopf. Er war ganz zahm. Doch dann passierte etwas sehr Komisches. Während sie ihn streichelte, begann er aufzuquellen und sich aufzuplustern und aufzublasen, er wurde größer und immer größer, und seine runden Augen schienen ihr verständnisvoll zuzulächeln. Jetzt konnte sie ihre Arme kaum noch weit genug spannen, um ihn zu halten, und sie ließ ihn in ihre Schürze plumpsen. Er war ein Baby geworden, ein Baby mit einem großen, kahlen Kopf und aufgesperrtem Vogelschnabel, der sich öffnete und schloß. Lindas Vater brach in ein lautes, schepperndes Gelächter aus, und sie erwachte und sah Stanley am Fenster stehen, wo er die Jalousie rasselnd ganz hoch hinaufzog.

»Hallo!« sagte er. »Hab' dich hoffentlich nicht geweckt? Das Wetter scheint heute früh gar nicht so übel zu sein.«

Er war ungeheuer vergnügt. Ein Tag wie der heutige setzte das Siegel unter seinen Kaufvertrag. Ihm war, als hätte er auch den schönen Tag mitgekauft, und obendrein spottbillig, als Dreingabe zu Haus und Gelände. Er stürmte ins Bad, und Linda drehte sich um und stützte sich auf den Ellbogen, um das Zimmer bei Tageslicht zu betrachten. Alle Möbelstücke waren untergebracht worden – all das alte Zubehör, wie sie es nannte. Sogar die Photographien standen auf dem

Kaminsims und die Medizinflaschen auf dem Bord über der Waschkommode. Ihre Kleidungsstücke hingen auf der Stuhllehne, ihre Ausgehsachen: ein violetter Umhang und ein runder Hut mit einer Feder darauf. Sie sah sie an und wünschte dabei, daß sie auch dieses Haus verlassen könnte. Und sie sah sich in einem kleinen Buggy wegfahren, weg von allem, weg von all und jedem, ohne auch nur zu winken.
Stanley kam mit einem um die Hüften geknoteten Handtuch zurück, glühend vom Bad, und klatschte sich auf die Schenkel. Er warf das Handtuch auf ihren Hut und Umhang, pflanzte sich genau in die Mitte eines Sonnenvierecks und begann mit seiner Gymnastik: tief atmen, bücken, wie ein Frosch kauern und die Beine wegschleudern. Er war so begeistert über seinen festen, fügsamen Körper, daß er sich auf die Brust schlug und laut »Ah!« sagte. Doch seine erstaunliche Energie schien ihn weltweit von Linda zu entfernen. Sie lag auf dem weißen, zerwühlten Bett und schaute ihm wie von einem Wolkengebirge aus zu.
»Oh, verflixt! Oh, verdammt!« rief Stanley, der in ein frisches weißes Hemd vorstieß und zu spät entdeckte, daß irgendein Dummkopf das Kragenbörtchen zugeknöpft hatte und er gefangen war. Er stelzte zu Linda hinüber und schwenkte die Arme.
»Du siehst wie ein großer, fetter Truthahn aus«, sagte sie.
»Fett? Hör dir das an!« rief Stanley. »Ich habe keinen Quadratzoll Fett auf mir! Fühle mal!«
»Wie Stein — wie Eisen!« verspottete sie ihn.
»Du würdest dich wundern«, erzählte Stanley, als wäre es furchtbar interessant, »wieviel Leute im Klub ein Embonpoint haben! Und zwar junge Leute — Männer in meinem Alter!« Er begann sein struppiges rotes Haar zu scheiteln und hatte dabei die blauen Augen groß und starr auf den Spiegel geheftet und die Knie gekrümmt, weil die Frisierkommode — hol's der Kuckuck! — ein bißchen zu niedrig für ihn war. »Zum Beispiel der kleine Wally Bell!« Er richtete sich auf und beschrieb mit der Haarbürste eine ungeheure Wölbung vor seinem eigenen Bauch. »Ich muß gestehen, mir graut vor ...«

»Mach dir keine Sorgen, mein Lieber! Du wirst nie dick werden! Dafür bist du viel zu lebhaft!«
»Ja, ja, das stimmt vermutlich«, sagte er – zum hundertstenmal beruhigt – und nahm ein Perlmuttermesser aus der Tasche, um sich die Nägel zu schneiden.
»Frühstück, Stanley!« Beryl stand vor der Tür. »O Linda, Mutter sagt, du sollst noch nicht aufstehen!« Sie steckte den Kopf zur Tür herein. In ihrem Haar saß eine große Fliederdolde.
»Alles, was wir gestern abend auf der Veranda zurückgelassen hatten, war heute früh buchstäblich triefend naß. Du solltest mal unsre liebe Mutter sehen, wie sie die Tische und Stühle auswringt! Es ist aber kein Schaden entstanden . . .«, dies mit dem knappsten Seitenblick auf Stanley.
»Hast du Pat gesagt, daß er rechtzeitig mit dem Buggy vorfahren soll? Zum Büro sind's fast zwölf Kilometer!«
›Ich kann mir vorstellen, wie der frühe Aufbruch zum Büro sich auswirken wird‹, dachte Linda. ›Alles unter Hochdruck.‹
»Pat! Pat!« hörte sie das Dienstmädchen rufen. Aber Pat war offensichtlich schwer zu finden; die alberne Stimme setzte ihr ›Mäh-mäh!‹ im Garten fort. Linda kam erst wieder zur Ruhe, als das endgültige Zuschlagen der Haustür ihr verriet, daß Stanley wirklich weg war.
Später hörte sie ihre Kinder im Garten spielen. Lotties hartnäckige, durchdringende kleine Stimme rief: »Kezia! Isabel!« Immer verirrte sie sich oder verlor die andern aus den Augen, um sie dann zu ihrer großen Überraschung hinter dem nächsten Baum oder der nächsten Ecke zu finden. »Oh, da seid ihr endlich!« Nach dem Frühstück waren sie mit der Ermahnung hinausgeschickt worden, nicht eher ins Haus zu kommen, als bis sie gerufen wurden. Isabel karrte eine ganze Wagenladung affektierter Puppen vor sich her, und als große Vergünstigung war es Lottie erlaubt worden, nebenherzugehen und den Puppensonnenschirm über das Gesicht der Wachspuppe zu halten.
»Wohin gehst du, Kezia?« fragte Isabel, die sich gar zu gern eine leichte, gewöhnliche Dienstleistung für Kezia ausgedacht hätte, um sie unter ihre Knute zu bringen.

»Oh, bloß ein bißchen weg ...«, antwortete Kezia.
Danach hörte Linda die Kinder nicht mehr. Was für ein grelles Licht im Zimmer war! Zu jeder Tageszeit verabscheute sie es, wenn die Jalousien ganz hinaufgezogen waren, aber frühmorgens war es unerträglich. Sie drehte sich zur Wand um; lässig zog sie mit dem Finger einen Mohn auf der Tapete nach, Blatt und Stengel und eine dicke, aufplatzende Knospe. In der Stille schien der Mohn unter ihrem nachziehenden Finger lebendig zu werden. Sie spürte sie förmlich: die klebrigen, seidigen Blütenblätter, den wie eine Stachelbeere behaarten Stiel, das rauhe Blatt und die pralle, glänzende Knospe. Gewisse Dinge hatten es an sich, plötzlich lebendig zu werden. Nicht bloß schwere, wuchtige Sachen wie Möbelstücke, sondern auch Vorhänge und Stoffmuster und die Volants an Steppdecken und Kissen. Wie oft hatte sie es beobachtet, daß sich die Quasten ihrer Steppdecke in einen komischen Aufzug von Tänzern unter dem Geleit von Priestern verwandelt hatten ... Denn es gab Quasten, die überhaupt nicht tanzten, sondern feierlich einherzogen, mit gesenktem Kopf, als ob sie beteten oder sängen. Wie oft hatten sich die Medizinflaschen in eine Reihe kleiner Männchen mit braunen Zylinderhüten verwandelt, und der Krug auf der Waschkommode hockte im Waschbecken wie ein dicker Vogel in einem runden Nest.
›Letzte Nacht habe ich von Vögeln geträumt‹, dachte Linda. Was war es gewesen? Sie hatte es vergessen. Aber das Seltsamste beim Lebendigwerden der Dinge war das, was sie taten. Sie lauschten, sie schienen dank einem geheimnisvollen, wichtigen Inhalt aufzuquellen, und wenn sie ihre volle Größe erreicht hatten, lächelten sie, wie Linda glaubte. Doch das listige, heimliche Lächeln galt nicht ihr allein; sie waren Mitglieder eines Geheimbundes und lächelten einander zu. Manchmal, wenn sie im Laufe des Tages eingeschlummert war, wachte sie auf und konnte keinen Finger heben, konnte nicht einmal die Augen nach rechts oder links wenden, weil SIE da waren, und manchmal, wenn sie aus einem Zimmer ging und es leer zurückließ, wußte sie, daß SIE es füllten, sobald die Tür ins Schloß fiel. Und an manchen Aben-

den, wenn sie vielleicht im oberen Stock war, und alle andern waren unten, konnte sie IHNEN kaum entschlüpfen. Dann beeilte sie sich vergebens, summte vergebens ein Liedchen, und selbst wenn sie noch so gleichgültig zu sagen versuchte: ›Der dumme alte Fingerhut!‹, ließen SIE sich dadurch nicht täuschen. SIE wußten, welche Ängste sie ausstand, SIE sahen, wie sie den Kopf abwandte, wenn sie am Spiegel vorüberging. Linda glaubte immer, daß SIE etwas von ihr wollten, und sie wußte, wenn sie nachgab und still war, mehr als still, stumm und unbeweglich – dann würde wirklich etwas geschehen.

›Jetzt ist es sehr still‹, dachte sie. Sie riß die Augen weit auf und hörte, wie die Stille ihr weiches, endloses Netz spann. Wie leise sie atmete – fast brauchte sie überhaupt nicht zu atmen.

Ja, alles bis auf das kleinste, winzigste Teilchen war lebendig geworden, und sie spürte ihr Bett nicht mehr, sie schwebte in der Luft, von der Luft gehalten. Sie schien nur mit weit offenen, achtsamen Augen zu lauschen und auf jemanden zu warten, der kommen sollte, der einfach nicht kam – achtzugeben auf etwas, das geschehen sollte, aber einfach nicht geschah.

VI.

Vor den beiden Fenstern in der Küche stand die alte Mrs. Fairfield und wusch das Frühstücksgeschirr ab. Die Küchenfenster blickten auf einen großen Rasenplatz, der bis zum Gemüsegarten und bis zu den Rhabarberstauden hinabging. Auf der einen Seite wurde der Rasenplatz von Spülkammer und Waschhaus begrenzt, und über diesen weiß getünchten Anbau rankte sich ein knorriger Weinstock. Gestern hatte sie bemerkt, daß ein paar winzige, korkzieherähnliche Ranken durch Risse in der Decke der Spülkammer eingedrungen waren, und alle Fenster vom Anbau hatten eine dicke Rüsche aus krausem Grün.

»Reben habe ich sehr gern«, erklärte Mrs. Fairfield, »aber ich glaube nicht, daß die Trauben hier reif werden. Dafür

ist australische Sonne nötig.« Und sie erinnerte sich, wie Beryl als Baby ein paar weiße Beeren vom Weinstock an der Hofveranda ihres Hauses in Tasmanien gepflückt hatte und von einer riesigen roten Ameise ins Bein gebissen worden war. Sie sah Beryl in ihrem karierten Kleidchen mit dem roten Schulterkragen, und wie sie so entsetzlich schrie, daß die halbe Straße herbeigerannt kam. Und wie das Bein des kleinen Mädchens angeschwollen war. »Tz, tz, tz!« machte Mrs. Fairfield, und noch in der Erinnerung stockte ihr der Atem. »Das arme Kind! Wie schrecklich war es gewesen!« Und sie preßte die Lippen zusammen und ging zum Herd, um noch mehr heißes Wasser zu holen. Das Wasser schoß schäumend in die große Wanne mit den rötlichen und blauen Seifenblasen auf dem Schaum. Die Arme der alten Mrs. Fairfield waren bis zum Ellbogen entblößt und kräftig gerötet. Sie trug ein graues gemustertes Foulardkleid mit großen lila Stiefmütterchen, eine weiße Leinenschürze und eine hohe Mütze, die einer Puddingform aus weißem Musselin glich. An den Ausschnitt hatte sie eine silberne Mondsichel gesteckt, auf der fünf kleinen Eulen saßen, und um den Hals trug sie eine Uhrkette aus schwarzen Perlchen.
Es war kaum zu glauben, daß sie nicht schon seit Jahren in dieser Küche gewesen war: so sehr war sie ein Teil von ihr. Mit bestimmten, sicheren Bewegungen räumte sie das Geschirr weg, ging gemächlich und unbeirrt vom Herd zur Anrichte und schaute in die Speisekammer und den Spülraum, als gäbe es für sie kein unbekanntes Eckchen. Als sie fertig war, schien alles in der Küche zu einer Reihe von Mustern zu gehören. Sie stand in der Mitte ihrer Küche und wischte sich die Hände an einem karierten Tuch ab; ein Lächeln flog über ihre Lippen; sie fand, daß alles sehr schmuck, sehr zufriedenstellend aussah.
»Mutter? Mutter? Bist du hier?« rief Beryl.
»Ja, Kind. Soll ich kommen?«
»Nein, ich komme schon.« Beryl brauste ganz erhitzt in die Küche und schleppte sich mit zwei großen Bildern ab.
»Mutter, was soll ich bloß mit diesen greulichen, häßlichen chinesischen Bildern machen, die Stanley von Chung Wah

bekommen hat, als er pleite ging? Es ist Unsinn, zu behaupten, daß sie wertvoll sind, denn sie hingen schon Monate vorher in Chung Wahs Obstladen! Ich begreife nicht, weshalb Stanley sie aufheben will. Bestimmt findet er sie genauso häßlich wie wir, aber es ist wegen der Rahmen«, sagte sie boshaft. »Vermutlich glaubt er, daß die Rahmen eines schönen Tages Geld einbringen.«

»Warum hängst du sie nicht in den Flur?« schlug Mrs. Fairfield vor. »Da sieht man sie nicht so.«

»Das kann ich nicht – 's ist kein Platz mehr da. Dort habe ich all die Photographien aus seinem Büro vor und nach dem Umbau aufgehängt, mitsamt den Bildern von seinen Geschäftsfreunden und der gräßlichen Vergrößerung von Isabel, wie sie im Babyhemd auf dem Fell liegt.« Ihre Blicke schweiften ärgerlich durch die stille Küche. »Ich weiß, was ich tun kann! Ich hänge sie hier auf! Stanley werde ich sagen, daß sie beim Umzug ein bißchen feucht geworden sind, deshalb hätte ich sie vorläufig hierher getan.« Sie holte sich einen Stuhl heran, stieg hinauf, zog einen Hammer und einen großen Nagel aus der Schürzentasche und begann zu hämmern.

»So! Das genügt! Reich mir das Bild, Mutter!«

»Moment mal, Kind!« Ihre Mutter wischte über den geschnitzten Ebenholzrahmen.

»Oh, Mutter, die brauchst du wirklich nicht abzuwischen! Da könnte man jahrelang putzen, um den Staub aus all den kleinen Löchern zu holen!« Und, ihre Mutter überragend, runzelte sie die Stirn und biß sich vor Ungeduld auf die Lippe. Die bedächtige Art ihrer Mutter bei allem, was sie tat, ging ihr einfach auf die Nerven. ›Es kommt vermutlich vom Alter‹, dachte sie überlegen.

Endlich hingen die beiden Bilder nebeneinander. Sie sprang vom Stuhl herunter und verwahrte den kleinen Hammer. »Hier sehen sie gar nicht so übel aus, was?« sagte sie. »Und jedenfalls braucht niemand außer Pat und dem Dienstmädchen sie anzuschauen – habe ich eigentlich Spinnweb im Gesicht, Mutter? Ich habe in dem kleinen Verschlag unter der Treppe herumgestöbert, und jetzt kitzelt's mich dauernd in der Nase.«

Aber ehe Mrs. Fairfield nachsehen konnte, hatte Beryl sich schon umgedreht. Jemand klopfte ans Fenster. Linda stand da und nickte und lächelte. Sie hörten, wie der Riegel der Spülkammertür hochschnellte, und Linda kam herein. Sie war ohne Hut; das Haar stand ihr auf Lockenwicklern vom Kopf ab; sie hatte sich in einen alten Kaschmirschal gehüllt.
»Ich bin so hungrig«, sagte Linda. »Wo kann ich etwas zu essen finden, Mutter? Ich bin zum erstenmal in der Küche: alles ist typisch ›Mutter‹ und steht in Reih und Glied!«
»Ich mache dir Tee«, sagte Mrs. Fairfield und breitete eine saubere Serviette über eine Tischdecke, »und Beryl kann dir Gesellschaft leisten.«
»Beryl, willst du die Hälfte von meinem Ingwerkuchen?« fragte Linda und deutete mit dem Messer auf Beryl. »Gefällt dir das Haus, jetzt, wo wir eingezogen sind?«
»Doch, ja, es gefällt mir riesig, und der Garten ist wunderschön, aber man fühlt sich so weit weg von allem. Ich kann mir nicht vorstellen daß die Leute aus der Stadt in dem schaurigen Rumpelbus herkommen, um uns zu besuchen, und hier in der Gegend ist bestimmt niemand, der bei uns Besuch macht. Natürlich ist es für dich nicht wichtig, weil...«
»Aber wir haben ja den Buggy«, sagte Linda. »Pat kann dich jederzeit in die Stadt fahren, wenn du Lust hast.«
Das war sicher ein kleiner Trost, doch in Beryls Kopf rumorte etwas, das sie nicht einmal für sich selbst zu Worten fügte.
»Na ja, jedenfalls sterben wir nicht dran«, sagte sie trocken, stellte die leere Tasse ab und stand auf und reckte sich. »Ich werde jetzt Gardinen aufhängen!«
Sie lief singend aus der Küche:

»Viele tausend Vögelein
singen laut im Sonnenschein . . .
. . . Vögelein singen laut im . . .«

Aber als sie ins Eßzimmer trat, hörte sie auf zu singen; ihr Ausdruck veränderte sich und wurde düster und verdrossen. »Ist ja einerlei, ob man hier oder anderswo verrottet!« murr-

te sie wütend und stieß die starren Messinghaken in die roten Wollgardinen.
Die beiden in der Küche schwiegen ein Weilchen. Linda stützte die Wange in die Hand und beobachtete ihre Mutter. Sie fand, daß ihre Mutter ganz reizend aussah, wie sie jetzt mit dem Rücken vor dem umrankten Fenster stand. Ihr Anblick hatte etwas Tröstliches, ohne den Linda nicht hätte leben können, meinte sie. Sie brauchte den feinen Duft ihrer Haut und daß ihre Wangen sich so weich anfühlten, und Arme und Schultern noch weicher. Sie liebte ihr Haar, und wie es sich lockte, silbern auf der Stirn, heller im Nacken, noch immer kräftig braun in der dicken Haarkrone unter der Musselinmütze. Wunderbar waren ihre Hände, und ihre beiden Ringe schienen mit der elfenbeinweißen Haut zu verschmelzen. Und immer war sie so frisch, so appetitlich. Die alte Frau duldete auf ihrem Körper nur reines Leinen, und sie badete Sommer und Winter in kaltem Wasser.
»Gibt's nichts für mich zu tun?« fragte Linda.
»Nein, Liebling! Ich wünschte, du gingest in den Garten und hütest die Kinder – aber ich weiß, das magst du nicht.«
»Ich mag schon – aber du weißt doch, daß Isabel soviel erwachsener ist als wir alle!«
»Ja – aber Kezia nicht.«
»Oh, Kezia ist schon längst von einem Stier auf die Hörner genommen worden«, sagte Linda und wickelte sich wieder in ihren Schal.
Zwar hatte Kezia einen Stier gesehen – aber nur durch ein Astloch in einem Bretterzaun, der den Tennisplatz von der Koppel trennte. Der Stier hatte ihr nicht besonders gefallen, deshalb war sie durch den Obstgarten zurückgeschlendert, dann den grünen Abhang hinauf und auf dem Fußweg am Stinkbaum vorbei und in den weiten, verwilderten Garten hinein. Sie glaubte es einfach nicht, daß sie sich in diesem Garten *nicht* verirren könnte. Zweimal hatte sie schon den Rückweg zum großen eisernen Tor gefunden, durch das sie gestern abend gefahren waren, und sich dann umgedreht, um der Zufahrt zu folgen, die zum Haus führte. Aber auf jeder Seite gab es so viele kleine Abzweigungen! Auf der

einen Seite führten sie in ein Dickicht hoher dunkler Bäume und seltsamer Büsche mit flachen Samtblättern und gefiederten sahneweißen Blüten, die von Fliegen schwirrten, wenn man sie schüttelte – das war das Unheimliche daran: es war überhaupt kein richtiger Garten. Die kleinen Pfade dort waren feucht und lehmig, und Baumwurzeln krochen querüber wie die Spuren von großen Vogelfüßen.

Doch auf der andern Seite der Zufahrt lief eine hohe Buchsbaumhecke entlang, und die Pfade waren von Buchsbaum berandet und führten alle in eine immer dichtere Blumenwildnis. Die Kamelien standen in voller Blüte: sie waren weiß und rot und rosa und weiß gestreift, mit blanken Blättern. Auf den Fliedersträuchern konnte man vor lauter weißen Blütenbüscheln kein einziges Blatt sehen. Auch die Rosen blühten – die kleinen weißen Knopflochrosen –, aber zu voll von Käfern, als daß man sie jemandem hätte unter die Nase halten können, rötliche Monatsrosen mit einem Teppich abgefallener Blütenblätter rund um die Büsche, Zentifolien auf dicken Stielen, Moosrosen, immer in Knospe, und all die samtenen und rosa Schönheiten, die sich Blatt für Blatt aufrollten, und rote, so dunkel, daß sie beim Herunterfallen schwarz zu werden schienen, und eine besonders seltene weiße Sorte mit einem schlanken roten Stiel und hellroten Blättern.

Der Fingerhut stand in dichten Gruppen, auch allerlei Arten Geranien, und kleine Verbenenbäumchen und lila Lavendelbüsche und ein ganzes Beet voll roter Pelargonien mit Samtaugen und Blättern wie Schmetterlingsflügeln. Auf einem Beet wuchs nichts als Reseda und auf einem andern nichts als Stiefmütterchen, mit Borten aus gefüllten und ungefüllten Gänseblümchen und allen erdenklichen Polsterpflanzen, die sie noch nie gesehen hatte.

Die Fackelkolben waren höher als Kezia; die japanischen Sonnenblumen bildeten einen kleinen Urwald für sich. Sie setzte sich auf eine der kleinen Buchsbaumhecken. Wenn man den Buchs fest hinunterdrückte, saß man sehr bequem. Aber wie staubig war er innen drin! Kezia bückte sich, um hineinzuschauen, und mußte niesen und sich die Nase reiben.

Und dann stand sie plötzlich ganz oben auf dem grasbewachsenen Abhang, der sich wellig zum Obstgarten senkte... Einen Augenblick musterte sie den Abhang, dann legte sie sich auf den Rücken und rollte quietschend bis in die blühende Obstgartenwiese hinunter. Sie blieb liegen und wartete, daß alles aufhörte, sich zu drehen, und dann beschloß sie, ins Haus zu gehen und das Dienstmädchen um eine leere Zündholzschachtel zu bitten. Sie wollte ihre Großmutter überraschen.

Zuerst würde sie ein grünes Blatt mit einem großen Veilchen hineinlegen, dann vielleicht zwei sehr kleine weiße Federnelken rechts und links vom Veilchen, und zuletzt würde sie Lavendelblütchen drüberstreuen, aber so, daß die Blumen nicht zugedeckt wurden.

Sie erfand häufig solche Überraschungen für die Großmutter, und immer wurden sie sehr bewundert.

»Brauchst du ein Zündholz, Oma?«

»Ja, sicher – denk dir, gerade habe ich eins gesucht!«

Langsam öffnete ihre Großmutter die Schachtel und entdeckte das Blumengebilde.

»Nein, so etwas, Kind! Was für eine Überraschung!«

›Hier kann ich ihr jeden Tag eine machen‹, dachte sie, als sie mit ihren glitschigen Schuhen den Rasenhang hinaufkrabbelte.

Doch auf dem Rückweg zum Haus stieß sie auf die Insel mitten in der Zufahrt, welche die Zufahrt in zwei Arme teilte, die sich vor dem Haus wieder begegneten. Die Insel bestand aus einem Rasenhügel, und ganz oben wuchs nichts als eine riesige Pflanze mit fleischigen graugrünen Blattspießen, aus deren Mitte ein hoher, kräftiger Schaft ragte. Ein paar Blätter waren so alt, daß sie nicht mehr aufwärts schwangen: sie waren zusammengekrümmt und gespalten und zerborsten; und manche lagen flach und verdorrt auf dem Boden.

Was konnte das nur sein? Noch nie hatte sie etwas Ähnliches gesehen! Sie stand und starrte die Pflanze an. Und dann sah sie ihre Mutter den Weg entlangkommen.

»Mutter, was ist das?« fragte Kezia.

Linda blickte zu der dicken, sperrigen Pflanze mit den grau-

samen Blattspießen und dem fleischigen Stengel auf. Sie ragte hoch über ihnen wie besänftigt in der Luft, und doch klammerte sie sich so fest an die Erde, der sie entstammte, als hätte sie Klauen statt Wurzeln. Die gekrümmten Blätter schienen etwas zu verbergen; der blinde Schaft stach in die Luft, als könne ihm kein Wind etwas anhaben.
»Das ist eine Aloe, Kezia«, antwortete die Mutter.
»Blüht sie auch manchmal?«
»Ja, Kezia.« Linda lächelte mit halbgeschlossenen Augen auf sie nieder. »Nur einmal alle hundert Jahre.«

VII.

Auf seinem Heimweg vom Büro ließ Stanley Burnell den Buggy vor der Bodega halten, stieg aus und kaufte ein Glas Austern. Im Laden des Chinesen nebenan kaufte er eine Ananas, wie sie reifer nicht hätte sein können, und als er einen Korb mit den ersten schwarzen Kirschen sah, ließ er sich von John auch ein Pfund von denen einpacken. Die Austern und die Ananas verstaute er in der Kiste unter dem Kutschbock, doch die Kirschen behielt er in der Hand.
Das Faktotum Pat sprang vom Bock und deckte ihn fürsorglich mit der braunen Wagendecke zu.
»Heben Sie die Füße, Mr. Burnell, damit ich sie einwickeln kann!« sagte er.
»Gut! Gut! Großartig!« sagte Burnell. »Jetzt können Sie geradewegs nach Hause fahren.« Pat tippte die graue Stute mit der Peitsche an, und der Buggy fuhr los.
›Ich glaube, der Bursche ist ein erstklassiger Diener‹, dachte Stanley. Er gefiel ihm, wie er da oben in seinem ordentlichen braunen Mantel und der braunen Melone thronte. Ihm gefiel auch die Art, wie Pat ihn zugedeckt hatte, und er mochte seine Augen. Er hatte nichts Unterwürfiges an sich — und wenn es etwas gab, was Stanley verabscheute, dann war es Unterwürfigkeit. Pat sah aus, als gefiele ihm sein Posten — als sei er bereits glücklich und zufrieden.
Die graue Stute holte tüchtig aus; Burnell brannte darauf, die Stadt hinter sich zu bringen. Er wollte nach Hause. Oh,

es war herrlich, auf dem Lande zu wohnen – aus diesem Loch von einer Stadt herauszukommen, gleich nach Büroschluß; und dann die Fahrt in der guten, linden Luft, wenn man die ganze Zeit wußte, daß am andern Ende das eigene Haus war – mitsamt dem Garten und den Koppeln und den den drei prima Kühen und so viel Hühnern und Enten, daß sie stets genug Geflügel hätten –, das alles war auch herrlich.

Als sie die Stadt endgültig hinter sich gelassen hatten und auf der einsamen Landstraße dahinrollten, pochte ihm das Herz vor Freude. Er griff in die Tüte und begann Kirschen zu essen, drei oder vier auf einmal; die Kerne warf er aus dem Wagen. Sie waren köstlich, so saftstrotzend und kühl, und ohne einen einzigen Fleck oder Kratzer.

Sieh einer die beiden an! Dunkel auf der einen Seite und hell auf der andern – und ohne Makel! Ein makelloses Paar siamesischer Zwillinge! Er steckte sie sich ins Knopfloch . . . Weiß Gott, er hatte die größte Lust, dem Mann auf dem Kutschbock eine Handvoll zu geben – aber nein, lieber nicht! Lieber warten, bis er etwas länger bei ihnen gewesen war.

Er begann zu überlegen, was er mit seinen Samstagnachmittagen und mit seinen Sonntagen anfangen könnte. Samstags würde er nicht zum Lunch in den Klub gehen. Nein, so bald wie möglich weg vom Büro und sich zu Hause ein paar Scheiben kaltes Fleisch und einen halben Salatkopf geben lassen. Und dann ein paar Bekannte aus der Stadt bestellen, um am Nachmittag Tennis zu spielen. Nicht zu viele – höchstens drei. Beryl war auch eine gute Tennisspielerin . . . Er streckte den rechten Arm aus, krümmte ihn langsam und befühlte den Muskel . . . Ein Bad und eine ordentliche Abreibung, und nach dem Essen eine Zigarre auf der Veranda . . .

Am Sonntagmorgen würden sie in die Kirche gehen, alle, auch die Kinder. Das erinnerte ihn daran, daß er einen Kirchenstuhl mieten wollte, möglichst in der Sonne und weit vorn, nicht im Durchzug bei der Tür. Im Geist hörte er sich schon mit sonorer Stimme einsetzen: ›Als Du dem Tod den Stachel nahmst, hast Du den Gläubigen die Himmelspforte aufgetan.‹ Und er sah seine Visitenkarte im schmucken Messingrahmen an der Ecke des Kirchenstuhls: Mr. Stanley Burnell und Familie ... Den Rest des Sonntags würde er mit Linda vertrödeln ... Jetzt gingen sie durch den Garten, sie an seinem Arm, und er erklärte ihr ausführlich, was er nächste Woche im Geschäft vorhatte. Er hörte sie sagen: »Ja, Liebling, das finde ich sehr gescheit ...« Etwas mit Linda besprechen war eine wundervolle Hilfe, auch wenn sie oft vom Thema abschweiften.

Aber weiß der Kuckuck, sie kamen nicht sehr schnell voran! Pat hatte schon wieder die Bremse angezogen. Puh, wie scheußlich! Er spürte das Ding bis in die Magengrube.

Eine Art Panik befiel ihn jedesmal, wenn er sich seinem Zuhause näherte. Ehe er richtig innerhalb des Tors war, rief er schon jedem, der in Sicht kam, seine besorgte Frage zu: »Ist alles in Ordnung?«

Aber er glaubte es erst, wenn er Linda sagen hörte: »Hallo! Wieder daheim?« Das war das Schlimmste am Landleben – es dauerte so verteufelt lange, heimzukommen... Doch jetzt war es nicht mehr sehr weit. Sie fuhren über die letzte Anhöhe; jetzt ging es den ganzen Weg sanft bergab, nur noch einen knappen Kilometer.

Pat ließ die Peitsche über den Rücken der Stute spielen und redete ihr gut zu: »Hü jetzt! Hü jetzt!«

Bis zum Untergehen der Sonne waren es nur noch ein paar Minuten. Alles stand unbeweglich in ein helles, metallisches Licht getaucht, und von den Koppeln auf beiden Seiten stieg der milchige Duft reifen Grases auf. Das schmiedeeiserne Tor stand offen. Sie brausten hindurch, die Zufahrt hinauf und um die Insel, und genau in der Mitte vor der Verandatreppe hielten sie.

»Sind Sie mit ihr zufrieden, Sir?« fragte Pat seinen Herrn, stieg vom Bock und griente.

»Ja, tatsächlich, Pat«, antwortete Stanley.

Linda erschien in der Glastür; ihre Stimme tönte durch die dämmerige Stille: »Hallo, wieder daheim?«

Beim Klang ihrer Stimme klopfte sein Herz so wild, daß er sich kaum beherrschen konnte, nicht die Stufen hinaufzustürmen und sie in die Arme zu schließen.

»Ja, hier bin ich wieder. Ist alles in Ordnung?«
Pat begann Pferd und Buggy zur Seitenpforte zu führen, die sich zum Hof hin auftat.
»Halt! Eine Sekunde!« rief Burnell. »Geben Sie mir die beiden Pakete!« Und zu Linda sagte er: »Ich habe dir ein Glas mit Austern und eine Ananas mitgebracht« — als brächte er ihr alle Schätze der Welt.
Sie betraten den Flur; Linda trug in der einen Hand die Austern und in der andern die Ananas. Burnell schloß die Glastür und umarmte sie, drückte sie an sich und küßte sie auf den Scheitel, die Ohren, die Lippen und die Augen.
»O je, o je!« rief sie. »Warte einen Augenblick! Laß mich doch erst die dummen Sachen hinlegen!« Und sie stellte das Glas mit den Austern und die Ananas auf einen kleinen geschnitzten Stuhl. »Was hast du denn da in deinem Knopfloch? Kirschen?« Sie holte sie heraus und hängte sie ihm übers Ohr.
»Nein, nicht, Liebes! Sie sind für dich!«
Sie nahm sie ihm vom Ohr.
»Wenn du nichts dagegen hast, hebe ich sie noch etwas auf, sonst verderbe ich mir den Appetit aufs Nachtessen. Komm deine Kinder anschauen, sie sitzen gerade beim Abendbrot!«
Auf dem Tisch im Kinderzimmer brannte die Lampe. Mrs. Fairfield schnitt Brotscheiben ab und bestrich sie mit Butter. Die drei kleinen Mädchen saßen am Tisch und hatten große, mit ihrem Namen bestickte Lätzchen umgebunden. Sie wischten sich den Mund ab, als ihr Vater ins Zimmer kam, um sich küssen zu lassen. Die Fenster waren offen; eine Vase mit Wiesenblumen stand auf dem Kaminsims, und die Lampe warf einen großen, sanften Lichtkreis an die Zimmerdecke.
»Ihr scheint es sehr gemütlich zu haben, Mutter«, sagte Burnell und blinzelte ins Licht. Isabel und Lottie saßen je an einer Seite des Tisches, und Kezia saß am unteren Ende. Der Platz obenan war nicht besetzt.
›Dort müßte mein Junge sitzen‹, dachte Stanley. Er legte den Arm noch fester um Lindas Schultern. Er war weiß Gott ein Narr, so glücklich zu sein.

»Ja, Stanley, wir haben es gemütlich«, erwiderte Mrs. Fairfield und schnitt Kezias Brot in schmale Bissen.
»Es gefällt euch besser als in der Stadt, was, Kinder?« fragte Stanley.
»O ja«, antworteten die drei kleinen Mädchen, und Isabel fuhr fort: »Danke, lieber Vater!«
»Komm mit nach oben«, sagte Linda. »Ich bringe dir deine Hausschuhe!« Aber um Arm in Arm hinaufzugehen, war die Treppe zu eng. Im Zimmer war es ganz dunkel. Er hörte ihren Ring auf dem Marmorsims aufschlagen, als sie nach den Zündhölzern tastete.
»Ich habe welche, Liebling! Ich kann die Kerzen anzünden!« Doch statt dessen trat er hinter sie, schloß sie wieder in die Arme und drückte ihren Kopf an seine Schulter.
»Ich bin so verrückt glücklich«, sagte er.
»Wirklich?« Sie drehte sich um, legte ihre Hände auf seine Brust und sah zu ihm auf.
»Ich weiß nicht, was über mich gekommen ist«, beteuerte er. Draußen war es jetzt ganz dunkel, und der Tau sank schwer hernieder. Als Linda die Fenster schloß, spürten ihre Fingerspitzen den kühlen Tau. In der Ferne bellte ein Hund. »Ich glaube, es wird eine mondhelle Nacht«, sagte sie.
Bei diesen Worten, und wegen des kalten, feuchten Taus an ihren Fingern, war ihr zumute, als wäre der Mond schon aufgegangen und als würde sie in einer Flut kalten Lichts seltsam entblößt. Sie schauerte zusammen, trat vom Fenster weg und setzte sich neben Stanley auf die Kastenottomane.

Im Eßzimmer saß Beryl vor dem flackernden Holzfeuer auf einem Hocker und spielte Gitarre. Sie hatte gebadet und sich von Kopf bis Fuß umgezogen. Jetzt trug sie ein weißes Musselinkleid mit schwarzen Tupfen, und ins Haar hatte sie sich eine schwarzseidene Rose gesteckt.

Die Welt ging schon zur Ruh, mein Lieb,
Wir sind allein.
Leg deine Hand in meine, Lieb,
Und halt sie fest!

Sie spielte und sang halb für sich, denn sie beobachtete sich beim Spielen und beim Singen. Der Flammenschein spielte über ihre Schuhe, über den rotbraunen Bauch der Gitarre und über ihre weißen Finger...

›Wenn ich draußen vor dem Fenster stünde und hereinschaute, wäre ich wirklich ganz verknallt in mich‹, dachte sie und spielte die Begleitung noch leiser, ohne zu singen. Sie lauschte jetzt nur.

›... als ich dich das erstemal sah, kleines Lieb ... oh, du wußtest nicht, daß du nicht allein warst ... hattest du deine kleinen Füße auf den Hocker gezogen und spieltest Gitarre ... O Gott, ich kann's nie vergessen ...‹ Beryl warf den Kopf auf und begann wieder zu singen:

»Selbst der Mond ist müde ...«

Doch da klopfte jemand laut an die Tür. Das Dienstmädchen steckte ihren roten Kopf zur Tür herein.

»Verzeihung, Miss Beryl, ich muß den Tisch decken.«

»Natürlich, Alice«, sagte Beryl mit eiskalter Stimme. Sie lehnte die Gitarre in eine Ecke. Alice polterte mit einem schweren schwarzen Blechtablett ins Zimmer.

»Puh, was ich mit dem Herd für 'ne Arbeit hatte!« rief sie. »Nichts will schön braun werden!«

»Tatsächlich?« sagte Beryl.

Nein, sie konnte das dumme Ding von einem Mädchen nicht ertragen! Sie lief in den dunklen Salon und begann auf und ab zu gehen ... Oh, sie war so nervös, so nervös. Über dem Kamin hing ein Spiegel. Sie stützte ihre Arme auf und betrachtete ihr bleiches Spiegelbild. Wie schön sie aussah – aber es war niemand da, der es bemerkte, niemand.

»Warum mußt du so leiden?« fragte sie das Gesicht im Spiegel. »Du bist nicht zum Leiden geschaffen – lächle!«

Beryl lächelte, und ihr Lächeln war wirklich so hinreißend schön, daß sie noch einmal lächelte, diesmal jedoch, weil sie nicht anders konnte.

VIII.

»Guten Morgen, Mrs. Jones!«

»Oh, guten Morgen, Mrs. Smith! Ich freue mich so, Sie zu sehen. Haben Sie Ihre Kinder mitgebracht?«

»Ja, ich habe meine beiden Zwillinge mitgebracht. Seit ich Sie letztesmal sah, habe ich noch ein Baby bekommen, aber es kam so schnell, daß ich noch keine Zeit hatte, ihm Sachen zu nähen ... Deshalb habe ich's zu Hause gelassen ... Wie geht es Ihrem Mann?«

»O danke, es geht ihm sehr gut. Er hatte allerdings eine furchtbare Erkältung, aber die Königin Victoria – sie ist nämlich meine Patin – hat ihm eine Kiste Ananas geschickt, und die haben ihn sofort gesund gemacht. Ist das Ihr neues Mädchen?«

»Ja, sie heißt Gwen. Ich habe sie erst seit zwei Tagen. Gwen, das ist meine Freundin, Mrs. Smith.«

»Guten Morgen, Mrs. Smith. Das Mittagessen ist erst in etwa zehn Minuten fertig.«

»Ich finde, Sie sollten mich Ihrem Dienstmädchen nicht vorstellen. Ich finde, ich sollte als erste das Wort an sie richten.«

»Ach, sie ist eher eine Stütze der Hausfrau als ein Dienstmädchen, und Stützen stellt man vor, wie ich weiß, denn Mrs. Samuel Josephs hatte eine.«

»Ach, es macht nichts«, sagte das Mädchen gleichgültig und rührte einen Schokoladenpudding mit einer halben Wäscheklammer schaumig. Das Mittagessen stand auf der Betontreppe und briet köstlich. Auf einem roten Gartenstuhl begann sie den Tisch zu decken. Auf jeden Platz legte sie zwei Geranienblatteller, eine Kiefernnadelgabel und ein Zweigmesser. Drei Margeritenknöpfe auf einem Lorbeerblatt stellten Verlorene Eier dar, ein paar Schnipsel von Fuchsienblüten waren das kalte Fleisch, aus Erde, Wasser und Löwenzahnsamen gab es ausgezeichnete kleine Frikadellen, und den Schokoladenpudding beschloß sie in der Pawamuschel aufzutragen, in der sie ihn gekocht hatte.

»Um meine Kinder brauchen Sie sich nicht zu bemühen«, sagte Mrs. Smith liebenswürdig. »Nehmen Sie einfach die

Flasche hier und füllen Sie sie am Wasserhahn – ich meine, in der Milchkammer.«

»Ja, gern«, sagte Gwen und flüsterte Mrs. Jones zu: »Soll ich Alice um ein bißchen richtige Milch bitten?«

Aber von der Vorderseite des Hauses rief jemand, und die Lunchparty stob auseinander und überließ den reizenden Mittagstisch, die Frikadellen und die Verlorenen Eier den Ameisen und einer alten Schnecke, die ihre zitternden Fühler über die Kante des Gartenstuhls schob und an einem Geranienteller zu knabbern begann.

»Kommt vors Haus, Kinder! Pip und Rags sind da!«

Die Trout-Jungen waren die Vettern, von denen Kezia dem Rollkutscher erzählt hatte. Sie wohnten etwa eine Meile weit weg in einem Haus, das Affenbaumcottage hieß. Pip war groß für sein Alter und hatte glatte, schwarze Haare und ein blasses Gesicht, Rags dagegen war klein und so mager, daß ihm die Schulterblätter wie zwei kleine Flügel abstanden, wenn er ausgezogen war. Sie hatten einen nicht reinrassigen Hund mit wasserblauen Augen und einem langen Ringelschwanz, der ihnen überallhin folgte; er hieß Snooker. Sie verbrachten den größten Teil ihrer Zeit damit, Snooker zu kämmen und zu bürsten und ihm verschiedene gräßliche Mixturen zu verabfolgen, die Pip zusammengebraut hatte und heimlich in einem zersprungenen Krug bei sich trug, der mit einem Deckel von einem alten Teekessel zugedeckt wurde. Selbst der treue kleine Rags durfte das Geheimnis dieser Mixturen nicht genau erfahren ... Man nehme karbolhaltiges Zahnpulver und eine Prise fein pulverisierten Schwefel sowie vielleicht ein bißchen Stärke, um Snookers Fell dichter zu machen ... Aber das war nicht alles; Rags glaubte insgeheim, daß der Rest aus Schießpulver bestand ... Und nie durfte er beim Mischen helfen, weil es gefährlich war ... »Wenn dir ein Krümchen davon ins Auge fliegt, bist du dein Leben lang blind«, pflegte Pip zu sagen, wenn er die Mixtur mit einem eisernen Löffel umrührte. »Und dann besteht immer noch die Möglichkeit – bloß eine Möglichkeit, verstehst du –, daß es explodiert, wenn man es zu fest umrührt ... Zwei Löffel voll in einer Petroleum-

kanne reichen, um tausend und abertausend Flöhe zu töten!« Doch Snooker verbrachte trotzdem seine ganze Freizeit damit, sich zu kratzen und zu beißen, und er stank abscheulich.
»Das kommt daher, weil er so ein großartiger Raufer ist«, sagte Pip. »Alle Raufer stinken!«
Die Trout-Jungen hatten oft einen Tag bei den Burnells in der Stadt verbracht, aber seit sie jetzt in dem schönen Haus mit dem tollen Garten lebten, waren die Jungen darauf aus, sehr nett zu sein. Außerdem spielten beide gern mit Mädchen – Pip, weil er sie tüchtig hänseln konnte und weil Lottie sich so leicht ins Bockshorn jagen ließ, und Rags aus einem beschämenden Grund: er liebte Puppen. Wie er eine Puppe anschauen konnte, wenn sie schlief, und flüsternd mit ihr sprach und sie scheu anlächelte! Und was für eine Wonne bedeutete es für ihn, wenn er eine anfassen durfte ...
»Mußt deine Arme rumlegen um sie! Halt sie nicht so steif. So läßt du sie noch fallen!« sagte Isabel streng.
Jetzt standen sie auf der Veranda und hielten Snooker zurück, der ins Haus wollte, aber nicht durfte, weil Tante Linda selbst nette Hunde nicht leiden konnte.
»Wir sind mit Mum im Bus hergekommen«, erzählten sie, »und wir dürfen den ganzen Nachmittag bei euch bleiben. Wir haben Tante Linda eine Masse Ingwerbrot mitgebracht. Unsere Minnie hat's gebacken. Es ist über und über voll Nüsse.«
»Ich habe die Mandeln abgezogen«, sagte Pip. »Ich habe einfach mit der Hand in eine Schüssel mit kochendem Wasser gelangt und sie rausgegrapscht und ein bißchen gequetscht, und schon sind sie aus der Haut geflogen – manche bis an die Decke, nicht wahr, Rags?«
Rags nickte. »Wenn bei uns zu Hause Kuchen gebacken wird, bleiben wir immer in der Küche, Rags und ich«, erzählte Pip, »und ich bekomme den Napf, und er bekommt den Löffel und den Schneebesen. Biskuit geht am besten. Da wird alles ganz schaumig.« Er lief die Verandatreppe hinunter und auf den Rasen, spreizte die Hände aus, beugte sich vornüber und versuchte, auf dem Kopf zu stehen.

»Der Rasen ist zu hubelig«, sagte er. »Wenn man Kopfstand machen will, braucht man eine ebene Stelle. Bei uns zu Hause kann ich auf dem Kopf rings um den Affenbaum gehen, nicht wahr, Rags?«

»Beinah«, sagte Rags leise.

»Mach doch auf der Veranda Kopfstand!« schlug Kezia vor. »Die ist ganz eben.«

»Nein, Schlaumeier«, entgegnete Pip. »Man muß es auf was Weichem machen. Wenn man nämlich umkippt und hinschlägt, dann macht's in deinem Nacken ›Klick‹ und geht kaputt. Dad hat's mir erklärt.«

»Ach, wollen irgendwas spielen!« sagte Kezia.

»Ja«, sagte Isabel rasch, »wollen Krankenhaus spielen! Ich bin die Schwester, und Pip kann der Doktor sein, und du und Lottie und Rags, ihr seid die Patienten.«

Lottie mochte nicht mitspielen, denn letztesmal hatte Pip ihr etwas in die Kehle geträufelt und ihr furchtbar weh getan.

»Pffft!« spottete Pip. »Das war bloß der Saft von ein bißchen Mandarinenschale.«

»Na, dann wollen wir ›Familie‹ spielen! Pip kann der Vater sein, und ihr andern alle seid unsre lieben Kinder.«

»Familie-Spielen find' ich scheußlich«, sagte Kezia. »Dann müssen wir immer Hand in Hand in die Kirche gehen und wieder nach Hause und ins Bett!«

Plötzlich holte Pip ein schmutziges Taschentuch aus der Tasche. »Snooker! Hierher!« rief er. Doch Snooker klemmte, wie üblich, den Schwanz zwischen die Beine und versuchte auszukneifen. Pip sprang auf ihn drauf und klemmte ihn zwischen seine Knie.

»Halt seinen Kopf fest, Rags!« rief er und band dem Hund das Taschentuch um den Kopf, so daß zuoberst ein komischer Knoten abstand.

»Was soll denn das nützen?« fragte Lottie.

»Um seine Ohren dran zu gewöhnen, daß sie am Kopf anliegen, verstehst du?« sagte Pip. »Alle Raufer haben anliegende Ohren. Aber Snookers Ohren sind ein bißchen zu weich.«

»Ich weiß«, sagte Kezia. »Sie kippen immer um, daß man die Innenseite sieht. Scheußlich ist das!«
Snooker legte sich nieder und machte einen schwachen Versuch, mit der Pfote das Taschentuch herunterzuzerren, doch als er merkte, daß es nicht ging, zottelte er hinter den Kindern her und zitterte vor Elend.

IX.

Mit weit ausholenden Schritten kam Pat vorbei; in der Hand hielt er einen kleinen Tomahawk, der in der Sonne blinkte.
»Kommt mit!« rief er den Kindern zu. »Ich zeige euch, wie die Könige von Irland den Enten den Kopf abschlagen!«
Sie wichen zurück – sie glaubten ihm nicht, und außerdem hatten die Trout-Jungen Pat noch nicht gesehen.
»Kommt doch mit!« lockte er sie, lächelte und streckte Kezia seine Hand hin.
»Einen richtigen Entenkopf? Von einer aus der Koppel?«
»Ja«, sagte Pat. Sie legte ihre Hand in seine harte Tatze.
»Wenn Blut fließt, will ich mal lieber Snookers Kopf festhalten«, sagte Pip, »denn der bloße Anblick von Blut macht ihn ganz scharf.« Er lief voraus und zog Snooker am Taschentuch mit.
»Findet ihr, wir sollten mitgehen?« flüsterte Isabel. »Wir haben doch überhaupt nicht gefragt und so. Oder?«
Am Ende des Obstgartens war eine Pforte im Bretterzaun. Auf der andern Seite kam man über eine steile Böschung zu einer Brücke, die über den Bach führte; und war man erst jenseits auf der andern Böschung, dann kam man zu den Koppeln. Ein altes Ställchen in der ersten Koppel war in ein Geflügelhaus umgewandelt worden. Die Hühner hatten sich über die ganze Koppel zerstreut, bis zu einer Abfallgrube in einer Senke, doch die Enten hielten sich an den Bach, der unter der Brücke dahinfloß.
Über den Bach hingen große Büsche mit roten Beeren und gelben Blüten und Büscheln von Brombeeren. Der Bach war an manchen Stellen breit und seicht, an andern aber purzelte er in tiefe Tümpelchen mit Schaum an den Rändern

und sprudelnden Blasen. In diesen Tümpelchen vergnügten sich die großen weißen Enten und schwammen umher und gründelten die verkrauteten Ufer entlang.
»Das ist die kleine irische Flotte«, sagte Pat. »Seht euch mal den alten Admiral mit dem grünen Halskragen und dem hübschen kleinen Flaggenmast auf seinem Schwanz an!«
Er holte eine Hand voll Körner aus seiner Tasche und begann gemächlich zum Geflügelhaus zu gehen. Den Strohhut mit dem eingedellten Kopf hatte er in die Augen gezogen.
»Lid! Lid-lid-lid-lid!« lockte er.
»Quak! Quak-quak-quak-quak«, antworteten die Enten und schwammen ans Ufer, und flügelklatschend kletterten sie die Böschung hinauf und watschelten in einer lang ausgezogenen Reihe hinter ihm her. Er lockte sie und tat so, als streute er Futter hin, schüttelte es in der Hand und rief sie herbei, bis sie einen engen weißen Kreis um ihn bildeten.
Die Hühner hörten von weitem den Lärm und kamen auch über die Koppel gerannt – die Köpfe vorgestreckt, die Flügel ausgebreitet, setzten sie auf die alberne Art, wie es Hühner tun, die Krallen nach innen und schimpften dabei.
Nun streute Pat die Körner hin, und die Enten begannen gierig zu fressen. Rasch bückte er sich, ergriff zweie, unter jedem Arm eine, und ging zu den Kindern hinüber. Die vorschnellenden Köpfe und die runden Augen erschreckten die Kinder – ausgenommen Pip.
»Kommt doch, ihr Äffchen!« rief er. »Sie können nicht beißen! Sie haben bloß zwei kleine Löcher im Schnabel, damit sie Luft schnappen können.«
»Hältst du mir die eine, während ich die andre fertigmache?« fragte Pat. Pip ließ Snooker los. »Ui ja! Ui ja! Gib sie her! Es macht mir nichts, wenn sie strampelt.«
Er weinte fast vor Begeisterung, als Pat ihm den weißen Klumpen in die Arme legte.
Neben der Tür des Ställchens stand ein alter Klotz. Pat packte die Ente bei den Beinen und legte sie platt über den Stumpf, und fast im gleichen Augenblick zuckte der kleine Tomahawk nieder, und der Kopf der Ente flog zu Boden. Das Blut spritzte über die weißen Federn und über seine Hand.

Als die Kinder das Blut sahen, fürchteten sie sich nicht mehr. Sie drängten sich um Pat und begannen zu kreischen. Sogar Isabel hüpfte hoch und schrie: »Das Blut! Das Blut!« Pip dachte gar nicht mehr an seine Ente. Er schleuderte sie einfach weg und brüllte: »Ich hab's gesehen! Ich hab's gesehen!«, und tanzte um den Holzklotz.
Rags Wangen waren so weiß wie Papier. Er lief zu dem kleinen Kopf, streckte die Finger aus, als wollte er ihn berühren, schreckte zurück und streckte wieder seinen Finger aus. Er zitterte am ganzen Leibe.
Sogar Lottie, die furchtsame kleine Lottie, begann zu lachen, schrie: »Schau bloß, Kezia, schau!«, und zeigte auf die Ente.
»Jetzt aufgepaßt!« rief Pat. Er setzte den Körper der Ente auf den Boden, und er begann zu watscheln – nur wo der Kopf gesessen hatte, quoll ein starker Blutspritzer hervor –, ja, ohne einen Laut begann er wegzutapsen, zu der steilen Böschung hin, die zum Bach abfiel ... Das war der Glanzpunkt.
»Seht ihr's? Seht ihr's?« kreischte Pip. Er lief zwischen den kleinen Mädchen herum und zog sie an der Schürze.
»Wie eine kleine Lok!« quietschte Isabel. »Wie eine komische kleine Lokomotive!« Aber Kezia stürzte sich plötzlich auf Pat, warf die Arme um seine Beine und bumste mit dem Kopf gegen seine Knie, so fest sie nur konnte.
»Mach'n Kopf wieder an! Mach'n Kopf wieder an!« schrie sie.
Als er sich bückte, um sie wegzuschieben, ließ sie ihn nicht los und nahm auch ihren Kopf nicht weg. Sie klammerte sich an Pat, so fest sie nur konnte, und schluchzte: »Kopf wieder anmachen! Kopf wieder anmachen!«, bis es wie ein lauter, merkwürdiger Schluckauf klang.
»Jetzt ist sie stehengeblieben. Sie ist umgekippt. Sie ist tot«, sagte Pip.
Pat zog Kezia auf seine Arme hinauf. Ihre Sonnenhaube war hintenüber gerutscht, aber sie ließ sich nicht von ihm ins Gesicht blicken. Nein, sie drückte ihr Gesicht gegen den Knochen an seiner Schulter und umklammerte seinen Hals.

Ebenso plötzlich, wie die Kinder zu kreischen begonnen hatten, verstummten sie jetzt. Sie umstanden die tote Ente. Rags fürchtete sich nicht mehr vor dem toten Kopf. Er kniete sich jetzt hin und streichelte ihn.
»Ich glaube, der Kopf ist noch nicht ganz tot«, sagte er.
»Glaubt ihr, daß er lebendig bleibt, wenn ich ihm was zu trinken gebe?«
Aber Pip wurde ganz ärgerlich? »Pah! Du Baby!« sagte er. Er pfiff Snooker und ging fort.
Als Isabel zu Lottie ging, riß Lottie sich los.
»Warum willst du mich immer anfassen, Isabel?«
»Ist ja schon wieder gut«, sagte Pat zu Kezia. »Bist doch ein braves kleines Mädchen!«
Sie hob die Hände und streifte seine Ohren. Sie berührte etwas. Langsam hob sie ihr zitterndes Gesicht auf und schaute hin. Pat trug kleine goldene Ohrringe! Sie hatte nicht gewußt, daß Männer Ohrringe trugen. Sie war ganz erstaunt.
»Kann man sie einstecken und abnehmen?« fragte sie heiser.

X.

Im Haus oben bereitete Alice, das Dienstmädchen, in der warmen, aufgeräumten Küche den Nachmittagstee vor. Sie war in ›Dienstkleidung‹. Sie trug ein Kleid aus schwarzem Stoff, das unter den Armen roch, eine weiße Schürze, die wie ein Blatt Papier aussah, und eine Spitzenschleife, die sie mit zwei Jettnadeln im Haar befestigt hatte. Und ihre bequemen Filzpantoffeln hatte sie gegen ein Paar schwarze Lederschuhe ausgetauscht, die einfach gräßlich auf das Hühnerauge an ihrer kleinen Zehe drückten ...
Es war warm in der Küche. Eine Brummfliege surrte umher, eine weiße Dampffahne stieg aus dem Kessel auf, und der Deckel vollführte einen ratternden Jigtanz, während das Wasser brodelte. Die Uhr tickte langsam und entschlossen durch die warme Luft – wie das Klappern der Stricknadeln einer alten Frau –, und manchmal – ganz ohne Grund, denn kein Lüftchen regte sich – schwang die Jalousie vor und zurück und pochte gegen das Fenster.

Alice machte Sandwich mit Brunnenkresse. Vor sich auf dem Tisch hatte sie einen Laib Butter, ein Toastbrot und die auf ein weißes Tuch gehäufte Brunnenkresse.
Aber gegen die Butterplatte lehnte ein schmutziges, fettiges kleines Buch, das halb auseinanderfiel und Eselsohren aufwies, und während sie die Butter glattstrich, las sie:

›Es ist ein schlechtes Zeichen, wenn man von Küchenschaben träumt, die einen Leichenwagen ziehen, und bedeutet den Tod einer nahestehenden oder geliebten Person, Vater oder Ehemann, Bruder, Sohn oder Zukünftiger. Wenn die Schaben rückwärts kriechen, während man sie beobachtet, kann es Tod durch Feuer oder aus großer Höhe bedeuten, zum Beispiel von einer Treppe oder einem Gerüst.
Spinnen. Von Spinnen träumen, die über einen kriechen, ist ein gutes Zeichen. Es bedeutet sehr viel Geld in naher Zukunft. Falls die betreffende Person in andern Umständen ist, kann man mit einer leichten Niederkunft rechnen. Doch im sechsten Monat ist Vorsicht geboten, und ein Geschenk von Krabben, das ins Haus steht, sollte man zu essen vermeiden.‹

»Viele tausend Vögelein . . .«
Lieber Himmel! Das war Miss Beryl! Alice ließ das Buttermesser fallen und schob ihr *Traumbuch* unter die Butterschüssel. Aber sie hatte nicht genügend Zeit, es gänzlich zu verstecken, denn Beryl kam in die Küche und zum Tisch gerannt, und das erste, worauf ihr Blick fiel, waren die fettigen Buchecken. Alice bemerkte Miss Beryls bedeutungsvolles Lächeln und die Art, wie sie die Brauen hochzog und die Augen zusammenkniff, als wäre sie nicht ganz sicher, was es sein könnte. Falls Miss Beryl sie fragen sollte, hatte sie sich vorgenommen, ihr zu antworten: ›Nichts, was Ihnen gehört, Miss!‹ Doch sie wußte, daß Beryl nicht fragen würde. Alice war im Grunde ein sanftes Geschöpf, aber sie hatte die großartigsten Antworten auf Fragen bei der Hand, die ihr, wie sie genau wußte, doch nie gestellt wurden. Doch das Ausdenken und das ständige Herumwälzen dieser Antworten in ihrem Kopf labten sie genauso, als wären sie geäu-

ßert worden. Ja, es hatte ihr gewissermaßen das Leben gerettet – auf manchen Posten nämlich, wo sie so gequält worden war, daß sie sich gefürchtet hatte, abends mit einer Schachtel Zündhölzer auf dem Stuhl schlafen zu gehen, denen sie etwa im Schlaf die Köpfe hätte abbeißen können.

»O Alice«, sagte Miss Beryl, »es kommt noch jemand zum Tee! Würden Sie also bitte einen Teller mit den Rosinenbrötchen von gestern aufwärmen! Und tragen Sie nicht nur den Kaffeekuchen, sondern auch die Biskuitrolle auf. Und vergessen Sie bitte nicht, kleine Deckchen unter die Teller zu legen. Gestern hatten Sie es nämlich vergessen, und der Teetisch sah so unschön und gewöhnlich aus. Und, Alice, stülpen Sie nicht wieder die gräßliche alte rotgrüne Teemütze über die Nachmittagsteekanne! Die ist nur fürs Frühstück. Eigentlich sollte sie überhaupt in der Küche bleiben – sie ist so schäbig, und riechen tut sie auch. Nehmen Sie die japanische. Es ist Ihnen doch klar, nicht wahr?«

Miss Beryl war fertig.

»Viele tausend Vögelein singen laut im Sonnenschein«, sang sie, als sie die Küche verließ, sehr zufrieden mit sich, daß sie Alice die feste Hand gezeigt hatte.

Oh, Alice tobte! Sie gehörte nicht zu denen, die sich aufregten, wenn man ihnen etwas auftrug, aber Miss Beryls Art, mit ihr zu sprechen, konnte sie nicht ausstehen. Nein, das konnte sie nicht! Sie zog sich gewissermaßen ganz in sich selbst zurück und zitterte richtig. Was aber Alice am meisten an Miss Beryl haßte, war die Art, wie sie sie erniedrigte. Sie sprach mit einer besonderen Stimme zu Alice, als wäre sie nicht ganz vorhanden, und nie geriet sie aus dem Häuschen bei ihr, niemals! Selbst wenn Alice etwas hinwarf oder etwas Wichtiges vergaß, schien Miss Beryl nichts Besseres von ihr erwartet zu haben.

»Bitte schön, Mrs. Burnell«, sagte eine phantasierende Alice, während sie die Brötchen mit Butter bestrich, »von Miss Beryl möcht' ich mir lieber nichts befehlen lassen. Ich bin vielleicht nur ein einfaches Dienstmädchen, was nicht Gitarre spielen kann, aber ...« Dieser letzte Hieb gefiel ihr so sehr, daß sie ihre gute Laune wiederfand.

»Das einzige, was sich machen läßt«, hörte sie, als sie die Eßzimmertür öffnete, »ist, die Ärmel gänzlich abzutrennen und statt dessen nur breite schwarze Samtbänder über die Schulter zu legen . . .«

XI.

Die weiße Ente sah nicht so aus, als hätte sie je einen Kopf gehabt, als Alice sie am Abend vor Stanley Burnell hinstellte. Sie lag in köstlich gebratener Resignation auf einer blauen Platte. Die Beine waren zusammengebunden, und die Füllung lag als Kranz kleiner Kügelchen ringsherum.
Es war schwer zu sagen, wer von den beiden besser durchgebraten aussah – Alice oder die Ente: beide hatten die gleiche kräftige Farbe und schienen vor Hochglanz zu bersten. Aber Alice war feuerrot, und die Ente war braun wie Mahagoni.
Burnells Blicke flogen über die Schneide des Tranchiermessers. Er war sehr stolz auf sein Tranchieren und machte es zu einer lebenswichtigen Aufgabe. Es war ihm schrecklich, einer Frau beim Tranchieren zuzusehen: Frauen machten es immer so langsam, und es war ihnen einerlei, wie das Fleisch hinterher aussah. Ihm war das nicht einerlei; er bildete sich etwas darauf ein, wie dünne Scheiben er vom kalten Roastbeef abschneiden konnte, oder Hammelbraten in Stücken von der genau richtigen Dicke, und wie er ein Huhn oder eine Ente hübsch akkurat zerlegte . . .
»Ist das unser erstes Eigenerzeugnis?« fragte er und wußte doch sehr gut, daß es so war.
»Ja, der Metzger ist nicht gekommen. Wir haben entdeckt, daß er nur zweimal die Woche kommt.«
Aber eine Entschuldigung war überflüssig. Es war ein köstlicher Vogel. Überhaupt nicht wie Fleisch, sondern wie eine sehr erlesene Fleischpastete. »Mein Vater würde sagen«, erzählte Burnell, »daß es eine von den Enten gewesen sein muß, denen ihre Mutter in der Jugend Flöte vorgespielt hat. Und die lieblichen Klänge des melodischen Instruments wirkten sich so auf das kindliche Gemüt aus, daß . . . Noch et-

was mehr, Beryl? Wir beide sind die einzigen in diesem Haus, die das richtige Verständnis für gutes Essen haben. Ich bin gern bereit, falls nötig, vor Gericht auszusagen, daß ich gutes Essen schätze.«

Der Tee wurde im Salon gereicht, und Beryl, die aus irgendeinem Grund sehr nett zu Stanley gewesen war, seit er das Haus betreten hatte, schlug eine Partie Cribbage vor. Sie setzten sich an einen kleinen Tisch vor eins der offenen Fenster. Mrs. Fairfield verzog sich, und Linda lag mit über dem Kopf verschränkten Armen im Schaukelstuhl und wippte hin und her.

»Du brauchst doch kein Licht, nicht wahr, Linda?« fragte Beryl. Sie zog die hohe Stehlampe zu sich herüber, so daß sie in ihrem weichen Licht saß.

Von dort aus, wo Linda saß und wippte, wirkten die beiden ganz entrückt. Der grüne Tisch, die blanken Karten, Stanleys große und Beryls zierliche Hände — alles schien an einer einzigen geheimnisvollen Bewegung teilzuhaben. Stanley, der groß und kräftig in seinem dunklen Anzug steckte, nahm es gemütlich; und Beryl warf ihren hellbeleuchteten Kopf in den Nacken und verzog die Lippen. Um den Hals trug sie ein Samtband, das Linda noch nicht an ihr gesehen hatte: es veränderte sie irgendwie, veränderte die Form ihres Gesichts, fand Linda, aber es war reizend. Das Zimmer duftete nach Lilien; zwei hohe Vasen mit Kallalilien standen im Kamin.

»Fünfzehn-zwei ... fünfzehn-vier ... und ein Paar macht sechs und eine Sequenz neun«, sagte Stanley so betont, als zählte er Schafe.

»Ich habe bloß zwei Paare«, sagte Beryl mit übertriebenem Kummer, weil sie wußte, wie gern er gewann.

Die Cribbagestifte waren wie zwei Männchen, die zusammen eine Straße hinaufgingen, an der Ecke kehrtmachten und wieder straßab kamen. Sie verfolgten einander. Sie wollten einander nicht unbedingt überholen, sondern eher nah genug beisammenbleiben, um plaudern zu können — nah genug, das war's vielleicht.

Aber nein, da war immer einer, der ungeduldig war und davonhüpfte und nicht zuhören wollte, wenn der andre sich näherte. Vielleicht hatte der weiße Stift Angst vor dem roten, oder vielleicht war er grausam und wollte dem roten keine Gelegenheit zum Plaudern geben ...

Beryl trug vorn am Ausschnitt einen Stiefmütterchenstrauß, und als die kleinen Stifte einmal Seite an Seite steckten, beugte sie sich vor, und die Stiefmütterchen fielen herunter und bedeckten die beiden.

»Wie schade!« rief sie und hob die Stiefmütterchen auf. »Gerade, als sie Gelegenheit hatten, einander in die Arme zu sinken!«

»Leb wohl, mein Schatz«, sagte Stanley, und der rote Stift hüpfte davon.

Der Salon war lang und schmal, und Glastüren führten auf die Veranda. Die Tapete war sahnefarben mit goldenem Rosenmuster, und die Möbel, die der alten Mrs. Fairfield gehört hatten, waren dunkel und einfach. An der Wand stand ein Klavier, dessen geschnitzte Vorderseite mit plissierter gelber Seide unterlegt war. Darüber hing ein von Beryl gemaltes Ölbild: ein dichtes Büschel verwundert dreinblickender Klematis. Jede Blüte war so groß wie eine kleine Untertasse, und den Mittelpunkt bildete ein erstauntes, schwarz bewimpertes Auge. Doch das Zimmer war noch nicht fertig. Stanleys Herz hing an einem Chesterfield-Sofa und zwei guten Sesseln. Linda gefiel es am besten, wie es war ...

Zwei große Nachtschmetterlinge flogen zum Fenster herein und im Lichtkreis immer rundherum.

»Fliegt weg, ehe es zu spät ist! Fliegt wieder hinaus!«

Immer rundherum flogen sie; sie schienen auf ihren stillen Flügeln die Stille und den Mondschein ins Zimmer zu bringen ...

»Ich habe zwei Könige«, sagte Stanley. »Taugen sie was?«

»So ziemlich«, sagte Beryl.

Linda hörte auf zu schaukeln und stand auf. Stanley blickte zu ihr hinüber.

»Fehlt dir was, Liebling?«

»Nein, nichts. Ich will Mutter suchen.«

Sie ging aus dem Zimmer, und als sie am Fuß der Treppe

stand, rief sie hinauf, doch ihre Mutter antwortete ihr von der Veranda.

Der Mond, den Lottie und Kezia vom Lieferwagen aus gesehen hatten, war jetzt voll, und das Haus, der Garten, die alte Frau und Linda – alles war in blendendes Licht getaucht.

»Ich habe mir die Aloe angeschaut«, sagte Mrs. Fairfield. »Dieses Jahr wird sie, glaube ich, blühen. Sieh dir mal die Spitze an! Sind das Knospen, oder ist es nur ein Spiel des Lichts?«

Als sie auf der Verandatreppe standen, schien die Rasenkuppe, auf der die Aloe wuchs, wie eine Welle zu wogen, und die Aloe schwamm wie ein Schiff mit hochgehobenen Rudern drüber hin. Heller Mondschein schimmerte wie Wasser auf den Rudern, und auf der grünen Welle glitzerte der Tau.

»Spürst du es auch«, fragte Linda und sprach mit dem eigenartigen Tonfall, mit dem Frauen nachts miteinander sprechen, als redeten sie im Schlaf oder aus einer tiefen Höhle heraus, »spürst du es auch, daß sie auf uns zukommt?«

Sie träumte, daß sie aus dem kalten Wasser in das Schiff mit den hochgehobenen Rudern und dem knospenden Mast geholt würde. Jetzt tauchten die Ruder ein, mit raschem, raschem Schlag. Sie ruderten weit fort, hoch über die Baumwipfel und die Koppeln und den dunklen Busch dahinter. Oh, sie hörte, wie sie den Ruderern zurief: »Rascher! Rascher!«

Wieviel wirklicher war dieser Traum doch, als es die Rückkehr ins Haus gewesen wäre, wo die Kinder schliefen und wo Stanley und Beryl Cribbage spielten.

»Ich glaube, daß es Knospen sind«, sagte sie. »Laß uns in den Garten hinuntergehen, Mutter! Ich liebe die Aloe. Ich liebe sie mehr als alles andere hier. Bestimmt werde ich mich noch lange an sie erinnern, nachdem ich all das andere vergessen habe.«

Sie legte die Hand auf den Arm ihrer Mutter, und sie gingen die Treppe hinunter und um die Insel herum und weiter auf der Zufahrt, die zum Haupttor führte.

Als sie die Aloe von unten betrachtete, konnte sie die langen, scharfen Stacheln an den Blatträndern sehen, und bei ihrem Anblick verhärtete sich ihr Herz... Die langen, scharfen Stacheln liebte sie ganz besonders ... Niemand würde es wagen, dem Schiff zu nahe zu kommen oder es zu verfolgen.

›Auch mein Neufundländer nicht‹, dachte sie, ›den ich tags so gern habe.‹

Denn sie mochte ihn wirklich gern; sie liebte und bewunderte und achtete ihn über die Maßen. Ja, mehr als alles andere in der Welt! Sie kannte ihn durch und durch. Er war die verkörperte Ehrlichkeit und Anständigkeit, und trotz all seiner praktischen Erfahrung war er so kindlich und so leicht zu erfreuen — und leicht gekränkt.

Wenn er sie nur nicht immer so anspringen und nicht so laut bellen und sie mit so eifrigen, liebevollen Augen bewachen würde! Er war zu stark für sie; schon immer, schon von klein auf hatte sie alles gehaßt, was auf sie losstürmte. Manchmal jagte er ihr Angst ein, regelrechte Angst. Dann hätte sie fast aus Leibeskräften geschrien: »Du bringst mich um!«, und hätte am liebsten die gemeinsten, häßlichsten Ausdrücke gebraucht...

›Du weißt, daß ich sehr zart bin. Du weißt ebensogut wie ich, daß mein Herz angegriffen ist, und der Doktor hat dir gesagt, daß ich von einem Augenblick auf den andern sterben kann. Wo ich doch schon drei große Brocken von Kindern in die Welt gesetzt habe ...‹

Ja, ja, es war richtig. Linda riß ihre Hand vom Arm ihrer Mutter. Trotz all ihrer Liebe und Achtung und Bewunderung haßte sie ihn. Und wie zärtlich er immer nach solchen Momenten war, wie ergeben, wie rücksichtsvoll. Er wollte alles für sie tun, wollte ihr so gerne dienen ... Linda hörte sich mit matter Stimme sagen: »Stanley, würdest du bitte die Kerze anzünden?«

Und sie hörte ihn freudig antworten: »Natürlich, mein Liebling!« Und er sprang aus dem Bett, als wollte er für sie auf den Mond springen.

Noch nie war es ihr so klar gewesen wie in diesem Augenblick. Da waren all ihre Gefühle für ihn, klar und eindeutig, und eins so wahr wie das andre. Doch da war auch dieser Haß, und er war ebenso wirklich wie die andern Gefühle. Sie hätte sie alle in Päckchen einwickeln und Stanley überreichen können. Sie brannte darauf, ihm dieses letzte zu geben – als Überraschung. Sie konnte sich seine Augen vorstellen, wenn er es öffnete ...

Sie zog ihre verschränkten Arme fester an sich und begann leise zu lachen. Wie widersinnig das Leben war – es war lachhaft, einfach lachhaft. Und warum diese Wahnidee, um jeden Preis am Leben zu bleiben? Denn es war wirklich eine Wahnidee, dachte sie spöttisch und lachte.

›Wofür schone ich mich denn so zimperlich? Ich werde weiterhin Kinder bekommen, und Stanley wird weiterhin Geld verdienen, und die Kinder und die Gärten werden immer größer, bis ganze Flotten von Aloen da sind, für mich zur Auswahl bestimmt!‹

Sie war mit gesenktem Kopf einhergeschlendert und hatte nichts angeblickt. Jetzt schaute sie auf und um sich. Sie standen vor den roten und weißen Kamelienbüschen. Herrlich waren die üppigen dunklen Blätter, die das Licht widerspiegelten, und die runden Blüten, die sich wie rote und weiße Vögel auf ihnen niedergelassen hatten. Linda zupfte ein Verbenenblatt ab, zerrieb es und hielt ihrer Mutter die Hände hin.

»Köstlich«, sagte die alte Frau. »Frierst du, Kind? Du zitterst wohl? Ja, du hast kalte Hände! Wir wollen lieber ins Haus gehen.«

»Woran hast du gedacht?« fragte Linda. »Erzähl's mir!«

»Ich habe eigentlich an nichts gedacht. Als wir am Obstgarten vorbeikamen, habe ich überlegt, wie die Obstbäume wohl wären und ob wir in diesem Herbst viel Marmelade einkochen könnten. Im Gemüsegarten gibt's ein paar prachtvoll gesunde Johannisbeersträucher. Sie fielen mir heute auf. Ich möchte die Regale in der Speisekammer mit einem tüchtigen Vorrat von unserer eigenen Marmelade sehen ...«

XII.

›Meine liebe Nan,
halte mich nicht für ein Ungetüm, weil ich dir nicht eher geschrieben habe. Ich hatte keine Minute Zeit, Liebes, und selbst jetzt bin ich so erschöpft, daß ich kaum die Feder halten kann.

Also die ruchlose Tat ist vollbracht. Wir haben tatsächlich den irren Wirbel der Stadt hinter uns gelassen, und ich sehe keine Möglichkeit, daß wir jemals zurückkehren werden, denn mein Bruder hat das Haus hier gekauft, ›mit allem Drum und Dran‹, um seine eigenen Worte zu gebrauchen. In einer Beziehung ist es natürlich die reinste Erlösung, denn solange ich bei ihnen wohne, hatte er schon immer damit gedroht, einen Besitz auf dem Lande zu kaufen – und ich muß gestehen, daß Haus und Garten furchtbar nett sind, hunderttausendmal besser als die greuliche kleine Bude in der Stadt.

Aber hier ist man begraben, Liebes! Begraben ist überhaupt kein Ausdruck!

Wir haben Nachbarn, ja, aber es sind bloß Farmer – klobige Burschen, die den ganzen Tag zu melken scheinen, und zwei furchtbare weibliche Wesen mit Hamsterzähnen, die uns am Tag, als wir einzogen, Rosinenbrötchen brachten und uns versicherten, wie gern sie uns helfen würden. Aber meine zweite Schwester, die eine Meile entfernt wohnt, kennt hier keine Menschenseele, folglich werden wir bestimmt auch nie jemanden kennenlernen. Daß uns aus der Stadt nie jemand besuchen wird, ist ziemlich klar, denn ein Bus ist zwar da, aber es ist ein greulicher alter Klapperkasten mit schwarzen Ledersitzen, und jeder anständige Mensch würde lieber sterben, als die sechs Meilen damit zu fahren.

Aber so ist das Leben! Ein trauriges Ende für die arme kleine B. In ein oder zwei Jahren bin ich die greulichste alte Schachtel geworden und werde dich heimsuchen: in Regenmantel und Südwester, den ich unter dem Kinn mit einem weißseidenen Autoschleier befestigt habe. Ein reizender Anblick!

Stanley sagt, jetzt, wo alles in Ordnung ist – denn nach der furchtbarsten Woche meines Lebens ist wirklich alles in Ordnung –, will er samstagsnachmittags ein paar Herren aus dem Klub zum Tennisspiel herbringen. Für heute sind schon zwei als besonderer Genuß in Aussicht gestellt. Aber, Liebes, wenn du Stanleys Klubfreunde sehen könntest! Ziemlich dick, jener Typ, der ohne Weste schrecklich unanständig aussieht und immer über den großen Onkel latscht, was so auffällt, wenn man in weißen Schuhen über den Tennisplatz geht. Und dauernd ziehen sie sich die Hose hoch – stell dir das vor! – und klopfen mit ihren Schlägern blindlings drauflos.

Im vorigen Sommer habe ich im Klub mit ihnen gespielt, und du weißt sicher, welchen Typ ich meine, wenn ich dir erzähle, daß sie mich nach dem drittenmal alle Miss Beryl nannten. Es ist eine trübselige Welt. Mutter findet es hier natürlich begeisternd, aber wenn ich mal so alt wie Mutter bin, werde ich mich vermutlich damit begnügen, in der Sonne zu sitzen und Erbsen in eine Schüssel zu pulen. Aber jetzt noch nicht – noch nicht, nein!

Was Linda über die ganze Sache denkt, davon habe ich, wie üblich, nicht die blasseste Ahnung. Geheimnisvoll wie immer . . .

Mein Liebes, du kennst doch mein weißes Atlaskleid. Ich habe die Ärmel gänzlich herausgetrennt und schwarze Samtbänder über die Schultern genäht, dazu zwei große rote Mohnblüten vom *chapeau* meiner teuren Schwester. Es ist prachtvoll geworden, aber wann ich's tragen werde, weiß der Himmel.‹

Beryl hatte den Brief an einem Tischchen in ihrem Zimmer geschrieben. In einer Beziehung entsprach natürlich alles völlig der Wahrheit, doch andererseits war es der größte Unsinn, und sie glaubte kein Wort davon. Nein, das stimmte auch nicht. Sie empfand all das, aber doch nicht genauso. Diesen Brief hatte ihr anderes Selbst geschrieben, und ihr wahres Selbst empfand ihn nicht nur als langweilig, sondern als widerlich.

›Leichtsinnig und albern‹, sagte ihr wahres Selbst. Doch sie wußte, daß sie ihn abschicken würde und daß sie Nan Pym immer derartiges Gewäsch schreiben würde. Es war sogar ein zahmes Beispiel der Briefe, die sie im allgemeinen schrieb. Beryl stützte ihre Ellbogen auf den Tisch und überflog den Brief noch einmal. Aus jeder Seite schien ihr die Stimme des Briefs entgegenzutönen. Sie war schon fern, wie eine im Telefon gehörte Stimme, schrill und übersprudelnd, mit einem bitteren Beiklang. Oh, heute war sie ihr widerwärtig!
»Du bist immer so voller Leben«, pflegte Nan Pym zu sagen. »Deshalb sind die Männer so scharf auf dich.« Und ziemlich betrübt — denn die Männer waren keinesfalls scharf auf Nan, ein kräftiges Mädchen mit starken Hüften und rotem Gesicht — hatte sie hinzugefügt: »Ich kann nicht verstehen, wie du das durchhältst. Aber wahrscheinlich ist es deine Natur.«
Was für ein Blech! Was für ein Unsinn! Ihre Natur war es ganz und gar nicht. Lieber Himmel, wenn sie Nan Pym ihr wahres Selbst offenbart hätte, wäre Nannie vor Überraschung aus dem Fenster gesprungen ... Mein Liebes, du kennst ja mein weißes Atlaskleid ... Beryl schlug ihre Schreibmappe zu.
Sie sprang auf, und halb unbewußt, halb willentlich glitt sie zum Spiegel hinüber.
Da stand ein schlankes Mädchen in Weiß — in einem weißen Wollrock und weißseidener Bluse und einem Ledergürtel, der sehr eng um die schmale Taille geschnallt war.
Ihr Gesicht war herzförmig, mit breiter Stirn und einem spitzen, aber nicht allzu spitzen Kinn. Ihre Augen — die Augen waren wohl das Beste an ihr: sie hatten eine so seltsam ungewöhnliche Farbe, grünlichblau mit goldenen Fünkchen. Sie hatte feine schwarze Augenbrauen und lange Wimpern — wenn sie auf den Wangen lagen, waren sie so lang, daß sie das Licht auffingen, hatte ihr mal irgendwer erzählt.
Ihr Mund war ziemlich groß. Zu groß? Nein, eigentlich nicht. Die Unterlippe stand ein bißchen vor, und sie hatte es sich angewöhnt, sie einzuziehen, was schrecklich interessant war, wie ihr mal jemand anders erzählt hatte.

Mit ihrer Nase war sie am wenigsten zufrieden. Sie war nicht gerade häßlich, aber sie war bei weitem nicht so schön wie Lindas Nase. Linda hatte wirklich ein makelloses Näschen. Ihre dagegen ging in die Breite – nicht sehr. Und höchstwahrscheinlich übertrieb sie die Breite nur deshalb, weil es ihre Nase war und weil sie so sehr kritisch gegen sich war. Sie kniff sie mit Daumen und Zeigefinger zusammen und schnitt sich selbst eine kleine Grimasse ...

Herrliches, herrliches Haar! Und was für Unmengen! Es war von der Farbe frisch gefallener Herbstblätter: braun und rot mit einem goldenen Schimmer. Wenn sie es in einen langen Zopf flocht, fühlte sie es auf dem Rücken wie eine lange Schlange. Sie liebte es, wenn sie sein Gewicht spürte, das ihr den Kopf hintenüber zog, und sie liebte es auch, wenn es offen war und sie es auf den nackten Armen spürte. ›Ja, mein Kind, es steht einwandfrei fest, daß du ein allerliebstes kleines Ding bist.‹

Bei diesen Worten dehnte sich ihre Brust, und vor Entzükken seufzte sie tief und mit halbgeschlossenen Augen.

Aber noch während sie hinschaute, erstarb das Lächeln um Lippen und Augen. O Gott, da stand sie wieder und spielte dasselbe alte Spiel! Falsch – wie immer – falsch! Ebenso falsch wie das, was sie an Nan Pym geschrieben hatte. Falsch sogar, wenn sie, wie jetzt, mit sich selbst allein war.

Was hatte das Geschöpf im Spiegel mit ihr zu tun, und warum schaute sie hin? Sie ließ sich seitlich aufs Bett fallen und vergrub das Gesicht in den Armen.

»Oh«, rief sie, »ich bin so erbärmlich – so furchtbar erbärmlich! Ich weiß, daß ich albern und gehässig und eitel bin: immer muß ich irgendeine Rolle spielen! Nicht einen Augenblick bin ich je mein wahres Selbst!« Und deutlich, ach, so deutlich sah sie ihr falsches Selbst treppauf und treppab laufen, ein besonders musikalisches Lachen anstimmen, wenn sie Besuch hatten, unter der Lampe stehen, wenn ein Mann zum Abendessen kam, damit er den Lichtschimmer auf ihrem Haar sehen konnte, und sich anstellen und wie ein kleines Mädchen zieren, wenn sie aufgefordert wurde, Gitarre zu spielen. O je! Sogar Stanley zuliebe blieb sie ihrer Rolle treu. Erst gestern abend, als er die Zeitung las, hatte sich ihr falsches Selbst neben ihn gestellt und sich absichtlich an seine Schulter gelehnt. Hatte sie nicht ihre Hand auf seine gelegt und auf etwas hingewiesen, damit er sehen sollte, wie weiß ihre Hand neben seiner braunen war?

Wie verächtlich! Verächtlich! Ihr Herz war eiskalt vor Wut. »Es ist großartig, wie du das durchhältst«, sagte sie zu dem falschen Selbst. Aber es kam nur daher, weil sie so unglücklich, so unglücklich war. Wäre sie glücklich gewesen und hätte sie ihr eigenes Leben führen können, wäre es vorbei mit dem falschen Leben. Sie sah die wahre Beryl – einen Schatten . . . einen Schatten. Einen undeutlichen, unwirklichen Schimmer. Was war von ihr vorhanden außer diesem Schimmer? Und in welchen kurzen Augenblicken war sie wirklich sie selbst gewesen? Fast an jeden einzelnen konnte Beryl sich erinnern. In jenen Sekunden hatte sie es gespürt: ›Das Leben ist reich und geheimnisvoll und gut, und auch ich bin reich und geheimnisvoll und gut.‹ Werde ich diese Beryl jemals für immer sein? Soll ich's? Wie kann ich's? Und hat es je eine Zeit gegeben, wo ich kein falsches Selbst hatte? . . . Doch gerade als sie soweit gedacht hatte, hörte sie das Geräusch kleiner Schritte, die durch den Gang rannten; es wurde an der Türklinke gerattert. Kezia kam ins Zimmer.

»Tante Beryl, Mutter sagt, du möchtest bitte nach unten kommen. Vater ist mit einem Mann gekommen, und das Essen ist da!«

O jemine! Wie sie ihren Rock zerknüllt hatte, als sie so verrückt in die Knie gegangen war!

»Danke, Kezia!« Sie ging zur Frisierkommode und puderte sich die Nase.

Kezia folgte ihr, schraubte den Deckel von einer kleinen Cremedose und schnupperte daran. Unter dem Arm trug sie eine sehr schmutzige Stoffkatze.

Als Tante Beryl aus dem Zimmer lief, stellte Kezia die Katze auf den Toilettentisch und setzte ihr den Deckel der Cremedose aufs Ohr.

»Jetzt schau dich mal an!« sagte sie streng.

Die Stoffkatze war so überwältigt von dem Anblick, daß sie hintenüber kippte und auf den Boden schlug. Und der Deckel der Cremedose flog durch die Luft und rollte wie ein Penny im Kreis auf dem Linoleum herum – und zerbrach nicht.

Aber Kezia war schon im Augenblick, als er durch die Luft flog, überzeugt, daß er zerbrochen war, glühend heiß hob sie ihn auf und legte ihn auf die Frisierkommode.

Dann ging sie auf Zehenspitzen hinaus, viel zu hastig und viel zu leichtfüßig.

Ich weiß nicht, warum ich solche Vorliebe für das kleine Café hier habe. Es ist schmutzig und trübselig, sehr trübselig. Nicht etwa, als hätte es etwas an sich, wodurch es sich von hundert andern unterschiede – keineswegs –, oder als kämen die gleichen seltsamen Typen jeden Tag hierher, so daß man sie von seinem Eckplatz aus beobachten und wiedererkennen und mehr oder weniger (mit starker Betonung auf dem ›weniger‹) in ihr Geheimnis eindringen könnte.
Doch möge man bitte nicht denken, daß die Klammer ein Eingeständnis meiner Demut vor dem Geheimnis der menschlichen Seele bedeutet. Durchaus nicht; ich glaube nicht an die menschliche Seele – habe nie an sie geglaubt. Ich glaube, daß die Menschen wie Reisesäcke sind – vollgepackt mit allerhand Sachen, aufgehoben, weggestoßen, hingebracht, verloren und wiedergefunden, plötzlich halb ausgeleert oder voller denn je gestopft, bis endlich der allerletzte Träger sie auf den allerletzten Zug schleudert und sie davonrattern ...
Nicht etwa, daß diese Reisesäcke nicht sehr interessant sein könnten! Oh, sehr sogar! Ich sehe mich selbst vor ihnen stehen, wie ein Zollbeamter nämlich.
›Haben Sie etwas zu verzollen? Wein, Likör, Zigarren, Parfüm, Seide?‹
Und der Moment kurzen Zauderns, bevor ich meinen Kreideschnörkel anbringe – ob ich wohl beschwindelt werde? –, und gleich danach der andere zaudernde Moment, ob ich wohl beschwindelt worden bin, die sind vielleicht die spannendsten Augenblicke im Leben.
Ja, das sind sie – für mich.
Was ich jedoch, ehe ich mich auf diese lange und weit hergeholte und nicht furchtbar originelle Abschweifung einließ, ganz einfach sagen wollte: es gibt hier keine Reisesäcke zu untersuchen, weil die Stammgäste des Cafés, Damen und Herren, sich nicht setzen. Nein, sie stehen am Buffet, eine Handvoll Arbeiter, die vom Fluß heraufgekommen sind, alle mit weißem Mehl, Kalk oder ähnlichem Zeug überpu-

dert, und ein paar Soldaten, die magere, dunkelhaarige Mädchen mit silbernen Ringen im Ohr und Marktkörben am Arm mitbringen.

Auch die Madame ist mager und dunkelhaarig und hat bleiche Wangen und bleiche Hände. In einer bestimmten Beleuchtung sieht sie ganz durchsichtig aus und schimmert außerordentlich wirkungsvoll aus ihrem schwarzen Schal hervor. Wenn sie nicht bedient, sitzt sie auf einem Hocker und hat das Gesicht stets dem Fenster zugewandt. Ihre dunkel umrandeten Augen mustern die Vorübergehenden und folgen ihnen, doch nicht so, als suche sie jemanden. Das hat sie vielleicht vor fünfzehn Jahren getan – aber jetzt ist ihr diese Haltung zur Gewohnheit geworden. Ihrer müden und hoffnungsleeren Miene kann man ansehen, daß sie es aufgegeben hat – schon vor mindestens zehn Jahren.

Und dann der Kellner! Nicht rührend, und bestimmt nicht komisch. Nie macht er eine jener völlig bedeutungslosen Bemerkungen, die einen verblüffen, weil sie von einem Kellner kommen (als ob der arme Mensch eine Art Kreuzung zwischen einer Kaffeekanne und einer Weinflasche wäre, von der man nicht erwarten kann, daß sie auch nur einen Tropfen von irgend etwas anderem enthalten könne). Er ist grauhaarig, plattfüßig und verschrumpelt, und er hat lange, brüchige Fingernägel, die einem auf die Nerven gehen, wenn er seine zwei Sous zusammenscharrt. Wenn er nicht den Tisch abschmiert oder ein, zwei tote Fliegen wegschnipst, steht er in seiner viel zu langen Schürze, die eine Hand auf der Rückenlehne eines Stuhls und über dem andern Arm den dreieckigen Zipfel einer schmutzigen Serviette, und wartet darauf, im Zusammenhang mit irgendeiner abscheulichen Mordtat photographiert zu werden. ›Inneres des Cafés, in dem die Leiche gefunden wurde.‹ Hundertmal hat man ihn gesehen.

Glauben Sie, daß jeder Ort seine bestimmte Tagesstunde hat, wo er wirklich ganz zum Leben erwacht? Genauso meine ich es nicht. Eher so: es scheint tatsächlich einen Augenblick zu geben, wo man erkennt, daß man rein zufällig die Bühne gerade in dem Zeitpunkt betreten hat, zu dem man erwartet wurde. Alles ist für einen bereit und wartet auf einen. Aha, man ist Herr der Situation! Wichtigtuerisch bläht man sich auf. Und gleichzeitig lächelt man verstohlen und listig, weil das Leben anscheinend dagegen ist, einem diese Auftritte zu gewähren, ja, es scheint darauf aus zu sein, sie einem wegzuschnappen und unmöglich zu machen und einen in der Kulisse festzuhalten, bis es wirklich zu spät ist ... Doch dieses eine Mal hat man die alte Hexe besiegt!

Einen dieser Augenblicke genoß ich, als ich zum allerersten Mal hierherkam. Deshalb komme ich vermutlich immer wieder her – suche die Szene meines Triumphs auf, oder die Szene des Verbrechens, als ich die alte Vettel endlich einmal bei der Kehle hatte und mit ihr tat, was mir Spaß machte.

Frage: Warum bin ich so erbittert gegen das Leben? Und warum sehe ich es als eine Lumpensammlerin amerikanischer Filme, die in einen schmutzigen Schal eingewickelt ist und mit ihren alten, um einen Stock gekrümmten Klauen über die Szene schlurft?

Antwort: Es ist die unmittelbare Wirkung amerikanischer Filme auf einen schwachen Geist.

Jedenfalls ›neigte sich der kurze Winternachmittag seinem Ende zu‹, wie es so schön heißt, und ich ließ mich treiben, unschlüssig, ob ich heimgehen sollte oder nicht, als ich mich plötzlich in diesem Café befand und auf diesen Eckplatz zusteuerte.

Ich hängte meinen englischen Mantel und den grauen Filzhut auf denselben Haken hinter mir, und nachdem ich dem Kellner so viel Zeit gelassen hatte, daß mindestens zwanzig Photographen sich an ihm satt knipsen konnten, bestellte ich einen Kaffee.

Er schenkte mir ein Glas des bekannten bräunlichroten Getränks ein, über das ein grünlich waberndes Licht hinspielte, und schusselte weg, während ich dasaß und meine Hände um das Glas legte, denn draußen war es bitter kalt.

Plötzlich merkte ich, daß ich, ganz ohne es zu wollen, vor mich hinlächelte. Langsam hob ich den Kopf und sah mich im Spiegel gegenüber. Ja, dort saß ich, stützte mich auf den Tisch und lächelte mein unergründliches, verstohlenes Lächeln, vor mir das Glas Kaffee mit seiner zerflatternden Dampffahne und daneben die kreisrunde weiße Untertasse mit den zwei Zuckerstücken. Ich riß meine Augen sehr weit auf. Dort war ich gewissermaßen seit ewigen Zeiten gewesen, und jetzt erwachte ich endlich zum Leben ...

Es war sehr still im Café. Draußen hatte es zu schneien begonnen – man konnte es im Dämmerlicht gerade noch erkennen. Man konnte gerade noch die Umrisse der Pferde und Wagen und Menschen sehen, wie sie sanft und weiß durch die fusselige Luft zogen. Der Kellner verschwand und kam mit einem Arm voll Stroh zurück. Mit demütigen, beinah anbetenden Bewegungen streute er es von der Tür bis zum Buffet und rund um den Ofen auf den Fußboden hin. Man wäre nicht überrascht gewesen, wenn sich die Tür geöffnet hätte und die Jungfrau Maria, auf einem Esel reitend, hereingekommen wäre, ihre sanften Hände über dem dikken Bauch gefaltet ...

Das ist eigentlich sehr hübsch, die Sache mit der Jungfrau Maria, finden Sie nicht? Sie fließt so gemächlich aus der Feder, sie hat so ein ›verhallendes Gefälle‹. Damals fand ich es eben und beschloß, sie zu notieren. Man weiß nie, wann so ein kleiner Schnörkel sich vielleicht als nützlich erweist, um einen Abschnitt ausklingen zu lassen. Ich langte also nach der Schreibmappe auf dem Nebentisch und gab acht, mich sowenig wie möglich zu bewegen, weil der ›Zauber‹ noch nicht gebrochen war. (Sie kennen das wohl?)

Natürlich weder Papier noch Umschläge! Nur ein Blatt rosa Löschpapier, unglaublich weich und schlaff und beinah feucht – wie die Zunge eines toten Kätzchens (die ich nie angefühlt habe).

Ich saß also da – aber im Unterbewußtsein immer in jenem Zustand der Erwartung und die Zunge des toten kleinen Kätzchens um meinen Finger und die sanfte Redewendung durch meinen Geist rollend –, während meine Augen die Mädchennamen und die gemeinen Witze und die Zeichnungen von Flaschen und nicht zu Untertassen gehörenden Tassen gewahrten, die über die Schreibunterlage verstreut waren.

Es sind übrigens immer die gleichen. Die Mädchen haben immer dieselben Namen, die Tassen sitzen nie in Untertassen, und alle Herzen sind durchbohrt und mit Bändern zusammengebunden.
Doch dann – ganz plötzlich, am unteren Rand und in grüner Tinte geschrieben – stieß ich auf eine dumme, abgedroschene kleine Redewendung: *Je ne parle pas français.*
Da! Er war gekommen – der Augenblick – *le geste!* Und obwohl ich so aufnahmebereit war, packte es mich und stieß mich um; ich war einfach überwältigt! Und das körperliche Gefühl war so merkwürdig, so eigenartig. Mir war, als ob alles von mir, ausgenommen Kopf und Arme, alles von mir, was unter dem Tisch war, sich einfach aufgelöst hatte, geschmolzen und zu Wasser geworden war. Nur mein Kopf war geblieben und die zwei Stöckchen von Armen, die sich auf den Tisch stützten. Aber ach, die Qual des Augenblicks! Wie soll ich es beschreiben? Ich dachte an nichts anderes. Ich schrie nicht einmal heimlich auf. Einen kurzen Augenblick war ich – nicht. Ich war Qual, Qual, Qual.
Dann ging es vorbei, und gleich in der nächsten Sekunde dachte ich: ›Großer Gott! Kann ich wirklich so stark empfinden? Aber ich war ja völlig bewußtlos! Kein einziges passendes Wort war mir eingefallen! Ich war überwältigt! Ich war hingerissen! Ich hatte nicht im entferntesten versucht, es aufzuschreiben!‹
Ich blähte mich immer mehr auf und schloß zu guter Letzt mit der Prahlerei: ›Ich muß im Grunde erstklassig sein. Kein zweitklassiger Geist hätte ein Gefühl so intensiv ... und so rein empfinden können.‹

Der Kellner hat einen Fidibus an den roten Ofen gehalten und eine Gasblase unter einem breiten Schirm angezündet. Es nützt nichts, Madame, aus dem Fenster zu blicken, es ist jetzt stockdunkel. Ihre weißen Hände kauern über ihrem dunklen Schal. Sie gleichen zwei Tauben auf der Anflugstange, aber sie sind rastlos, so rastlos ... Schließlich stecken Sie sie in Ihre warmen Achselhöhlen ...
Jetzt hat der Kellner eine lange Stange genommen und die

Vorhänge klirrend zusammengeschoben. ›Alles fott!‹ wie kleine Kinder sagen.
Und außerdem kann ich Leute nicht ertragen, die etwas nicht aufgeben können, sondern ihm nachlaufen und rufen müssen. Wenn etwas weg ist, ist es weg. Aus und vorbei! Laßt es also laufen! Beachtet es nicht mehr, sondern tröstet euch, falls ihr Trost braucht, mit dem Gedanken, daß man nie dasselbe zurückbekommt, das man verloren hat. Immer ist es etwas Neues. Im Augenblick, wo es dich verläßt, ist es verwandelt. Ja, das trifft sogar auf einen Hut zu, dem man nachjagt; und ich meine es nicht nur so obenhin – ich spreche im Ernst ... Ich habe es mir zur Lebensregel gemacht, niemals etwas zu bereuen und niemals zurückzublicken. Reue ist eine grauenhafte Energieverschwendung, und niemand, der ein Schriftsteller sein will, kann sich eine solche Schwäche leisten. Man kann sie nicht gestalten; man kann nicht darauf bauen; sie taugt einzig dazu, in ihr zu schwelgen. Zurückblicken ist natürlich für die Kunst ebenso verhängnisvoll. Dabei bleibt man arm. Und die Kunst kann und will Armut nicht ertragen.
Je ne parle pas français. Je ne parle pas français. Die ganze Zeit, während ich diese letzte Seite schrieb, ist mein anderes Selbst draußen im Dunkeln herumgejachtert. Es verließ mich gerade dann, als ich meinen großen Augenblick zu analysieren begann, und sauste verzweifelt wie ein verlaufener Hund davon, der glaubt, daß er endlich, endlich den vertrauten Schritt wiederhört.
›Maus! Maus! Wo bist du? Bist du in der Nähe? Bist *du* das, die sich dort oben aus dem Fenster lehnt und die Arme nach den Fensterläden ausstreckt? Bist du das weiche Bündel, das sich durch das Schneegestöber auf mich zubewegt? Bist du das kleine Mädchen, das sich durch die Drehtür des Restaurants zwängt? Ist das dein Schatten, der sich im Taxi vorbeugt? Wo bist du? Wo bist du? Wohin soll ich mich wenden? Wohin muß ich eilen? Und jeden Augenblick, den ich zaudernd stehenbleibe, bist du wieder weiter weg. Maus! Maus!‹ Jetzt ist der arme Hund ganz erschöpft und mit eingezogenem Schwanz ins Café zurückgekehrt.

»Es war ... ein falscher ... Alarm. Sie ist nirgends ... zu ... sehen.«
»Leg dich dann! Leg dich! Leg dich!«

Ich heiße Raoul Duquette. Ich bin sechsundzwanzig Jahre alt und Pariser, ein echter Pariser. Was meine Familie betrifft – sie tut wirklich nichts zur Sache. Ich habe keine Familie; ich will keine haben. Ich denke nie an meine Kindheit. Ich habe sie vergessen.
Tatsächlich hebt sich nur eine einzige Erinnerung deutlich ab. Das ist ziemlich interessant, denn vom literarischen Standpunkt her scheint sie mir jetzt, was mich selbst angeht, sehr bedeutsam. Hier ist sie:
Als ich ungefähr zehn Jahre alt war, hatten wir als Waschfrau eine sehr dicke, sehr dunkle Afrikanerin mit einem karierten Kopftuch über ihrem krausen Haar. Wenn sie zu uns kam, schenkte sie mir immer ganz besondere Beachtung, und nachdem sie die Wäsche aus dem Korb genommen hatte, pflegte sie mich in den Korb zu setzen und mich zu schaukeln, während ich mich an den Griffen festhielt und vor Freude und Angst kreischte. Ich war klein für mein Alter und blaß, mit einem hübschen halboffenen Mündchen – das weiß ich genau.
Eines Tages, als ich bei der Tür stand und ihr nachsah, drehte sie sich um und winkte mir und nickte und lächelte auf eine seltsam geheimnisvolle Art. Ihr nicht zu folgen, kam mir nicht in den Sinn. Sie führte mich in einen kleinen Verschlag am Ende der Gasse, nahm mich auf den Arm und küßte mich. Ach, diese Küsse! Besonders die Ohrenküsse, die mich beinah taub machten!
Als sie mich wieder absetzte, nahm sie aus ihrer Tasche einen kleinen runden, mit Zucker glasierten Kuchen, und ich wankte die Gasse entlang und zu unsrer Haustür zurück.
Da dieses ›Stücklein‹ jede Woche wiederholt wurde, ist es nicht weiter erstaunlich, daß ich mich so lebhaft daran erinnere. Obendrein war meine Kindheit von jenem ersten Nachmittag an sozusagen ›weggeküßt‹, um es nett auszudrücken. Ich wurde sehr lässig, sehr zärtlich und ein über-

mäßiger gieriger Junge. Und mit meinen solchermaßen aufgepeitschten und geschärften Sinnen glaubte ich jedermann zu verstehen und mit jedem machen zu können, was ich wollte. Vermutlich befand ich mich in einem Zustand mehr oder weniger starker körperlicher Erregung, und das schien den Leuten zu gefallen. Denn alle Pariser sind mehr als halb – also gut, lassen wir das. Und lassen wir auch meine Kindheit ruhen. Begraben wir sie in einem Wäschekorb statt unter einem Rosenschauer, und *passons outre*.

Ich zähle mein Leben von dem Augenblick an, da ich der Mieter einer kleinen Junggesellenwohnung im fünften Stock eines hohen, nicht gar zu armseligen Hauses in einer Gasse wurde, die verschwiegen – oder auch nicht verschwiegen war. Sehr nützlich, so etwas ... Dort tauchte ich auf, kam ans Licht und streckte meine Fühlhörner aus – auf dem Rükken ein Arbeitszimmer und ein Schlafzimmer und eine Küche. Und mit richtigen Möbeln in den Zimmern. Im Schlafzimmer war ein Kleiderschrank mit einem hohen Spiegel, ein großes Bett mit einer aufgeplusterten gelben Daunendecke, einem Nachttisch mit Marmorplatte und einer mit Äpfelchen gesprenkelten Waschgarnitur. In meinem Arbeitszimmer: ein englischer Schreibtisch mit Schubfächern, ein Schreibtischsessel mit Lederpolster, Bücher, Lehnstuhl, Lesetischchen mit Papiermesser und Stehlampe darauf und an den Wänden ein paar Aktstudien. Die Küche benutzte ich nur, um alte Zeitungen hineinzuwerfen.
Oh, ich sehe mich noch an jenem ersten Abend, nachdem die Möbelmänner gegangen waren, und ich es fertiggebracht hatte, meine greuliche alte Concierge loszuwerden – wie ich auf Zehenspitzen umherging und einordnete, mit den Händen in der Tasche vor den Spiegel trat und zu meinem strahlenden Spiegelbild sagte: »Ich bin ein junger Mann, der seine eigene Wohnung hat. Ich schreibe für zwei Zeitungen. Ich beschäftige mich mit ernster Literatur. Ich stehe am Anfang einer Laufbahn. Das Buch, das ich veröffentliche, wird die Kritiker verblüffen. Ich werde über Dinge schreiben, die noch nie jemand ergründet hat. Ich will mir einen Namen

als Schriftsteller einer verborgenen Welt machen. Aber nicht so, wie es andere vor mir getan haben. O nein! Sehr naiv, mit einer Art zartem Humor und von innen heraus, als wäre alles ganz einfach, ganz natürlich. Mein Weg liegt völlig klar vor mir. Niemand hat es je so getan, wie ich es tun werde, weil keiner von den andern meine Erlebnisse gehabt hat. Ich bin reich – ich bin reich!«

Trotzdem hatte ich damals nicht mehr Geld als heute. Es ist ganz erstaunlich, wie man ohne Geld leben kann ... Ich besitze eine Menge guter Anzüge, seidene Unterwäsche, zwei Abendanzüge, vier Paar Lackschuhe mit hellen Einsätzen, alle möglichen Kleinigkeiten, wie Handschuhe, Puderdosen und ein Maniküreetui, Parfüms, sehr gute Seife – und nichts davon wurde bezahlt. Wenn ich Bargeld brauche – oh, da findet sich immer eine afrikanische Waschfrau und ein Verschlag, und ich bin sehr aufrichtig und *bon enfant*, wenn es hinterher um eine dicke Zuckerglasur auf dem kleinen Kuchen geht.

Und hier möchte ich eine Tatsache festhalten. Nicht aus aufgeblasener Einbildung, sondern eher mit einer leichten Verwunderung. Noch nie habe ich einer Frau gegenüber die ersten Annäherungsversuche gemacht. Und es ist nicht etwa so, als hätte ich nur eine einzige Klasse von Frauen gekannt; sondern von kleinen Huren und ausgehaltenen Frauen bis zu ältlichen Witwen und Ladenmädchen und den Gattinnen achtbarer Männer und sogar emanzipierten, modernen, literarisch interessanten Damen bei den vornehmsten Diners und Soireen (die ich mitgemacht habe) bin ich unterschiedslos nicht nur der gleichen Bereitwilligkeit, sondern derselben eindeutigen Aufforderung begegnet. Zuerst hat es mich überrascht. Ich pflegte über die Tafel zu blicken und mich zu fragen: ›Sollte jene äußerst vornehme junge Dame, die sich mit dem Herrn im braunen Vollbart über Kipling unterhält, mir wirklich einen kleinen Fußtritt geben?‹ Und ich war nie ganz sicher, bis ich ihre scheue Geste erwidert hatte.

Merkwürdig, nicht wahr? Ich sehe überhaupt nicht wie der Traum einer Jungfrau aus ...

Ich bin klein und schmächtig und habe olivbraune Haut,

schwarze Augen mit langen Wimpern, schwarzes, kurzgeschnittenes, seidiges Haar und kleine, gerade Zähne, die entblößt werden, wenn ich lächle. Meine Hände sind biegsam und klein. Eine Frau in einem Bäckerladen sagte mir einmal: »Sie haben die richtigen Hände, um Konditorware zu machen.« Ohne Kleider, das muß ich gestehen, sehe ich wirklich reizend aus. Rundlich, fast wie ein Mädchen, mit glatten Schultern. Über meinem linken Ellbogen trage ich ein feines goldenes Armband.

Aber halt! Ist es nicht seltsam, daß ich soviel über meinen Körper und so weiter geschrieben habe?

Es ist das Ergebnis meines schlechten Lebenswandels, meines verborgenen Lebens. Ich bin wie ein Mädchen in einem Café, das sich mit einer Handvoll Photographien einführen muß. ›Ich im Hemdchen, wie ich aus der Eierschale krieche... Ich auf einer Schaukel, mit dem Kopf nach unten und einem Rüschenpopo wie ein Blumenkohl!...‹ Sie kennen dergleichen.

Wenn Sie meinen, was ich da geschrieben habe, sei bloß oberflächlicher und unverschämter und billiger Schund, dann täuschen Sie sich. Ich will zugeben, daß es so klingt, aber es ist ja noch nicht alles. Wenn es das wäre, wie hätte ich da empfinden können, was ich empfand, als ich die abgedroschene kleine Redewendung las, die mit grüner Tinte auf der Schreibunterlage stand? Das beweist, daß mehr in mir steckt und daß ich wirklich ernst zu nehmen bin, nicht wahr? Etwas um einen Bruchteil Geringeres als jenen Augenblick hätte ich vielleicht vortäuschen können. Doch nicht das! Das war echt.

»Kellner, einen Whisky!«

Ich verabscheue Whisky. Jedesmal, wenn ich ihn im Mund spüre, empört sich schon mein Magen dagegen, und das Zeug, das hier ausgeschenkt wird, ist sicher besonders schlecht. Ich habe es nur bestellt, weil ich über einen Engländer schreiben will. Wir Franzosen sind in mancher Hinsicht unglaublich altmodisch und nicht *up to date*. Ich wundere mich, daß ich nicht gleichzeitig eine Tweedknickerbockerhose, eine Pfei-

fe, etliche lange Schneidezähne und rote Bartkoteletten bestellt habe.
»Danke, *mon vieux*. Sie haben wohl nicht zufällig rote Bartkoteletten?«
»Nein, Monsieur«, antwortet er trübselig. »Amerikanische Drinks führen wir nicht.«
Und nachdem er über eine Tischecke gewischt hat, geht er wieder auf seinen Platz zurück, um noch ein paar weitere Dutzend bei künstlichem Licht aufnehmen zu lassen.
Puh! Der Geruch! Und der Brechreiz, wenn sich einem die Kehle zusammenzieht!
»Schlechtes Zeug, um sich damit zu betrinken!« sagt Dick Harmon, dreht das kleine Glas zwischen den Fingern und lächelt sein langsames, verträumtes Lächeln. Er betrinkt sich also langsam und verträumt, und zu einem gewissen Zeitpunkt beginnt er leise, ganz leise von einem Mann zu singen, der auf und ab wandert und ein Haus sucht, wo er etwas zu essen bekommen kann. Ach, wie ich das Lied liebte, und wie ich die Art liebte, in der er es vortrug – langsam, ganz langsam, mit einer tiefen, weichen Stimme:

»Ein Mann ging müde
auf und ab,
sucht' sich ein Dinner
in der Stadt ...«

Es schien in seiner Schwermut und seinem gedämpften Rhythmus all die hohen grauen Gebäude zu umfassen, den Nebel, die endlosen Straßen, die deutlichen Umrisse der Polizisten – alles, was England heißt.
Und dann das Thema! Der hagere, ausgehungerte Mensch, der auf und ab wandert und dem jedes Haus verschlossen ist, weil er kein *home* hat! Wie erstaunlich englisch das ist! Wie ich mich erinnere, endete es damit, daß er endlich ein Restaurant fand und ein kleines Fischbällchen bestellte, doch als er Brot verlangte, schrie ihn der Kellner verächtlich und mit lauter Stimme an: »Zu einem einzigen Fischbällchen servieren wir kein Brot!«

Was will man mehr? Solche Lieder sind tiefsinnig: sie verraten das ganze Seelenleben eines Volkes. Und wie un-französisch! Wie un-französisch!
»Noch einmal, Diiick, noch einmal!« bat ich ihn dann wohl, bettelte mit den Händen und machte mein hübsches Mündchen. Er war völlig einverstanden, es immer wieder zu singen.

Da haben wir's wieder! Sogar bei Dick war es so! Er war's gewesen, der die ersten Annäherungsversuche gemacht hatte! Ich traf ihn bei einer Abendgesellschaft, die der Verleger einer neuen Zeitschrift gab. Es war eine sehr erlesene, sehr elegante Angelegenheit. Ein oder zwei ganz Große waren erschienen, und die Damen waren äußerst *comme il faut*. Sie saßen in großer Abendtoilette auf kubistischen Sofas und erlaubten uns, ihnen Fingerhüte voll Cherry Brandy zu reichen und mit ihnen über ihre Gedichte zu sprechen. Denn soweit ich mich erinnern kann, waren es lauter Dichterinnen. Es war unmöglich, Dick zu übersehen.
Er war der einzige anwesende Engländer, und statt anmutig im Zimmer umherzuwandeln wie die andern, blieb er an einer Stelle stehen und lehnte sich, die Hände in den Hosentaschen, das verträumte halbe Lächeln auf den Lippen, an der Wand und antwortete jedem, der ihn ansprach, mit seiner tiefen, weichen Stimme in einem ausgezeichneten Französisch.
»Wer ist das?«
»Ein Engländer. Aus London. Ein Schriftsteller. Er befaßt sich vor allem mit moderner französischer Literatur.«
Das genügte mir. Mein kleines Werkchen *False Coins* war gerade erschienen. Ich war ein junger, ernst zu nehmender Schriftsteller, der sich vor allem mit moderner englischer Literatur befaßte.
Doch ich hatte wirklich kaum Zeit, meine Angel auszuwerfen, als er sich schon einen leichten Ruck gab und, sozusagen auf den Köder anbeißend, aus dem Wasser kam: »Wollen Sie mich nicht im Hotel aufsuchen? Kommen Sie gegen fünf, dann können wir plaudern, ehe wir zum Dinner ausgehen!«

»Sehr gerne!«
Ich fühlte mich so wahnsinnig geschmeichelt, daß ich ihn auf der Stelle verlassen mußte, um mich vor den kubistischen Sofas aufzuplustern. Was für ein Fang! Ein Engländer, ernst und reserviert, der sich vor allem mit französischer Literatur befaßte . . .
Am gleichen Abend wurde ein Exemplar *False Coins* mit einer wohlgesetzten, freundschaftlichen Widmung abgesandt, und ein oder zwei Tage später dinierten wir dann tatsächlich zusammen und verbrachten den Abend mit Gesprächen.
Mit Gesprächen – aber nicht nur über Literatur. Ich entdeckte zu meiner Erleichterung, daß es nicht notwendig war, sich an die Tendenz des modernen Romans und das Bedürfnis nach einer neuen Form zu halten oder nach dem Grund zu fragen, weshalb unsre jungen Männer es anscheinend nicht ganz schafften. Hin und wieder warf ich wie zufällig eine Karte ins Spiel, die anscheinend nichts damit zu tun hatte – nur um zu sehen, wie er darauf einsteigen würde. Doch jedesmal griff er sie nur mit seinem verträumten Blick und einem unveränderten Lächeln auf. Vielleicht murmelte er: »Das ist sehr merkwürdig« – aber nicht so, als wäre es irgendwie merkwürdig.
Seine unerschütterliche Ruhe warf mich schließlich aus dem Geleise.
Sie faszinierte mich. Sie lockte mich weiter und weiter, bis ich alle Karten aufdeckte, die ich besaß, und mich zurücklehnte und zusah, wie er sie in seiner Hand ordnete. »Sehr merkwürdig und interessant . . .«
Mittlerweile waren wir beide ziemlich betrunken, und er begann sehr sanft und sehr leise sein Lied von dem Mann zu summen, der auf und ab läuft und sich sein Dinner sucht.
Beim Gedanken an das, was ich getan hatte, blieb mir geradezu der Atem weg. Ich hatte jemandem beide Seiten meines Lebens gezeigt. Hatte ihm alles so aufrichtig und wahrhaftig erzählt, wie ich nur konnte. Hatte mir riesige Mühe gegeben, Dinge aus meinem verborgenen Leben zu erklären, die im Grunde widerlich waren und schlechterdings niemals das Licht der literarischen Welt erblicken durften. Im gro-

ßen ganzen hatte ich mich viel schlimmer gemacht, als ich war, viel prahlerischer, zynischer, berechnender ...
Und da saß nun der Mann, dem ich mich anvertraut hatte, sang sich eins und lächelte ...
Es rührte mich so, daß mir richtige Tränen in die Augen traten. Ich sah sie auf meinen langen seidigen Wimpern glitzern – ganz bezaubernd!

Von da an nahm ich Dick überallhin mit, und er kam auch in meine Wohnung und saß sehr lässig in meinem Sessel und spielte mit dem Papiermesser. Ich weiß nicht, wieso, aber seine Lässigkeit und Verträumtheit erweckten immer den Eindruck in mir, er sei zur See gewesen. Und seine ganze, gemächlich langsame Art schien den Bewegungen eines Schiffes angepaßt zu sein. Dieser Eindruck war so stark, daß ich oft, wenn wir zusammen gewesen waren und er aufstand und ein kleines Dämchen in ebendem Augenblick sitzen ließ, wenn sie nicht erwartet hatte, daß er aufstehen und gehen würde, sondern gerade das Gegenteil – daß ich ihr dann erklären mußte: »Er kann's nicht ändern, Baby. Er muß wieder auf sein Schiff.«
Und ich glaubte es weit mehr als sie.
Während der ganzen Zeit, die wir zusammen waren, hatte Dick nie ein Verhältnis mit einer Frau. Ich fragte mich manchmal, ob er vielleicht völlig unschuldig sei. Warum fragte ich ihn nicht? Weil ich ihm niemals eine Frage über ihn selbst stellte. Doch als er eines Abends zu später Stunde seine Brieftasche hervorzog, fiel eine Photographie heraus. Ich hob sie auf und warf einen Blick darauf, ehe ich sie ihm gab. Es war eine Frau. Nicht mehr jung. Dunkel, schön, leidenschaftlich, aber jeder Gesichtszug so voll von einer Art herben Stolzes, daß ich nicht länger hätte hinschauen mögen, auch wenn Dick nicht so rasch die Hand ausgestreckt hätte.
›Mir aus den Augen, du kleiner parfümierter Foxterrier von einem Franzosen!‹ sagte sie. (In meinen schlechtesten Momenten erinnert mich meine Nase an die eines Foxterriers.)
»Es ist meine Mutter«, sagte Dick und steckte die Brieftasche wieder ein.

Doch wenn es nicht Dick gewesen wäre, hätte ich mich – bloß so zum Spaß – versucht gefühlt, mich zu bekreuzigen.

Und so gingen wir auseinander: wir standen eines Nachts vor seinem Hotel und warteten, daß der Portier den Riegel der Außentür zurückschob. Dick blickte zum Himmel auf und sagte: »Hoffentlich ist morgen schönes Wetter. Morgen früh fahre ich nach England.«

»Das kann nicht Ihr Ernst sein?«

»Doch. Ich muß zurück. Ich muß etwas erledigen, das ich von hier aus nicht in Ordnung bringen kann.«

»Aber – aber haben Sie denn alle Vorbereitungen getroffen?«

»Vorbereitungen?« Er grinste beinah. »Gibt's nicht!«

»Aber – *enfin*, Dick, England liegt doch nicht auf der andern Seite vom Boulevard!«

»Es ist nicht viel weiter weg«, sagte er. »Nur ein paar Stunden.«

Die Tür sprang auf.

»Oh, ich wünschte, ich hätte es zu Beginn unsres Abends gewußt!«

Ich war gekränkt. Mir war wie einer Frau zumute, wenn ein Mann seine Uhr hervorzieht und sich an eine Verabredung erinnert, die sie unmöglich berühren kann, die aber den Vorrang hat.

»Warum haben Sie mir nichts gesagt?«

Er streckte die Hand aus und stand leise wippend auf der Treppe, als wäre das Hotel sein Schiff und der Anker gelichtet.

»Ich hab's vergessen. Tatsächlich. Aber Sie schreiben mir, nicht wahr? Gute Nacht, alter Junge! Ich komme bald mal wieder herüber!«

Und dann stand ich allein am Ufer und glich mehr denn je einem kleinen Foxterrier . . .

›Schließlich warst ja du es, der mir gepfiffen hat, und du, der mich bat, zu ihm zu kommen! Was für ein Bild ich geboten habe, als ich schwanzwedelnd um dich herumsprang – nur um stehengelassen zu werden, während das Schiff auf seine langsame, verträumte Art davonsegelt ... Hol der Kuckuck diese Engländer! Das ist ja wirklich zu unverschämt. Was bildest du dir ein, wer ich bin? Ein bezahlter kleiner Führer durch die nächtlichen Pariser Lustbarkeiten? ... Nein, nein, Monsieur. Ich bin ein junger Schriftsteller, sehr ernst zu nehmen, und befasse mich gründlich mit der modernen englischen Literatur. Ich bin beleidigt worden, regelrecht beleidigt.‹

Zwei Tage drauf traf ein langer, reizender Brief von ihm ein, in einem Französisch geschrieben, das einen Hauch zu französisch war, jedoch erklärte, wie sehr er mich vermisse, und daß er auf unsre Freundschaft zähle und mit mir in Verbindung bleiben wolle.

Ich las es, während ich vor dem (unbezahlten) Schrankspiegel stand. Es war früh am Morgen. Ich trug einen blauen, mit weißen Vögeln bestickten Kimono, und meine Haare waren noch naß: feucht und glänzend hingen sie mir in die Stirn.

»Porträt der Madame Butterfly«, sagte ich, »als sie von der Ankunft des *cher Pinkerton* hört.«

Den Romanen entsprechend hätte ich mich riesig erleichtert und entzückt fühlen sollen. › ... Er trat ans Fenster, zog die Vorhänge auf und blickte auf die Pariser Bäume, die gerade zu knospen und zu grünen begannen ... Dick! Dick! Mein englischer Freund!‹

Ich empfand nichts dergleichen. Mir war nur etwas luftkrank zumute. Nachdem ich zum erstenmal im Flugzeug oben gewesen war, wollte ich jetzt nicht wieder hinauf.

Auch das verging, und Monate danach, im Winter, schrieb mir Dick, daß er wieder nach Paris käme und unbestimmt lange bliebe. Ob ich Zimmer für ihn besorgen wolle? Er bringe eine Freundin mit.

Natürlich wollte ich.

Der kleine Foxterrier sauste los. Es traf sich überdies sehr glücklich, denn in dem Hotel, wo ich meine Mahlzeiten einnahm, stand ich tief in der Kreide, und da waren zwei Eng-

länder, die auf unbestimmte Zeit Zimmer wünschten, eine großartige Abschlagszahlung.
Während ich mit Madame im größeren der beiden Zimmer stand und ›Ausgezeichnet!‹ sagte, war ich vielleicht etwas neugierig – wenn auch nur wenig –, wie die Freundin aussehen mochte. Entweder würde sie sehr steif sein, und vorne und hinten platt, oder sie wäre groß, blond, in Resedagrün gekleidet, hieße – Daisy und würde nach etwas zu süßlichem Lavendelwasser riechen.
Mittlerweile hatte ich nämlich Dick – getreu meiner Regel, nicht zurückzublicken – beinah vergessen. Und als ich die Melodie seines Liedchens vom unglücklichen Mann zu summen versuchte, sang ich sogar ein bißchen falsch . . .

Schließlich wäre ich dann beinah doch nicht auf dem Bahnhof aufgekreuzt. Ich wollte sie abholen und hatte mich tatsächlich, dem Anlaß entsprechend, besonders sorgfältig angezogen. Ich hatte nämlich die Absicht, Dick gegenüber diesmal eine andre Tonart anzuschlagen. Keine Geständnisse mehr, keine Tränen auf den Augenwimpern!
»Seit Sie Paris verlassen haben«, sagte ich und band mir vor dem (ebenfalls unbezahlten) Kaminspiegel meine schwarze Krawatte mit den Silbertupfen, »war ich ziemlich erfolgreich. Ich arbeitete an zwei weiteren Büchern, und außerdem habe ich einen Fortsetzungsroman *Wrong Doors* geschrieben, der dicht vor der Veröffentlichung steht und mir viel Geld einbringen wird. Und mein kleiner Gedichtband«, rief ich, ergriff die Kleiderbürste und fuhr damit über den Samtkragen meines neuen, nachtblauen Mantels, »das Büchlein *Left Umbrellas*, wurde wahrhaftig«, und ich lachte und schwenkte die Bürste, »zu einer Riesensensation!«
Es war unmöglich, so etwas dem Manne nicht zuzutrauen, der sich zu guter Letzt von Kopf bis Fuß musterte und seine weichen grauen Handschuhe anzog. Er sah wie seine Rolle aus; er war die Rolle.
Das brachte mich auf einen Gedanken. Ich zog mein Notizbuch hervor und kritzelte – noch immer meinem Anblick ausgesetzt – ein paar Einfälle hin . . . Kann man wie seine

Rolle aussehen und doch nicht die Rolle sein? Oder die Rolle sein und nicht wie sie aussehen? Ist Aussehen – gleich Sein? Oder Sein – gleich Aussehen? Und überhaupt – wer darf erklären, daß es nicht so ist? ...
Das erschien mir damals außerordentlich tiefsinnig und ganz neu. Doch ich muß gestehen, daß mir, als ich lächelnd das Notizbuch einsteckte, eine Stimme zuflüsterte: »Du – ein Schriftsteller? Du siehst aus, als hättest du gerade auf dem Rennplatz eine Wette gebucht!«
Aber ich hörte nicht hin.
Ich ging hinaus und zog die Wohnungstür leise und flink ins Schloß, damit die Concierge mein Weggehen nicht bemerkte. Dann rannte ich aus dem gleichen Grund so schnell wie ein Kaninchen die Treppe hinunter.

Aber o weh! Die alte Spinne war zu rasch für mich! Sie ließ mich die letzte kleine Leiter ihres Gespinsts hinablaufen, und dann sprang sie vor. »Einen Moment! Ein Momentchen, Monsieur!« flüsterte sie ekelhaft zutraulich. »Treten Sie näher! Treten Sie näher!« winkte sie mir mit einer tropfenden Suppenkelle. Ich trat an die Tür, aber das genügte ihr nicht. Richtig eingetreten und die Türe zu, bevor sie den Mund aufmachen würde.
Wenn man kein Geld hat, gibt es zwei Möglichkeiten, um mit seiner Concierge fertig zu werden. Die eine besteht darin, hochnäsig zu sein und sie sich zum Feind zu machen, Drohungen auszustoßen und jede Diskussion abzulehnen; die andere: auf sie einzugehen, ihr bis zu den zwei Knoten des schwarzen Fetzens, der ihre Kiefer zusammenhält, Honig ums Maul zu schmieren und so zu tun, als vertraue man ihr und verlasse sich auf sie, den Gasmann zu beschwatzen und den Hausbesitzer hinzuhalten.
Ich habe die zweite Methode ausprobiert. Doch beide sind gleichermaßen widerlich und erfolglos. Denn einerlei, mit welcher man es probiert – stets ist sie die schlechtere, die unmögliche.
Diesmal war es der Hausbesitzer... Nachahmung des Hausbesitzers durch die Concierge, wie er mich hinauszuwerfen

droht ... Nachahmung der Concierge durch die Concierge, wie sie den wilden Bullen besänftigt ... Nachahmung des Hausbesitzers, der wieder tobt und der Concierge ins Gesicht schnaubt. In dem Fall war ich die Concierge, und es war widerlich! Unterdessen brodelte der schwarze Topf auf dem Gasring munter weiter und schmorte die Herzen und Lebern jedes Mieters im Haus.

»Oh!« rief ich und starrte auf die Uhr auf dem Kaminsims, begriff dann, daß sie nicht ging, und schlug mir trotzdem an die Stirn, als hätte mein Einfall nichts damit zu tun: »Madame, um halb zehn habe ich eine sehr wichtige Besprechung mit dem Chef meiner Zeitung! Vielleicht ist es mir morgen möglich, Ihnen ...«

Fort, nur fort! Und runter in die Métro und in ein volles Abteil hineingequetscht! Je voller, um so besser. Jeder war eine Schutzwand zwischen mir und der Concierge! Ich strahlte.

»Oh, *pardon Monsieur*«, sagte das große, reizende Geschöpf in Schwarz mit dem üppigen Busen, an dem ein Veilchenstrauß baumelte. Als der Zug eine Biegung nahm, warf er mir das Sträußchen mitten ins Gesicht.

»Oh, *pardon Monsieur!*«

Doch ich blickte spitzbübisch lächelnd zu ihr auf.

»Nichts ist mir lieber, Madame, als Blumen auf einem Balkon!«

Noch während ich es sagte, bemerkte ich den riesigen Herrn im Pelzmantel, gegen den sich meine Fee lehnte. Er steckte den Kopf über ihre Schulter und erblaßte bis an den Nasenzipfel; die Nase selbst prangte tatsächlich in einer Art Käsegrün.

»Was haben Sie da zu meiner Frau gesagt?«

Der Bahnhof Saint-Lazare rettete mich. Aber man muß zugeben, daß es selbst für den Autor der *False Coins*, *Wrong Doors* und *Left Umbrellas* und der ›zwei weiteren in Arbeit‹ nicht allzu leicht war, siegreich seiner Wege zu gehen.

Endlich – nachdem unzählige Züge durch meinen Geist gedampft und unzählige Dick Harmons auf mich zugerollt waren – kam der Zug selbst. Unsre kleine Gruppe von War-

tenden an der Sperre drängte vor, reckte die Hälse und stieß wilde Schreie aus, als wären wir eine Art vielköpfiges Ungetüm und Paris in unserm Rücken nichts als eine große Falle, die wir aufgestellt hatten, um die verschlafenen Ahnungslosen zu fangen. Sie spazierten in die Falle und wurden gepackt und abgeschleppt, um verschlungen zu werden. Aber wo blieb meine Beute?
»Großer Gott!« Mein Lächeln und meine erhobene Hand sackten in sich zusammen. Während eines schrecklichen Augenblicks glaubte ich die Frau auf der Photographie vor mir zu haben, Dicks Mutter, die in Dicks Mantel und Hut auf mich zukam. Im Bemühen – und man sah, daß es ein Bemühen war –, mir zuzulächeln, verzogen sich seine Lippen auf die gleiche Art, und herb, leidenschaftlich und stolz wie sie kam er mir entgegen.
Was war geschehen? Was hatte ihn derartig verändern können? Sollte ich es erwähnen?
Ich wartete auf ihn und war mir sogar bewußt, daß ich ein leichtes Schwanzwedeln des Foxterriers riskierte, um zu sehen, ob er überhaupt darauf eingehen könne, denn ich rief: »Guten Abend, Dick! Wie geht's, alter Junge? Alles in Ordnung?«
»Danke! Danke!« Er keuchte beinah. »Haben Sie die Zimmer bekommen?«
Zwanzigmal: großer Gott! Ich begriff alles. Licht fiel auf die dunklen Wasser, und mein Seefahrer war nicht ertrunken. Vor Vergnügen hätte ich fast einen Purzelbaum geschlagen. Es war natürlich Nervosität. Es war Verlegenheit. Und es war der berühmte englische Ernst. Was für ein Spaß stand mir bevor! Ich hätte ihn umarmen können!
»Ja, die Zimmer habe ich«, schrie ich beinah. »Aber wo ist Madame?«
»Sie bekümmert sich um das Gepäck«, schnaufte er. »Da kommt sie schon. Hier ist sie!«
Doch wohl nicht dieses Baby, das neben dem alten Träger einherlief, als wäre er ihre Kinderfrau und hätte sie gerade aus dem häßlichen Kinderwagen gehoben, auf dem er das Gepäck einherschob?

»Und sie ist nicht Madame«, näselte Dick plötzlich.
Im gleichen Augenblick hatte sie ihn gesehen und winkte ihm mit ihrem winzigen Muff. Sie entlief ihrer Kinderfrau, kam angerannt und sagte sehr schnell etwas auf Englisch; doch er antwortete auf Französisch: »Ja, gut. Ich werd's schon machen.«
Doch ehe sie sich dem Träger zuwandte, deutete er mit einer unsicheren Geste auf mich und murmelte etwas. Damit hatte er uns miteinander bekannt gemacht. Auf die merkwürdig knabenhafte Art, die die Engländerinnen an sich haben, reichte sie mir die Hand und stellte sich sehr gerade und mit erhobenem Kinn vor mich hin, und dann machte auch sie die größte Anstrengung ihres Lebens, um ihre lächerliche Aufregung zu unterdrücken, und sagte, mir die Hand schüttelnd (bestimmt wußte sie nicht, daß es meine war): *»Je ne parle pas français.«*
»Oh, bestimmt sprechen Sie es sehr gut«, sagte ich so sanft, so beruhigend – ich hätte ihr Zahnarzt sein können, der ihr den ersten Milchzahn zog!
»Natürlich kann sie's!« drehte sich Dick zu uns um. »Hören Sie, können wir nicht einen Wagen oder ein Taxi oder so etwas bekommen? Wir wollen doch nicht die ganze Nacht auf dem verflixten Bahnhof zubringen, wie?«
Es war so unhöflich, daß es einen Augenblick dauerte, bis ich mich erholt hatte; und er mußte es bemerkt haben, denn er legte mir wie einst den Arm um die Schulter und sagte: »Ach, verzeihen Sie, alter Junge! Aber wir hatten eine so widerliche, scheußliche Überfahrt – Jahre hat's gedauert, nicht wahr?«
Das war für sie bestimmt. Aber sie gab keine Antwort. Sie senkte den Kopf und begann, ihren grauen Muff zu streicheln; sie ging neben uns einher und streichelte die ganze Zeit ihren grauen Muff.
›Habe ich mich getäuscht?‹ dachte ich. ›Ist es nur eine Frage von unbezähmbarer Ungeduld? Haben sie einfach das Bett nötig, wie wir es bezeichnen? Haben sie auf der Reise Qualen ausgestanden? Vielleicht sehr nah beieinander und warm unter der gleichen Reisedecke gesteckt?‹, und so weiter und

so fort, während der Fahrer die Koffer festschnallte. Sowie er das getan hatte –
»Hören Sie, Dick! Ich fahre mit der Métro nach Hause. Hier ist die Adresse Ihres Hotels. Alles ist veranlaßt. Besuchen Sie mich, so bald Sie können!«
Ich dachte weiß Gott, er würde in Ohnmacht fallen. Er wurde weiß bis an die Lippen.
»Aber Sie kommen doch mit uns?« rief er. »Ich dachte, das sei abgemacht? Natürlich kommen Sie mit! Sie können uns doch nicht im Stich lassen?«
Ich gab es also auf.
Es war zu kompliziert für mich – zu englisch.
»Sicher, sicher. Furchtbar gern. Ich dachte nur, vielleicht...«
»Sie müssen mitkommen!« sagte Dick zu dem kleinen Foxterrier. Und wieder machte er die weit ausholende, verlegene Geste zu ihr.
»Steig ein, Maus!«
Und Maus I stieg in das schwarze Loch, saß da und streichelte Maus II und sagte nicht pieps.

Rumpelnd und ratternd fuhren wir dahin – wie drei kleine Würfel, mit denen sich das Leben einen Wurf erlauben will. Ich hatte darauf bestanden, den Klappsitz ihnen gegenüber zu nehmen, denn um nichts in der Welt hätte ich den wiederholten, blitzartigen Anblick missen mögen, der sich mir jedesmal bot, wenn wir durch den Lichtkreis einer Laterne fuhren.
Er zeigte mir Dick, der weit nach hinten gelehnt in seiner Ecke saß, den Kragen hochgestellt, die Hände in den Taschen vergraben und von seinem breitkrempigen dunklen Hut beschattet, als wäre er ein Körperteil von ihm – eine Art Flügel, unter dem er sich versteckte. Und er zeigte mir Maus, die sehr gerade dasaß, mit einem reizenden Gesichtchen, das eher einer Zeichnung als einem wirklichen Gesicht glich: jede Linie war so bedeutungsvoll und hob sich scharf vom unsicheren Dunkel ab.
Denn Maus war eine Schönheit. Sie war auserlesen schön, aber so zerbrechlich und fein, daß es jedesmal, wenn ich sie

ansah, das erstemal zu sein schien. Sie überraschte einen mit dem gleichen, schockartigen Gefühl, das einen überfällt, wenn man aus einer dünnwandigen, harmlosen Tasse Tee getrunken hat und plötzlich auf dem Grunde ein winziges Geschöpf entdeckt, das sich, halb Schmetterling und halb Frau, vor einem verbeugt und die Hände in den Ärmeln versteckt hat.
Soweit ich es erkennen konnte, hatte sie dunkles Haar und blaue oder schwarze Augen. Ihre langen Wimpern und die darübergepinselten kleinen Schwingen fielen am meisten auf. Sie trug einen langen, dunklen Umhang, wie man ihn auf altmodischen Bildern von reisenden Engländerinnen sieht. Wo ihre Arme daraus hervorschauten, war grauer Pelzbesatz – Pelz schmiegte sich auch um den Hals, und die enganliegende Mütze war aus Pelz.
›Sie führt die Maus-Idee durch!‹ stellte ich fest.

Aber ach, wie spannend es war, wie spannend! Ihre Erregung drang immer mehr auf mich ein, während ich ihr entgegenlief, mich darin badete, mich aus meiner Untiefe weit hervorwagte, bis ich schließlich ebensoviel Mühe wie sie hatte, mich zu beherrschen.
Was ich jedoch eigentlich tun wollte, war vielmehr, mich völlig verrückt zu benehmen – wie ein Clown. Ich wollte singen, wollte mit übertrieben albernen Gesten aus dem Fenster zeigen und sagen: ›Jetzt, meine Damen und Herren, kommen wir zu einem der vielen Punkte, für die *notre Paris* mit Recht berühmt ist‹, wollte aus dem Taxi springen, während es fuhr, und über das Dach klettern und zum andern Fenster wieder hereinsteigen, und wollte mich weit aus dem Fenster lehnen und durch das verkehrte Ende eines zerbrochenen Fernrohrs, das gleichzeitig eine eigentümlich ohrenzerreißende Trompete war, nach dem Hotel Ausschau halten.
Ich sah mir selber zu, wie ich all das tat, und brachte es sogar fertig, heimlich Beifall zu klatschen, indem ich meine behandschuhten Hände leise zusammenschlug – und unterdessen fragte ich Maus: »Sind Sie das erstemal in Paris?«

»Ja, ich bin noch nie hier gewesen.«
»Oh, dann haben Sie viel zu besichtigen!«
Und ich war gerade im Begriff, die Sehenswürdigkeiten und Museen zu erwähnen, als wir mit einem heftigen Ruck hielten.

Es ist natürlich ganz widersinnig, verstehen Sie, aber als ich die Tür für sie aufhielt und ihnen die Treppe hinauf zum Empfang im Zwischenstock folgte, fand ich irgendwie, daß das Hotel mir gehörte.
Auf dem Fensterbrett stand eine Blumenvase, und ich ging sogar soweit, ein paar Knospen umzustellen und zurückzutreten und den Eindruck zu prüfen, während die Empfangsdame sie begrüßte. Und als sie sich an mich wandte und mir die Schlüssel aushändigte (der Garçon schleppte das Gepäck herauf) und dabei sagte: »Monsieur Duquette wird Ihnen Ihre Zimmer zeigen!«, hatte ich die größte Lust, Dick mit einem Schlüssel auf den Arm zu klopfen und ganz vertraulich zu erklären: ›Verstehen Sie mich recht, alter Junge! Ich bin gern bereit, Ihnen als einem alten Freund einen kleinen Nachlaß zu gewähren . . .‹
Wir stiegen höher und höher hinauf. Rundherum. Hin und wieder an einem Paar Stiefel vorbei (wie kommt es, daß man nie ein hübsches Paar vor einer Tür stehen sieht?). Höher und höher hinauf.
»Die Zimmer sind leider ziemlich hoch oben«, murmelte ich törichterweise. »Aber ich habe sie gewählt, weil . . .«
Weshalb ich sie gewählt hatte, war ihnen so offensichtlich egal, daß ich nicht weitersprach. Sie nahmen alles hin. Sie erwarteten nicht, daß etwas anders war. Es gehörte einfach zu dem, was sie durchzumachen hatten — so deutete ich es mir jedenfalls.
»Endlich angelangt!« Ich sprang von einer Seite des Vorflurs zur andern, schaltete die Lampen an, erklärte . . .
»Das hier hatte ich für Sie gedacht, Dick. Das andere ist größer und hat in der Nische ein kleines Ankleidekabinett.«
Meine ›Inhaberblicke‹ bemerkten die sauberen Handtücher und Bettdecken und die rotbestickte Bettwäsche. Ich fand,

daß es eigentlich sehr hübsche Zimmer waren, mit schräger Decke, voller Winkel – genau die Art Zimmer, die man vorzufinden erwartete, wenn man noch nie in Paris gewesen war.
Dick schleuderte seinen Hut auf das Bett.
»Sollte ich nicht dem Burschen mit den Koffern helfen?« fragte er – an niemand gewandt.
»Ja, tu's«, erwiderte Maus. »Sie sind entsetzlich schwer.« Und mit der ersten Andeutung eines Lächelns wandte sie sich an mich: »Es sind nämlich Bücher!« Oh, was für einen seltsamen Blick er ihr zuwarf, ehe er davoneilte. Und er half dem *garçon* nicht nur – er mußte ihm den Koffer geradezu vom Rücken gerissen haben, denn er kam torkelnd mit dem einen an, knallte ihn hin und holte dann den andern.
»Das ist deiner, Dick«, sagte sie.
»Es macht dir wohl nichts, wenn er vorläufig hier steht?« fragte er außer Atem, ja keuchend. (Der Koffer mußte entsetzlich schwer gewesen sein.) Er zog eine Hand voll Kleingeld aus der Tasche.
»Ich sollte dem Burschen wohl etwas geben?«
Der *garçon*, der noch dastand, schien dasselbe zu denken.
»Wünschen Sie sonst noch etwas, Monsieur?«
»Nein – nein!« erwiderte Dick ungeduldig.
Aber nun machte Maus einen Schritt nach vorn. Zu entschieden, und ohne Dick anzusehen, sagte sie in ihrem wunderlichen, abgehackten englischen Akzent: »Doch, ich möchte Tee, Tee für drei Personen!« Und plötzlich hob sie den Muff, als hätte sie innen drin ihre Hände umklammert, und mit dieser Geste gab sie dem blassen, verschwitzten Garçon zu verstehen, daß sie am Ende ihrer Kräfte war und daß sie ihn anflehte, sie mit ›Tee!‹ zu retten. – »Sofort!«

Das schien mir so verblüffend ins Bild zu passen, schien mir (obwohl ich's mir nicht hätte ausdenken können) so genau die Geste und der Aufschrei zu sein, die man von einer Engländerin angesichts einer großen Krise erwarten konnte, daß ich mich fast versucht fühlte, die Hand zu heben und zu protestieren.

›Nein! Nein! Genug! Genug! Hier wollen wir abbrechen; bei dem Wort Tee. Denn ihr habt selbst euren gierigsten Abonnenten so gesättigt, daß er platzen würde, müßte er noch ein einziges Wort schlucken!‹
Es bremste sogar Dick. Wie jemand, der lange ohne Besinnung gewesen war, wandte er sich schwerfällig zu Maus um und sah sie schwerfällig mit seinen müden, übernächtigten Augen an und murmelte mit dem Echo seiner verträumten Stimme: »Ja. Das ist ein guter Gedanke!« Und dann: »Du mußt müde sein, Maus! Setz dich!«
Sie setzte sich in einen Sessel mit Spitzendeckchen auf den Armlehnen; er lehnte am Bett, und ich ließ mich auf einem gradlehnigen Stuhl nieder, schlug die Beine übereinander und schnippte ein paar nicht vorhandene Stäubchen von meinen Hosenknien. (Der nicht zu erschütternde Pariser.)
Eine kurze Pause entstand. Dann sagte er: »Willst du nicht deinen Mantel ausziehen, Maus?«
»Nein, danke! Jetzt nicht.«
Würden sie mich auffordern? Oder sollte ich die Hand hochhalten und mit Kinderstimme plärren: ›Jetzt bin ich an der Reihe, aufgefordert zu werden.‹
Nein, besser nicht. Sie forderten mich nicht auf.
Aus der Pause wurde eine Stille. Eine große Stille.
›. . . komm schon, mein Pariser Foxterrier! Erheitere die beiden traurigen Engländer! Kein Wunder, daß es eine Nation von Hundenarren ist!‹
Aber schließlich – warum sollte ich? Es war nicht mein *job*, wie sie es nennen würden. Trotzdem riskierte ich vor Maus einen munteren kleinen Hopser.
»Was für ein Jammer, daß Sie nicht bei Tageslicht angekommen sind! Von den beiden Fenstern hier hat man eine entzückende Aussicht. Das Hotel liegt nämlich an einer Ecke, und jedes Fenster blickt auf eine ungeheuer lange, schnurgerade Straße.«
»Ach so«, sagte sie.
»Das klingt zwar nicht besonders verlockend«, lachte ich. »Aber es ist soviel Leben da – soviel komische kleine Jungen auf Fahrrädern und Leute, die sich aus dem Fenster hin-

auslehnen und – ach, Sie werden sich ja morgen früh selbst davon überzeugen ... Sehr lustig. Sehr belebt.«

»Aha«, sagte sie.

Wenn in diesem Augenblick der blasse, verschwitzte *garçon* nicht erschienen wäre, das Tablett hoch auf einer Hand balancierend, als wären die Tassen Kanonenkugeln und er ein Schwergewichtsstemmer aus einem Film ...

Es glückte ihm, das Tablett auf ein rundes Tischchen herunterzusenken.

»Bringen Sie den Tisch hierher!« sagte Maus. Der Kellner schien der einzige Mensch zu sein, mit dem sie sprechen wollte. Sie nahm die Hände aus dem Muff, streifte die Handschuhe ab und warf ihren altmodischen Umhang zurück.

»Nehmen Sie Milch und Zucker?«

»Keine Milch, danke, und keinen Zucker.«

Wie ein kleiner Gentleman holte ich mir meine Tasse. Sie schenkte noch eine Tasse ein.

»Die ist für Dick.«

Und der brave Foxterrier trug sie zu ihm hinüber und legte sie ihm gewissermaßen vor die Füße.

»Ach, danke«, sagte Dick.

Und dann ging ich wieder zu meinem Stuhl, und sie sank in den ihren zurück.

Aber Dick war schon wieder – nicht vorhanden. Er starrte einen Augenblick wütend auf die Teetasse, sah sich um, stellte sie auf den Nachttisch, riß seinen Hut an sich und stammelte in vollem Galopp: »Oh, würde es Ihnen etwas ausmachen, einen Brief für mich einzuwerfen? Ich möchte, daß er mit der Nachtpost weggeht. Ich muß ... es ist sehr dringend ...« Da er meine Augen auf sich ruhen fühlte, warf er hin: »An meine Mutter.« Zu mir gewandt: »Ich mache nicht lange. Alles, was ich brauche, habe ich bei mir. Aber er muß heute abend weg. Sie entschuldigen mich? Es ... es dauert bestimmt nicht lange.«

»Natürlich werfe ich ihn ein. Sehr gern.«

»Willst du nicht zuerst deinen Tee trinken?« schlug Maus zaghaft vor.

... Tee? Tee? Ach, natürlich Tee ... Eine Tasse Tee auf dem

Nachttisch ... Aus seinem rasenden Traum heraus bedachte er seine kleine Gastgeberin mit dem strahlendsten, reizendsten Lächeln.
»Nein, danke! Nicht jetzt!«
Und indem er nochmals seiner Hoffnung Ausdruck gab, daß es mir keine Mühe bereiten würde, verließ er das Zimmer und schloß die Tür, und wir hörten, wie er über den Vorflur ging.

Ich verbrühte mir die Zunge – vor lauter Eile, meine Tasse zum Tischchen zurückzubringen und, während ich dort stand, zu ihr zu sagen: »Sie müssen mir verzeihen, wenn ich aufdringlich bin, wenn ich zu offen spreche. Aber Dick hat sich nicht bemüht, es zu verheimlichen, nicht wahr? Irgend etwas stimmt nicht ganz. Kann ich helfen?«
(Leise Musik. Maus steht auf, geht ein paarmal auf der Bühne hin und her, ehe sie zu ihrem Sessel zurückkehrt und ihm eine überschwappende und, oh, so kochend heiße Tasse Tee eingießt, daß dem Freund die Tränen in die Augen treten, als er daran nippt – und bis zur bitteren Neige austrinkt...)
Zu alledem hatte ich Zeit, ehe sie antwortete. Zuerst spähte sie in die Teekanne, goß heißes Wasser nach und rührte mit einem Löffel um.
»Ja, etwas stimmt nicht. Helfen können Sie leider nicht, danke!« Wieder erhaschte ich den Hauch eines Lächelns. »Es tut mir furchtbar leid. Es muß schrecklich für Sie sein.«
Schrecklich – nein, so etwas! Oh, warum konnte ich ihr nicht sagen, daß ich mich seit vielen Monaten nicht so gut unterhalten hatte?
»Aber Sie leiden«, faßte ich behutsam nach, als wäre es das, was ich nicht mitansehen konnte.
Sie stritt es nicht ab. Sie nickte und biß sich auf die Unterlippe, und mir schien, daß ihr Kinn zitterte.
»Und ich kann wirklich nichts für Sie tun?« Noch behutsamer.
Sie schüttelte den Kopf, schob das Tischchen zurück und sprang auf.
»Ach, es wird sich bald zurechtrücken«, hauchte sie, ging

zum Frisiertisch und drehte mir den Rücken zu. »Es wird sich zurechtrücken. So kann es nicht weitergehen.«
»Natürlich nicht«, gab ich ihr recht und fragte mich, ob es herzlos erscheinen würde, wenn ich mir eine Zigarette anzündete; es drängte mich plötzlich zu rauchen.
Sie mußte irgendwie bemerkt haben, daß meine Hand zur Westentasche griff und mein Zigarettenetui halb hervorzog und wieder einsteckte, denn gleich darauf sagte sie: »Zündhölzchen . . . beim Leuchter. Sah sie . . . dort liegen.«
Und ihrer Stimme hörte ich es an, daß sie weinte.

»Oh, danke! Ja, stimmt! Hab' sie gefunden.« Ich zündete mir eine Zigarette an, ging auf und ab und rauchte.
So still war es – es hätte zwei Uhr morgens sein können. So still, daß man die Dielen knarren und knacken hörte, wie man es in einem Haus auf dem Lande erleben kann. Ich rauchte die Zigarette zu Ende und drückte den Stummel in meiner Untertasse aus, ehe Maus sich umdrehte und wieder an das Tischchen trat.
»Macht Dick nicht ziemlich lange?«
»Sie sind sicher müde. Wahrscheinlich wollen Sie zu Bett gehen«, sagte ich freundlich. (Und bitte, ohne Rücksicht auf mich! sagte mein Geist.)
»Aber macht er nicht auffallend lange?« fuhr sie hartnäckig fort.
Ich zuckte die Achseln. »Doch, ziemlich lange.«
Dann bemerkte ich, daß sie mich seltsam anblickte. Sie lauschte.
»Er ist schon eine Ewigkeit weg«, sagte sie und ging mit raschen, kleinen Schritten zur Tür, öffnete sie und ging über den Vorflur in sein Zimmer.
Ich wartete. Jetzt lauschte ich ebenfalls. Ich hätte es nicht ertragen können, wenn mir auch nur ein Wort entgangen wäre. Sie hatte die Tür offengelassen. Ich schlich durchs Zimmer und sah ihr nach. Dicks Tür stand ebenfalls offen. Doch kein Wort war zu hören.
Ich hatte die verrückte Idee, daß sie sich in dem stillen Zimmer küßten – sich einen langen, tröstenden Kuß gaben. So

einen Kuß, der unsern Kummer nicht nur schlafen legt, sondern ihn streichelt und wärmt und gut zudeckt und fest einhüllt, bis die tiefen Atemzüge kommen. Oh, wie wohl das tut!
Endlich war es vorbei. Ich hörte, wie sich jemand bewegte, und stahl mich auf Zehenspitzen zurück.
Es war Maus. Sie kam und tastete sich ins Zimmer, und in der Hand hielt sie den Brief für mich. Aber er steckte nicht in einem Umschlag; es war bloß ein Blatt Papier, und sie hielt es an einer Ecke, als sei es noch feucht.
Den Kopf hatte sie so tief gesenkt, so tief in ihren Pelzkragen vergraben, daß ich ahnungslos blieb – bis sie das Papier fallen ließ und beinah selber auf den Fußboden vor dem Bett fiel, ihre Wange dagegenlehnte und die Hände ausstreckte, als wäre ihr die letzte ihrer rührenden kleinen Waffen entglitten und als ob sie sich jetzt fortschwemmen ließe, hinaustragen in die Tiefe.
Dick hat sich erschossen! zuckte es mir durch den Kopf, und dann zuckten die Einfälle in rascher Folge auf, während ich hinüberstürzte, den Leichnam sah, das Gesicht nicht verwundet, nur ein kleines blaues Loch auf der Schläfe, das Hotel weckte, das Begräbnis in die Wege leitete, dem Begräbnis beiwohnte, den Wagen schloß, neuer Cutaway ...
Ich bückte mich und hob das Blatt Papier auf, und – ob Sie es glauben oder nicht – so fest verwurzelt ist mein Gefühl für das Pariser *comme il faut*, daß ich *»pardon«* murmelte, ehe ich zu lesen begann.

›Maus, meine kleine Maus,
es geht nicht. Es ist unmöglich. Ich bringe es nicht fertig. Oh, wie ich dich liebe! Ich liebe dich so sehr, Maus, aber *sie* kann ich nicht verletzen. Die Menschen haben sie ihr Leben lang verletzt. Ich wage es einfach nicht, ihr diesen letzten Hieb zu versetzen. Obwohl sie nämlich stärker ist als wir beide, ist sie so zart und so stolz. Es würde sie umbringen, Maus, buchstäblich umbringen. Und, großer Gott, ich kann meine Mutter nicht umbringen! Nicht einmal dir zuliebe. Nicht einmal uns zuliebe. Das siehst du ein, nicht wahr?

Als wir es besprachen und Pläne machten, schien alles so leicht, doch im Augenblick, als der Zug anfuhr, war alles aus. Ich spürte, wie sie mich zurückzog – mich rief. Ich kann sie auch jetzt hören, wo ich dir schreibe. Und sie ist allein und weiß noch nichts. Man müßte schon ein Teufel sein, um es ihr zu erzählen, und ich bin kein Teufel, Maus. Sie darf es nicht erfahren. Oh, Maus, regt sich nicht etwas in dir, das mir recht gibt? Es ist alles so unsagbar schwer, daß ich nicht weiß, ob ich gehen will oder nicht. Will ich es? Oder ist es Mutter, die mich zurückholt? Ich weiß es nicht. Mein Kopf ist zu müde. Maus, Maus, was wirst du tun? Doch auch daran kann ich nicht denken. Ich wage es nicht. Ich würde zusammenbrechen. Und ich darf nicht zusammenbrechen. Ich muß nur eins tun: es dir sagen und gehen. Ich hätte nicht gehen können, ohne es dir zu sagen. Du hättest Angst bekommen. Und du darfst keine Angst haben. Du wirst es auch nicht – nicht wahr? Ich kann es nicht ertragen, wenn – aber genug davon! Und schreibe mir nicht! Ich hätte nicht den Mut, deine Briefe zu beantworten, und der Anblick deiner feinen Schriftzüge –

Vergib mir! Liebe mich nicht mehr! Doch – liebe mich!

Liebe mich! Dick.‹

Was sagen Sie dazu? War das nicht ein kostbarer Fund? In meine Erleichterung, daß er sich nicht erschossen hatte, mischte sich ein wundervoll erhebendes Gefühl. Ich war quitt – mehr als quitt mit meinem alles bloß ›merkwürdig und interessant‹ findenden Engländer ...

Sie weinte so eigenartig.

Mit geschlossenen Augen und einem Gesicht, das still war – bis auf die zitternden Lider. Die Tränen perlten ihre Wangen hinab, und sie ließ sie rinnen.

Doch als sie meinen Blick auf sich ruhen fühlte, schlug sie die Augen auf und sah, daß ich den Brief in der Hand hielt.

»Haben Sie ihn gelesen?«

Ihre Stimme war ganz ruhig, aber es war nicht mehr ihre Stimme. Man hätte sich vorstellen können, daß es eine Stimme war, die aus einer kalten kleinen Muschel kam, welche

von der salzigen Flut schließlich hoch hinauf aufs Trockne gespült worden war.
Ich nickte, völlig überwältigt (Sie wissen schon), und legte den Brief hin.
»Es ist unglaublich! Unglaublich!« flüsterte ich.
Daraufhin stand sie auf, ging zum Waschtisch hinüber und tauchte ihr Taschentuch in den Krug, wischte sich über die Augen und sagte: »O nein! Es ist gar nicht unglaublich!« Und während sie das feuchte Läppchen noch immer gegen die Augen drückte, kam sie zu mir zurück, zu dem Lehnsessel mit den Spitzendeckchen, und sank hinein.
»Ich ahnte es natürlich die ganze Zeit«, sagte die kalte, salzige kleine Stimme. »Vom ersten Augenblick an, als wir abfuhren. Es ging mir durch und durch, doch ich gab die Hoffnung nicht auf« – und hier nahm sie das Taschentuch weg und bedachte mich mit einer letzten Andeutung ihres Lächelns –, »wie man es ja dummerweise tut, nicht wahr?«
»Allerdings.«
Schweigen.
»Aber was werden Sie tun? Sie fahren doch zurück? Sie werden ihn wiedersehen?« Daraufhin richtete sie sich kerzengerade auf und starrte zu mir herüber.
»Was für eine erstaunliche Idee!« sagte sie und sprach noch kälter als zuvor. »Natürlich denke ich nicht im Traume daran, ihn wiederzusehen. Und was das Zurückkehren betrifft – das kommt überhaupt nicht in Frage. Ich kann nicht zurück.«
»Aber ...«
»Es ist unmöglich. Allein schon deshalb nicht, weil all meine Freunde glauben, ich sei verheiratet.«
Ich streckte ihr meine Hand entgegen. »Ach, meine arme kleine Freundin!«
Aber sie wich zurück. (Ein falscher Zug meinerseits.)
Natürlich war da ein Problem, das mir die ganze Zeit durch den Kopf gegangen war. Es war mir widerlich.
»Haben Sie Geld zur Verfügung?«
»Ja, ich habe zwanzig Pfund – hier«, und sie legte ihre Hand auf die Brust. Ich verbeugte mich. Es war sehr viel mehr, als ich erwartet hatte.

»Und was haben Sie für Pläne?«

Ja, ich weiß. Es war die ungeschickteste, die dummste Frage, die ich hätte stellen können. Sie war so zahm gewesen, so vertrauensvoll, sie hatte es (jedenfalls bildlich gesprochen) geduldet, daß ich ihren kleinen, zitternden Körper in der Hand hielt und ihren Mauskopf streichelte – und nun hatte ich sie zurückgestoßen. Oh, ich hätte mich ohrfeigen können!

Sie erhob sich.

»Ich habe keine Pläne. Aber – es ist sehr spät. Bitte, gehen Sie jetzt!«

Wie konnte ich sie zurückerobern? Ich wollte sie wiederhaben! Ich schwöre es, daß ich damals nicht Theater spielte.

»Glauben Sie mir, daß ich ihr Freund bin!« rief ich. »Darf ich morgen früh wiederkommen? Werden Sie mir erlauben, daß ich mich etwas um Sie kümmere – etwas für Sie sorge? Werden Sie über mich verfügen, wie Sie es für richtig halten?«

Ich hatte Erfolg. Sie kam aus ihrem Mausloch hervor ... scheu ... aber sie kam hervor.

»Ja, danke. Sie sind sehr liebenswürdig. Ja, kommen Sie bitte morgen, ich freue mich darauf. Alles wird etwas schwierig sein, denn ...«, und wieder drückte ich ihre knabenhafte Hand ... *»je ne parle pas français.«*

Erst als ich den Boulevard schon halb hinuntergegangen war, überfiel es mich – mit voller Wucht.

Ja, sie litten, diese beiden ... sie litten buchstäblich! Ich hatte zwei Menschen so sehr leiden gesehen, wie ich es wahrscheinlich nie wieder erleben würde ...

Natürlich wissen Sie, was zu erwarten ist. Sie sehen ganz deutlich voraus, was ich schreiben werde. Sonst wäre nicht ich es, wenn es anders wäre.

Ich ging nie wieder in die Nähe des Hotels.

Ja, ich schulde denen noch immer eine stattliche Summe für Mittagessen und Diners – doch das gehört nicht hierher. Es wäre ordinär, wenn ich es im gleichen Atemzug mit der Tatsache erwähnte, daß ich Maus nie wiedersah.

Natürlich hatte ich die Absicht. Brach auf – ging bis zur

Tür – schrieb und zerriß Briefe – all das. Doch ich konnte mir einfach nicht den letzten Ruck geben.
Selbst jetzt verstehe ich nicht ganz, warum ich es nicht tat. Natürlich wußte ich, daß ich es nicht würde durchhalten können. Das spielte zu einem großen Teil mit. Aber man hätte meinen können, daß zum mindesten meine neugierige Foxterriernase sich nicht hätte abhalten lassen...
Je ne parle pas français. Das war ihr Schwanengesang für mich.

Aber wie es ihr doch gelingt, meiner Lebensregel untreu zu werden! Sie haben es ja selbst erlebt, aber ich könnte Ihnen noch unzählige Beispiele geben.
... Abende, an denen ich in irgendeinem trübseligen Café sitze, und ein automatisches Klavier beginnt eine ›Maus-Melodie‹ zu spielen (es gibt Dutzende von Melodien, die ihr Bild heraufbeschwören), und ich fange an zu träumen, etwa: Ein kleines Haus am Meer, irgendwo, weit, weit weg. Davor eine junge Frau in einem Gewand, wie es ungefähr die Indianerinnen tragen: sie winkt einem blonden, barfüßigen Burschen zu, der vom Strand heraufgerannt kommt.
»Was hast du da?«
»Einen Fisch!«
Ich lächle und reiche ihn ihr.
... Die gleiche junge Frau, der gleiche Bursche, nur anders angezogen – sie sitzen am offenen Fenster, essen Obst und lehnen sich hinaus und lachen.
»Die Walderdbeeren sind alle für dich, Maus! Ich rühre sie nicht an!«
... Ein regnerischer Abend. Sie gehen gemeinsam unter einem Schirm nach Hause. An der Tür bleiben sie stehen, um ihre feuchten Wangen aneinanderzuschmiegen.

Und so immer weiter und weiter, bis ein schmieriger alter Galan an meinen Tisch kommt und mir gegenüber Platz nimmt und anfängt, Fratzen zu schneiden und zu japsen. Bis ich mich sagen höre: »Aber ich weiß ein kleines Mädchen für Sie, *mon vieux!* So klein ... so zart!« Ich küsse meine Fingerspitzen und lege sie auf mein Herz. »Ich gebe Ihnen mein Ehrenwort als Gentleman und als ernsthafter junger Schriftsteller, der sich mit moderner englischer Literatur befaßt...«

Ich muß gehen. Ich muß gehen. Ich nehme Mantel und Hut vom Haken. Madame kennt mich. »Sie haben noch nicht diniert?« lächelt sie.
»Nein, noch nicht, Madame.«

— — — — — — — — — — — — — — —

Obwohl Bertha Young dreißig war, kannte sie noch Augenblicke wie diesen, wo sie Lust hatte, lieber zu rennen statt zu gehen, auf dem Bürgersteig herumzutanzen, Reifen zu treiben, etwas in die Luft zu werfen und aufzufangen oder stillzustehen und zu lachen – über nichts – einfach über nichts.
Was kann man auch tun, wenn man dreißig ist und an der eigenen Straßenecke plötzlich von einem Glücksgefühl, von einem Gefühl reinen Glücks überwältigt wird, als hätte man plötzlich einen leuchtenden Schnitz Nachmittagssonne verschluckt und als brennte es einem in der Brust und jagte einen kleinen Funkenregen durch den ganzen Körper, bis in jeden Finger und Zeh? . . .
Oh, gibt es denn keine Möglichkeit, das auszudrücken, ohne ›öffentliches Ärgernis zu erregen‹? Wie blöd ist die Zivilisation! Warum hat man einen Körper bekommen, wenn man ihn wie eine kostbare Geige in einen Kasten einsperren muß?
›Nein, das mit der Geige ist nicht ganz, was ich meine‹, dachte sie, während sie die Treppe hinaufsprang und in ihrer Handtasche nach dem Schlüssel wühlte – sie hatte ihn vergessen, wie üblich – und am Briefkasten ratterte. ›Das ist es nicht, was ich meine, denn –‹
»Danke, Mary!« Sie trat in den Flur. »Ist das Kindermädchen wieder da?«
»Ja, M'm.«
»Und ist das Obst gekommen?«
»Ja, M'm. Alles ist da.«
»Tragen Sie bitte das Obst ins Eßzimmer! Ich will es nett anordnen, ehe ich hinaufgehe.«
Im Eßzimmer war es dämmerig und ziemlich kühl. Trotzdem zog Bertha ihren Mantel aus; sie konnte die enge Hülle keinen Augenblick länger ertragen, und die kalte Luft prallte auf ihre Arme.
Doch in ihrer Brust war immer noch die helle, glühende

Stelle – und der kleine Funkenregen, den sie aussandte. Es war beinah unerträglich. Sie wagte kaum zu atmen, vor Angst, es dadurch höher anzufachen, und doch holte sie ganz tief Atem. Sie wagte es kaum, in den kalten Spiegel zu blikken – doch sie blickte hinein, und er zeigte ihr eine strahlende Frau mit lächelnden, zitternden Lippen, mit großen dunklen Augen und einem Ausdruck, als lausche sie, als warte sie, daß etwas ... Himmlisches sich ereignete ... von dem sie wußte, daß es geschehen mußte ... unweigerlich.

Mary brachte auf einem Tablett das Obst, zusammen mit einer Glasschüssel und einer wunderschönen blauen Schale, die seltsam schimmerte, als wäre sie in Milch getaucht worden.

»Soll ich das Licht einschalten, M'm?«

»Nein, danke. Ich sehe noch genug.«

Tangerinen und Äpfel mit erdbeerroten Backen waren da, ein paar gelbe, seidig glatte Birnen, einige weiße Trauben mit silbrigem Flaum und eine riesengroße mit dunkelblauen Beeren. Die hatte sie gekauft, weil sie mit dem neuen Eßzimmerteppich übereinstimmen sollte. Sicher, es klang etwas weit hergeholt und verrückt, aber es war tatsächlich der Grund, weshalb sie sie gekauft hatte. Im Geschäft hatte sie gedacht: ›Ich muß ein paar dunkelblaue haben, um den Teppich zur Geltung zu bringen.‹ Und dort war es ihr ganz sinnvoll vorgekommen.

Als sie fertig war und aus den leuchtenden, runden Bällchen zwei Pyramiden aufgebaut hatte, trat sie vom Tisch zurück, um die Wirkung zu prüfen. Es war tatsächlich äußerst merkwürdig. Denn der dunkle Tisch schien in das dämmerige Licht hineinzuschmelzen, und die Glasschüssel und die blaue Schale schienen in der Luft zu schweben. In ihrer gegenwärtigen Stimmung war es natürlich so unglaublich schön ... Sie mußte lachen.

›Aber nein, ich werde noch hysterisch!‹ Und sie nahm ihre Handtasche und den Mantel und lief ins Kinderzimmer hinauf.

Die Kinderschwester saß an einem niedrigen Tisch und gab Klein-B. nach dem Bad sein Abendessen. Das Baby hatte ein weißes Flanellhemd und ein blaues Wolljäckchen an, und sein dunkles, feines Haar war zu einem lustigen kleinen Schopf hinaufgebürstet. Klein-B. blickte auf, als es die Mutter sah, und begann zu zappeln.
»Komm, Liebchen, iß schön brav auf!« sagte die Kinderschwester und kniff die Lippen auf eine Art zusammen, die Bertha wohlbekannt war und bedeutete, daß sie wieder mal im verkehrten Augenblick ins Kinderzimmer gekommen war.
»War sie brav, Nanny?«
»Den ganzen Nachmittag ist sie ein süßer Schatz gewesen«, flüsterte Nanny. »Wir waren im Park, und ich habe mich auf einen Stuhl gesetzt und sie aus dem Wagen gehoben, und ein großer Hund kam daher und legte seinen Kopf auf mein Knie, und sie griff nach seinem Ohr und zupfte daran. Oh, Sie hätten sie sehen sollen!«
Bertha hätte gern gefragt, ob es nicht recht gefährlich sei, wenn das Baby einen fremden Hund an den Ohren zupfte. Aber sie wagte es nicht. Sie stand da und schaute mit herabhängenden Armen zu, wie ein armes kleines Mädchen vor einem reichen kleinen Mädchen mit Puppe steht.
Das Baby blickte wieder zu ihr auf, sah sie an und lächelte dann so reizend, daß Bertha nicht mehr an sich halten konnte und rief: »O Nanny, lassen Sie mich das Baby zu Ende füttern! Sie können unterdessen die Badesachen wegräumen!«
»Aber, M'm, sie sollte nicht in andre Hände kommen, während sie ißt«, antwortete Nanny, noch immer flüsternd. »Es macht sie unruhig, und wahrscheinlich bekommt es ihr nicht.«
Wie unsinnig das war! Wozu hatte sie ein Baby, wenn es zwar nicht gerade wie eine kostbare Geige in einem Kasten aufbewahrt werden mußte, jedoch in den Armen einer andern Frau liegen sollte?
»Ich möchte aber!« sagte sie.
Schwer gekränkt reichte Nanny ihr das Kind.
»Aber regen Sie sie ja nicht nach dem Essen auf, M'm! Sie wissen doch, daß Sie's immer tun, und ich habe dann hinterher die Plage!«

Gott sei Dank ging Nanny mit den Badetüchern aus dem Zimmer!
»Jetzt habe ich dich ganz für mich allein, mein kleiner Schatz«, sagte Bertha, als sich das Baby an sie lehnte.
Sie aß so niedlich, hielt ihr Mündchen dem Löffel entgegen und zappelte mit den Händen. Manchmal wollte sie den Löffel nicht loslassen, und manchmal, wenn Bertha ihn gerade gefüllt hatte, schlug sie ihn in alle Winde.
Als die Suppe aufgegessen war, drehte sich Bertha zum Kaminfeuer um.
»Du bist süß, du bist ganz, ganz süß!« sagte sie und küßte ihr warmes Baby. »Ich liebe dich, ich liebe dich!«
Und tatsächlich liebte sie Klein-B. so sehr, den Nacken, wenn sie sich vornüber beugte, und die wunderfeinen Zehlein, die im Flammenschein durchsichtig schimmerten, daß ihr ganzes Glücksgefühl wiederkehrte, und wieder wußte sie nicht, wie sie es äußern, was sie damit anfangen sollte.
»Sie werden am Telefon gewünscht!« sagte Nanny, die triumphierend zurückkam und *ihr* Baby in Besitz nahm.
Sie flog hinunter.
Es war Harry.
»Oh, bist du's, Ber? Hör mal, ich bin heute abend etwas spät dran. Ich werde ein Taxi nehmen und komme, so rasch ich kann, aber schiebe das Abendessen zehn Minuten hinaus, ja? Ist es recht?«
»Ja, sicher! Oh, Harry ...«
»Ja?«
Was hatte sie ihm noch zu sagen? Nichts. Sie wollte nur einen Augenblick länger in Verbindung mit ihm bleiben. Sie konnte nicht so verrückt sein und ihm zurufen: ›Ist es nicht ein himmlischer Tag?‹
»Was ist denn?« kläffte die dünne Stimme.
»Nichts. *Entendu*«, sagte Bertha, hängte den Hörer auf und dachte, daß die Zivilisation noch viel mehr als nur blöd sei.

Zum Abendessen hatten sie Gäste. Die Norman Knights kamen – ein sehr einwandfreies Paar –, er war im Begriff, ein Theater zu gründen, und sie beschäftigte sich leidenschaftlich mit Innendekoration; dann ein junger Mann, Eddie Warren, der gerade einen kleinen Gedichtband veröffentlicht hatte und den jedermann zum Essen einlud, und noch Pearl Fulton, eine ›Entdeckung‹ Berthas. Was Miss Fulton tat, wußte Bertha nicht; sie hatten sich im Klub kennengelernt, und Bertha hatte sich in sie verliebt, wie sie sich immer in schöne Frauen verliebte, die etwas Seltsames an sich hatten.

Es war irritierend, daß sie zwar gelegentlich zusammengewesen waren und miteinander gesprochen hatten, daß Bertha sie aber trotzdem nicht durchschauen konnte. Bis zu einem bestimmten Punkt war Miss Fulton von einer seltenen, herrlichen Offenheit, aber eben über den bestimmten Punkt ging sie nie hinaus.

Gab es überhaupt etwas darüber hinaus? Harry sagte: ›Nein!‹ Er hielt sie für langweilig und ›kalt wie alle Blondinen – vielleicht mit einem Anflug von seelischer Blutarmut‹. Aber Bertha mochte ihm nicht recht geben, jedenfalls noch nicht.

»Nein, die Art, wie sie dasitzt und den Kopf ein bißchen auf die Seite legt und lächelt, Harry – da steckt was dahinter, und ich muß herausfinden, was es ist.«

»Wahrscheinlich eine gute Verdauung«, erwiderte Harry.

Er tat es ganz bewußt, Bertha mit Antworten dieser Art etwas zu bremsen ... ›Leberstauungen, liebes Kind‹ oder ›nichts als Blähungen‹ oder ›nierenkrank‹ ... und so weiter. Aus irgendeinem sonderbaren Grund hatte Bertha es gern und bewunderte es nachgerade an ihm.

Sie ging in den Salon und zündete das Kaminfeuer an; dann hob sie der Reihe nach die Kissen auf, die Mary so sorgfältig aufgestellt hatte, und schleuderte sie wieder auf die Stühle und Sofas zurück. Es war ein himmelweiter Unterschied: das Zimmer bekam sofort Leben. Als sie gerade das letzte hinwerfen wollte, überraschte sie sich dabei, wie sie es plötzlich stürmisch an sich drückte. Doch das löschte das Feuer in ihrer Brust nicht.

O nein, ganz im Gegenteil!

Die Fenster des Salons gingen auf einen Balkon, der den Garten überblickte. Am andern Ende, vor der Mauer, ragte ein hoher, schlanker Birnbaum in vollster, üppigster Blüte auf; vollkommen still stand er da und hob sich vom jadegrünen Himmel ab. Bertha glaubte selbst aus dieser Entfernung feststellen zu können, daß er keine einzige unerschlossene Knospe und auch keine welke Blüte hatte. Weiter unten, auf den Gartenbeeten, schmiegten sich die roten und gelben Tulpen mit ihren schweren Kelchen in die Dämmerung hinein. Eine graue Katze kroch mit schleppendem Bauch über den Rasen, und eine andere, eine schwarze, folgte ihr wie ihr Schatten. Der Anblick der beiden, die so gespannt und aufmerksam dahinschlichen, ließ Bertha erschauern.

»Was für gruselige Tiere Katzen doch sind!« stammelte sie, wandte sich vom Fenster weg und begann hin und her zu gehen...

Wie stark die Narzissen in dem warmen Zimmer dufteten! Zu stark? O nein! Und doch warf sie sich wie überwältigt auf ein Sofa und drückte die Hände auf die Augen.

»Ich bin glücklich – zu glücklich!« murmelte sie.

Und es schien ihr, als sähe sie hinter den Augenlidern den schönen Birnbaum mit seinen weit offenen Blüten als Symbol ihres eigenen Lebens.

Doch – doch – sie hatte alles! Sie war jung. Harry und sie waren ineinander so verliebt wie nur je, und sie kamen herrlich miteinander aus und waren wirklich gute Kameraden. Sie hatte ein hinreißendes Baby. Sie hatten keinerlei Geldsorgen. Sie besaßen ein in jeder Hinsicht zufriedenstellendes Haus und den Garten. Und sie hatten Freunde, moderne, anregende Freunde, Schriftsteller und Maler und Dichter oder Leute, die sich brennend für soziale Fragen interessierten – genau die Art Freunde, die sie haben wollten. Und außerdem Musik und Bücher, und sie hatte eine fabelhafte kleine Schneiderin entdeckt, und im Sommer reisten sie ins Ausland, und ihre neue Köchin machte die köstlichsten Omeletten...

»Ich bin verrückt! Verrückt!« Sie setzte sich auf, aber sie war ganz benommen, wie berauscht. Es mußte der Frühling sein.

Ja, es war sicher der Frühling! Jetzt war sie so müde, daß sie sich kaum die Treppe hinaufschleppen konnte, um sich umzuziehen.

Ein weißes Kleid, eine Kette aus Jadekugeln, grüne Schuhe und Strümpfe. Sie hatte es nicht erst jetzt beabsichtigt: sie hatte sich diese Zusammenstellung schon vor Stunden ausgedacht, lange bevor sie vom Salonfenster aus den Birnbaum betrachtet hatte.

Wie mit Blütenblättern rauschte sie leise auf den Flur und küßte Mrs. Norman Knight, die einen furchtbar lustigen Mantel ablegte: orangefarben, mit einer Prozession schwarzer Äffchen unten am Saum und an den Vorderkanten.

»... Ach je, meine Liebe, daß unsre Mittelklasse auch gar so spießig ist – so gänzlich ohne Sinn für Humor! Es ist der reinste Glücksfall, daß ich überhaupt hier bin – wobei Norman der beschützerische Glücksfall ist! Denn meine süßen Äffchen haben alle Leute im Zug in solche Aufregung versetzt, daß sie wie ein Mann aufstanden und mich geradezu mit den Augen verschlangen. Sie haben nicht gelacht – sie fanden es nicht lustig –, das hätte mir ja gefallen. Nein, sie haben bloß geglotzt – und mich furchtbar angeödet.«

»Aber was der Glanzpunkt war«, sagte Norman und klemmte sich ein großes, in Schildpatt gefaßtes Monokel ins Auge, »ich darf's doch erzählen, Face, ja?« (Zu Hause und unter Freunden nannten sie sich Face und Mug.) »Der Glanzpunkt war es dann, als sie es gründlich satt hatte und sich an die Frau neben ihr wandte und fragte: ›Haben Sie noch nie im Leben einen Affen gesehen?‹

»Ach ja!« Mrs. Norman Knight stimmte in das Gelächter ein. »War das nicht wirklich glänzend?«

Und was noch komischer war: daß sie jetzt, ohne ihren Mantel, tatsächlich wie ein sehr gescheites Äffchen aussah, das sich sogar das gelbe Seidenkleid – aus abgeschabten Bananenschalen – selbst gemacht hatte. Und ihre Bernsteinohrringe: glichen sie nicht baumelnden kleinen Nüssen?

»Ein äußerst trauriger Fall!« sagte Mug und blieb nachdenklich vor Klein-B.s Kinderwagen stehen. »Kommt ins Haus, der Kinderwagen ...« Den Rest des Zitats überging er. Es läutete an der Haustür. Der magere, blasse Eddie Warren erschien – wie üblich in einem Zustand größter Bedrängnis.

»Das muß doch das *richtige* Haus sein, nicht wahr?« rief er flehend.

»Vermutlich – hoffentlich!« entgegnete Bertha strahlend.

»Ich hatte so ein *entsetzliches* Erlebnis mit einem Taxifahrer! Ein ganz *finsterer* Kerl! Ich konnte ihn nicht dazu bringen, daß er *hielt!* Je *mehr* ich klopfte und rief, um so *schneller* fuhr er! Dazu im Mondschein die *bizarre* Gestalt, mit dem *verkürzten* Kopf über das *kleine* Lenkrad geduckt ...« Er schauderte und legte einen riesigen weißen Seidenschal ab. Bertha stellte fest, daß auch seine Socken weiß waren – äußerst elegant.

»Nein, wie gräßlich!« rief sie.

»Ja, das war es wirklich«, sagte Eddie und folgte ihr in den Salon. »Ich sah mich in einem *zeitlosen* Taxi durch die *Ewigkeit* fahren!«

Mit den Norman Knights war er bekannt. Er wollte ja ein Stück für N.K. schreiben, wenn sich der Plan mit dem Theater verwirklichte.

»Sieh da, Warren! Was macht das Stück?« fragte Norman Knight, ließ das Monokel fallen und gönnte seinem Auge eine Pause, in der es an die Oberfläche steigen konnte, bevor er es hinunterzwängte.

Und Mrs. Norman Knight rief: »Oh, Mr. Warren, was für hinreißende Socken!«

»Ich freue mich *so,* daß sie Ihnen gefallen«, sagte er und blickte auf seine Füße. »Sie sind anscheinend *sehr* viel weißer geworden, seit der Mond aufgegangen ist!« Dabei wandte er Bertha sein schmales, melancholisches junges Gesicht zu. »Der Mond ist nämlich *aufgegangen!*«

Am liebsten hätte sie gerufen: »Allerdings – und noch oft – noch oft!«

Er war wirklich ein äußerst interessanter junger Mensch. Aber interessant war auch Face, die in ihrem Bananenkleid vor dem Feuer kauerte, und Mug, der eine Zigarette rauch-

te, die Asche ins Feuer schnippte und fragte: »Was säumt der Bräutigam so lange?«
»Da kommt er schon!«
Die Haustür flog krachend auf und wieder zu. Harry rief laut: »Hallo, ihr Leute! Bin in fünf Minuten unten!« Und sie hörten ihn die Treppe hinaufbrausen. Bertha mußte lächeln; sie wußte, wie sehr er es liebte, alles unter Hochdruck zu tun. Was kam es schließlich auf die fünf Minuten an? Aber er wollte sich selbst vormachen, daß es ganz gewaltig darauf ankam. Und dann ließ er es sich sehr angelegen sein, betont kühl und beherrscht im Salon zu erscheinen.
Harry war von einem glühenden Lebenshunger besessen. Wie sehr sie das an ihm schätzte! Und seine Leidenschaft, sich durchzusetzen – in allem, was ihm in den Weg kam, eine neue Probe seiner Kraft und seines Mutes zu erkennen –, auch die konnte sie verstehen. Selbst wenn er dadurch andern Leuten, die ihn nicht gut kannten, dann und wann etwas lächerlich erscheinen mochte ... Denn es kam vor, daß er sich in die Schlacht stürzte, wo überhaupt keine war ...
Sie plauderte und lachte, und erst, als er auftrat (und zwar genauso, wie sie es sich vorgestellt hatte), kam es ihr wieder in den Sinn, daß Pearl Fulton noch nicht eingetroffen war.
»Ob Miss Fulton es vergessen hat?«
»Das ist anzunehmen«, sagte Harry. »Hat sie Telefon?«
»Oh, da kommt gerade ein Taxi!« Und Bertha lächelte mit einem Anflug von Besitzerstolz, den sie sich stets beilegte, solange ihre weiblichen ›Entdeckungen‹ neu und geheimnisvoll waren. »Sie haust in Taxis!«
»Wenn sie das tut, wird sie zu dick«, erklärte Harry kühl und läutete, das Zeichen zum Auftragen gebend. »Sehr gefährlich für Blondinen!«
»Oh, Harry – laß!« warnte Bertha und blickte lachend zu ihm auf.
Ein kurzer Augenblick noch, während sie lachend und plaudernd warteten und ein ganz klein bißchen zu unbefangen, ein bißchen zu ahnungslos taten. Dann erschien Miss Fulton, ganz in Silber, mit einem silbernen Stirnband, das ihr hell-

blondes Haar zusammenhielt, und lächelte, den Kopf ein wenig auf die Seite geneigt.
»Habe ich mich verspätet?«
»Nein, durchaus nicht!« sagte Bertha. »Kommen Sie!« Sie nahm ihren Arm, und zusammen gingen sie ins Eßzimmer. Was hatte der kühle Arm nur an sich, daß er das Glücksgefühl wieder anfachte, anfachte und auflodern ließ, mit dem Bertha nichts anzufangen wußte?
Miss Fulton sah Bertha nicht an; aber sie blickte den Leuten nur selten offen ins Gesicht. Ihre schweren Lider waren gesenkt, und das seltsame halbe Lächeln um ihre Lippen kam und ging, so als ob sie mehr lauschte als sah. Doch Bertha wußte auf einmal, und als hätten sie einen ganz langen, vertrauten Blick miteinander getauscht, ja als hätten sie einander zugerufen: ›Wie? Du auch?‹, daß Pearl Fulton, während sie die schöne rote Suppe in ihrem grauen Teller umrührte, genau dasselbe empfand wie sie.
Und die andern? Face und Mug, Eddie und Harry, die ihre Löffel hoben und senkten, sich die Lippen mit der Serviette abtupften, Brot zerkrümelten, mit Gabeln und Gläsern spielten und plauderten?
»Ich traf sie auf der Alpha-Ausstellung – eine ganz unmögliche kleine Person! Hatte sich nicht nur das Haar abgeschnitten, sondern schien auch an Beinen und Armen und Hals und der armseligen kleinen Nase herumgeschnippelt zu haben.«
»Ist sie nicht sehr mit Michael Oat liiert?«
»Mit dem, der *Love in False Teeth* geschrieben hat?«
»Der will ein Stück für mich schreiben. Einen Einakter. Nur eine Person. Der Held beschließt, Selbstmord zu begehen. Gibt alle Gründe für und wider an. Und gerade, als er sich entschlossen hat, es zu tun (oder zu lassen) – Vorhang. Kein schlechter Einfall!«
»Wie will er es nennen? ›Leibweh‹?«
»Ich *glaube*, ich bin dem *gleichen* Einfall schon einmal begegnet, in einer unbedeutenden französischen Zeitschrift, *völlig* unbekannt in England.«
Nein, sie alle empfanden nicht, was Bertha empfand. Es wa-

ren furchtbar nette Menschen, und sie genoß es, sie hier an ihrem Tisch zu haben und ihnen köstliches Essen und erlesenen Wein vorzusetzen. Sie sehnte sich geradezu danach, ihnen zu sagen, wie reizend sie seien und was für eine dekorative Gruppe sie bildeten und wie sie einer den andern zur Geltung brachten und sie an ein Stück von Tschechow erinnerten.

Harry genoß sein Essen. Es gehörte zu einem Teil seiner, nein, nicht gerade seiner Natur und erst recht nicht seiner Pose oder was es sonst sein mochte, über das Essen zu reden und in seiner ›schamlosen Leidenschaft für weißes Hammelfleisch‹ und für ›grünes Pistazieneis‹ zu schwelgen, das ›so grün und kühl wie die Lider ägyptischer Tänzerinnen war‹.

Als er aufsah und zu ihr sagte: »Bertha, das ist ein bewundernswertes Soufflé!«, hätte sie fast weinen können vor kindlicher Freude.

Oh, warum empfand sie heute abend eine so große Zärtlichkeit für die ganze Welt? Alles war gut – war richtig. Alles, was geschah, schien den randvollen Kelch ihres Glücks nur noch mehr zu füllen.

Und immer blühte im Grunde ihres Denkens der Birnbaum! Er mußte jetzt, im Mondlicht des lieben guten Eddie, silbern strahlen – so silbern wie Miss Fulton, die dasaß und eine Tangerine in ihren schlanken Fingern herumdrehte, in Fingern, die so blaß waren, daß ein Licht von ihnen auszugehen schien.

Sie konnte einfach nicht begreifen – es war so übernatürlich –, wieso sie Miss Fultons Stimmung so genau und jählings erraten hatte. Denn sie zweifelte keinen Augenblick, daß sie recht hatte – und doch, was für Beweise hatte sie? Keine, überhaupt keine!

»Ich glaube, zwischen Frauen kann so etwas vorkommen, doch selten, sehr selten, und zwischen Männern nie«, dachte Bertha. »Aber wenn ich im Salon den Kaffee vorbereite, gibt sie vielleicht ›ein Zeichen‹.«

Was sie damit meinte, wußte sie nicht, und was danach geschehen würde, konnte sie sich nicht vorstellen.

Während sie daran dachte, sah sie sich plaudern und lachen. Sie mußte plaudern, weil sie gar zu gern lachen wollte.
›Ich muß lachen, sonst halte ich es nicht aus!‹
Aber als sie Faces komische kleine Gewohnheit bemerkte, an ihrem Ausschnitt herumzufingern, als hätte sie dort einen heimlichen kleinen Nußvorrat versteckt, mußte Bertha ihre Nägel in die Hände graben, um nicht laut loszulachen.

Endlich war es vorbei. Bertha sagte: »Sehen Sie sich meine neue Kaffeemaschine an!«
»Wir haben bloß alle vierzehn Tage eine neue Kaffeemaschine«, sagte Harry. Face nahm diesmal seinen Arm. Miss Fulton folgte ihnen – mit gesenktem Kopf.
Im Salon war das Kaminfeuer zu einem roten, züngelnden ›Nest von Phönixjungen‹ heruntergebrannt, wie Face sagte.
»Oh, macht noch nicht Licht! Es ist so schön!« Und sie kauerte sich wieder vor den Kamin. Sie fror immer ... ›Begreiflich‹, dachte Bertha, ›ohne ihr rotes Wolljäckchen!‹
In diesem Augenblick gab Miss Fulton ›das Zeichen‹.
»Haben Sie einen Garten?« fragte die kühle, verschlafene Stimme.
Das war so wunderbar, daß Bertha nicht anders konnte als gehorchen. Sie ging durchs Zimmer, zog die Vorhänge auseinander und öffnete die hohen Fenster.
»Da!« hauchte sie.
Und die beiden Frauen standen nebeneinander und blickten auf den schlanken, blühenden Baum. Obwohl er so ruhig dastand, schien er sich wie die Flamme einer Kerze zu rekken und aufwärts zu deuten und in der klaren Luft zu zittern, ja vor ihren Augen höher und höher zu werden und fast den Rand des vollen silbernen Mondes zu berühren.
Wie lange standen sie so? Beide gefangen in diesem Kreis überirdischen Lichts, einander völlig verstehend, Geschöpfe einer andern Welt, verwundert, was sie in der Welt hier unten mit der Glücksfülle anfangen sollten, die ihnen in der Brust brannte und in silbernen Blüten von Haar und Händen tropfte?
Schon immer – oder nur einen Augenblick? Hatte Miss Ful-

ton wirklich geflüstert? »Ja, *das* ist es!« Oder hatte Bertha es geträumt?
Dann wurde das Licht angeknipst, und Face machte den Kaffee, und Harry sagte: »Meine liebe Mrs. Knight, fragen Sie mich nicht nach meinem Töchterchen! Ich sehe sie nie. Sie wird mich erst ernstlich zu interessieren beginnen, wenn sie einen Liebhaber hat«, und Mug holte sein Auge aus dem Glashaus, jedoch nur für einen kurzen Moment, dann steckte er es wieder unter Glas, und Eddie Warren trank seinen Kaffee und stellte die Tasse mit einem so besorgten Gesicht hin, als hätte er eine Spinne gesehen – und verschluckt.
»Vor allem liegt mir daran, den jungen Männern zu einer Bühne zu verhelfen. Ich glaube, daß London geradezu wimmelt von erstklassigen, ungeschriebenen Theaterstücken. Deshalb möchte ich ihnen sagen können: ›Da habt ihr euer Theater! Nun legt los!‹«
»Wissen Sie, meine Liebe, ich soll nämlich ein Zimmer für die Jacob Nathans einrichten. Ach, es reizt mich so, alles im Bratfischstil zu machen, die Stuhllehnen wie Bratpfannen geformt und die Vorhänge ganz und gar mit hübschen Kartoffelchips bestickt.«
»Der Kummer mit unsern jungen Schriftstellern ist der, daß sie noch immer zu romantisch sind. Man kann nicht zur See gehen, ohne seekrank zu werden und ein Becken zu benutzen. Warum trauen sie sich also nicht an die Becken ran?«
»Ein *greuliches* Gedicht über ein *Mädchen*, das von einem Bettler *ohne* Nase in einem Gehölz vergewaltigt wurde ...«
Miss Fulton sank in den niedrigsten, tiefsten Sessel, und Harry reichte Zigaretten herum. Aus der Art, wie er vor Miss Fulton stand, die silberne Dose schüttelte und schroff sagte: »Ägyptische? Türkische? Virginische? Sie sind alle durcheinandergeraten«, schloß Bertha, daß sie ihn nicht nur langweilte – er konnte sie wirklich nicht leiden. Und an der Art, wie Miss Fulton sagte: »Nein, danke, ich möchte nicht rauchen«, erkannte sie, daß auch Miss Fulton es empfand und gekränkt war.
›Oh, Harry, du solltest nichts gegen sie haben! Du täuschst dich sehr in ihr! Sie ist wundervoll, ganz wundervoll. Und

überdies: wie kannst du so anders für jemanden empfinden, der mir soviel bedeutet? Wenn wir heute nacht im Bett sind, werde ich versuchen, dir zu schildern, was geschehen ist: was sie und ich gemeinsam erlebt haben.‹

Bei diesem Gedanken tauchte etwas Seltsames und fast Erschreckendes in Berthas Geist auf. Und dieses unkenntliche und lächelnde Etwas flüsterte ihr zu: ›Bald sind all diese Leute weggegangen. Dann ist das Haus still, ganz still. Die Lichter sind gelöscht. Und du und er – ihr werdet allein sein – im dunklen Zimmer – im warmen Bett . . .‹

Sie sprang von ihrem Sessel auf und lief zum Klavier hinüber.

»Wie schade, daß niemand spielt!« rief sie. »Wie schade, daß niemand hier ist, der spielt!«

Zum erstenmal in ihrem Leben begehrte Bertha Young ihren Mann.

Oh, sie hatte ihn geliebt – natürlich war sie in ihn verliebt gewesen –, auf jede Art, jedoch nicht so. Und natürlich hatte sie auch eingesehen, daß es bei ihm anders war. Sie hatten so oft darüber gesprochen. Zuerst hatte es sie sehr bekümmert, als sie merkte, daß sie frigide war, aber nach einiger Zeit schien es nicht mehr so wichtig zu sein. Sie waren so offen miteinander – zwei gute Kameraden. Das war das Beste am Modernsein.

Aber jetzt – war sie glühend, glühend! Das Wort schmerzte in ihrem glühenden Körper. Dahin also hatte das Glücksgefühl geführt? Aber dann . . . dann . . .

»Meine Liebe«, sagte Mrs. Norman Knight, »Sie kennen unser Pech! Wir sind die Opfer von Zeit und Fahrplan. Wir wohnen in Hampstead! Es war ein entzückender Abend!«

»Ich begleite Sie an die Tür«, sagte Bertha. »Ich habe es so genossen, Sie bei uns zu haben. Aber den letzten Zug dürfen Sie nicht verpassen. Das wäre ja gräßlich, wie?«

»Noch einen Whisky, ehe Sie gehen, Knight?« rief Harry.

»Nein, danke, mein Lieber!«

Dafür drückte ihm Bertha die Hand, als sie ihn verabschiedete.

»Gute Nacht, gute Nacht!« rief sie von der obersten Treppenstufe und wußte, daß ihr bisheriges Selbst für immer Abschied von ihnen nahm.
Als sie in den Salon zurückkehrte, waren auch die andern im Begriff, aufzubrechen.
». . . dann können Sie ein Stückchen Wegs in meinem Taxi mitkommen!«
»Oh, ich bin Ihnen so *dankbar*, daß ich nicht *noch* eine Fahrt *allein* machen muß – nach meinem *schrecklichen* Erlebnis!«
»Ein Taxi können Sie gleich am Ende der Straße am Standplatz bekommen. Sie brauchen nur ein paar Schritte zu laufen.«
»Wie angenehm! Ich will nur noch meinen Mantel anziehen.«
Miss Fulton wollte auf den Flur gehen, und Bertha war im Begriff, ihr zu folgen, da drängte sich Harry zwischen sie.
Bertha wußte, daß er seine Unhöflichkeit bereute, und ließ ihn gehen. Was für ein großer Junge er doch in mancher Hinsicht war – so impulsiv! Und so einfach!
Und sie und Eddie blieben beim Kaminfeuer zurück.
»Haben Sie wohl Bilks *neues* Gedicht *Table d'hôte* gelesen?«, fragte Eddie leise. »Es ist *so* bezaubernd! In der neuesten Nummer der *Anthology*. Haben Sie eine? Ich würde es Ihnen so gerne *zeigen!* Es fängt mit einer *unvorstellbar* herrlichen Zeile an: ›Warum muß es denn immer Tomatensuppe sein?‹«
»Ja«, sagte Bertha. Und geräuschlos ging sie zu einem Tischchen gegenüber von der Salontür, und Eddie glitt ihr geräuschlos nach. Sie hob das kleine Buch auf und gab es ihm; es war alles lautlos vor sich gegangen.
Während er das Gedicht suchte, fiel ihr Blick auf den Flur. Und dort sah sie . . . Harry, mit Miss Fultons Mantel im Arm – und Miss Fulton, die ihm den Rücken zugekehrt hatte und den Kopf senkte. Er warf den Mantel beiseite, legte ihr die Hände auf die Schultern und drehte sie ungestüm zu sich herum. Seine Lippen sagten: »Ich bete dich an«, und Miss Fulton legte ihre Mondscheinfinger auf seine Wangen und lächelte ihr verschlafenes Lächeln. Harrys Nasenflügel zitterten; seine Lippen verzogen sich in einem häßlichen

Grinsen, und er flüsterte: »Morgen!«, und Miss Fulton antwortete mit ihren Augenlidern: ›Ja!‹

»Hier ist es!« sagte Eddie. »›Warum muß es immer Tomatensuppe sein?‹ Es ist so *tief* empfunden, finden Sie nicht auch? Tomatensuppe ist so *schrecklich* ewig.«

»Wenn es Ihnen lieber ist«, drang Harrys Stimme sehr laut vom Flur her, »kann ich Ihnen ein Taxi telefonisch vor die Haustür bestellen!«

»O nein, das ist nicht nötig«, sagte Miss Fulton, kam auf Bertha zu und reichte ihr die schlanken Finger.

»Gute Nacht! Und vielen Dank!«

»Gute Nacht!« sagte Bertha.

Miss Fulton hielt Berthas Hand noch eine Sekunde fest. »Ihr herrlicher Birnbaum!« murmelte sie.

Und dann war sie fort, mit Eddie im Gefolge – wie die schwarze Katze, die der grauen folgte.

»Dann mache ich den Laden dicht«, sagte Harry übertrieben kühl und beherrscht.

›Ihr herrlicher Birnbaum – Birnbaum – Birnbaum!‹

Bertha rannte förmlich zu den hohen Fenstern.

»Oh, was soll jetzt nur werden?« rief sie.

Aber der Birnbaum war so herrlich wie zuvor, so voller Blüten, und so still.

Der Wind weht

— — — — — — — — — — — — — — —

Plötzlich wacht sie erschrocken auf. Was ist geschehen? Etwas Schreckliches ist geschehen. Nein – nichts ist geschehen. Es ist nur der Wind, der das Haus erschüttert, an den Fenstern rattert, gegen ein Stück Eisen auf dem Dach hämmert und ihr Bett erzittern läßt. Blätter stieben am Fenster vorbei, hinauf und davon; unten in der Allee klatscht eine ganze Zeitung wie ein ausgerissener Drachen durch die Luft und fällt nieder, auf eine Tanne aufgespießt. Es ist kalt. Der Sommer ist vorbei – es ist Herbst – alles ist häßlich. Die Karren rasseln vorbei und schwanken von einer Seite auf die andere; zwei Chinesen traben eilig unter ihren Traghölzern mit den schweren Gemüsekörben dahin, und ihre Zöpfe und die blauen Kittel plustern sich im Wind. Ein weißer Hund läuft kläffend auf drei Beinen am Gartentor vorbei. Es ist alles vorbei! Was ist vorbei? Ach, alles! Und sie beginnt mit zitternden Fingern ihr Haar zu flechten und wagt es nicht, in den Spiegel zu blicken. Ihre Mutter spricht in der Halle mit der Großmutter.

»Eine zu blöde Ziege! Stell dir vor, daß sie bei solchem Wetter die Wäsche auf der Leine hängen läßt ... Meine beste Teedecke aus Teneriffa ist restlos zerfetzt! Was ist denn das für ein merkwürdiger Geruch? Der Porridge brennt an! Meine Güte – dieser Wind!« Um zehn Uhr hat sie Klavierstunde. Beim Gedanken daran beginnt ihr der Mollsatz von Beethoven durch den Kopf zu gehen, die langen Triller, drohend wie kleine Trommelwirbel ... Marie Swainson vom Haus nebenan läuft in den Garten, um die Chrysanthemen zu pflücken, ehe sie völlig zerzaust sind. Der Rock fliegt ihr bis zur Taille hinauf; sie versucht, ihn hinunterzuschlagen und zwischen die Beine zu klemmen, während sie sich bückt, aber es nützt nichts, er fliegt wieder hoch. Alle Büsche und Bäume tosen um sie her. Sie pflückt, so schnell sie nur kann, aber sie ist wie von Sinnen. Sie achtet nicht auf das, was sie tut – sie reißt die Pflanzen mit den Wurzeln aus und biegt und knickt sie, stampft mit dem Fuß auf und flucht.

»Um Himmels willen, laß doch die Vordertür zu! Geh ums Haus herum!« ruft jemand. Und dann hört sie Bogey: »Mutter, du wirst am Telefon verlangt! Telefon, Mutter! Es ist der Metzger!«
Wie häßlich das Leben ist – widerwärtig, einfach widerwärtig! ... Und jetzt reißt auch noch das Gummiband an ihrem Hut! Mußte es ja! Sie setzt sich die alte Schottenmütze auf und will zur Hoftür hinausschlüpfen. Aber ihre Mutter hat es gesehen.
»Matilda! Matilda! So-fort kommst du zurück! Was hast du denn bloß auf dem Kopf? Sieht ja aus wie ein Teewärmer! Und warum hängt dir eine Strähne in die Stirn?«
»Ich kann nicht umkehren, Mutter, sonst komme ich zu spät in die Stunde!«
»Sofort kommst du!«
Aber sie kehrt nicht um, nein! Sie haßt ihre Mutter. »Geh zum Teufel!« schreit sie und läuft schon die Straße entlang. Beißender Staub kommt in Wellen, in Wolken, in großen runden Kreiseln auf sie zu und führt Strohfetzen und Häcksel und Mist mit. Aus den Bäumen in den Gärten heult es laut, und als sie am Ende der Straße vor Mr. Bullens Tor steht, kann sie das Meer ächzen hören: »Ah! ... Ah! ... Ah-h!« Aber Mr. Bullens Zimmer ist so still wie eine Höhle. Die Fenster sind geschlossen, die Markisen halb heruntergezogen, und sie hat sich nicht verspätet. Das-Mädchen-vor-ihr hat gerade erst angefangen, MacDowells ›An einen Eisberg‹ zu spielen. Mr. Bullen sieht zu ihr hinüber und lächelt ein wenig.
»Setzen Sie sich!« sagt er. »Setzen Sie sich in die Sofaecke drüben, kleines Fräulein!«
Wie ulkig er ist! Er lacht einen nicht direkt aus ... doch etwas ist da ... Oh, wie friedlich es hier ist! Sie liebt dieses Zimmer. Es riecht nach Baumwollgardinen und kaltem Rauch und Chrysanthemen ... Sie stehen in einer großen Vase auf dem Kaminsims hinter der verblaßten Photographie von Rubinstein ... *à mon ami Robert Bullen* ... Über dem schwarzen, glitzernden Klavier hängt die *Solitude* – eine dunkelhaarige, tragische Frau, in weiße Falten gehüllt, sitzt auf

einem Felsen, die Beine übereinandergeschlagen, das Kinn in die Hand gestützt.

»Nein, nein!« sagt Mr. Bullen und beugt sich über das andere Mädchen, legt ihr die Arme über die Schultern und spielt ihr die Stelle vor. Die Dumme! Jetzt wird sie rot! Wie lächerlich!

Nun ist Das-Mädchen-vor-ihr gegangen; die Haustür fällt ins Schloß. Mr. Bullen kehrt zurück und geht sehr leise auf und ab, denn er wartet auf sie ... Wie ungewöhnlich! Ihre Finger zittern so, daß sie den Knoten ihrer Notenmappe nicht aufkriegt. Es muß am Wind liegen ... Und ihr Herz hämmert so heftig, daß sie glaubt, es müsse ihre Bluse bewegen. Mr. Bullen sagt kein Wort. Die schäbige rote Klavierbank ist lang genug für zwei. Mr. Bullen setzt sich neben sie.

»Soll ich mit den Tonleitern anfangen?« fragt sie und drückt die Hände gegeneinander. »Arpeggien hatte ich auch zu üben.«

Aber er antwortet nicht. Sie glaubt sogar, daß er sie nicht hört ... doch plötzlich reicht seine kräftige Hand mit dem Ring über sie hinweg und schlägt Beethoven auf.

»Lassen Sie uns ein bißchen vom Altmeister hören!« sagt er. Aber warum spricht er so freundlich mit ihr, so furchtbar freundlich, als hätten sie sich schon seit Ewigkeiten gekannt und wüßten alles voneinander?

Langsam wendet er die Seite um. Sie blickt auf seine Hand – es ist eine sehr schöne Hand, und immer sieht sie so aus, als wäre sie gerade erst gewaschen worden

»Hier!« sagt Mr. Bullen.

Oh, die freundliche Stimme – oh, der Satz in Moll! Und nun die kleinen Trommeln ...

»Soll ich die Wiederholung spielen?«

»Ja, liebes Kind.«

Seine Stimme ist viel, viel zu freundlich. Die Viertel- und Achtelnoten tanzen auf den Notenlinien auf und ab – wie kleine schwarze Jungen auf einem Zaun. Warum ist er so ... Sie will nicht weinen – sie hat keinen Grund zu weinen ...

»Was ist denn, mein Kind?«

Mr. Bullen nimmt ihre Hände in seine Hand. Seine Schulter ist dicht neben ihrem Kopf. Sie lehnt sich ein ganz klein wenig an, die Wange auf dem nachgebenden Tweed.

»Das Leben ist so schrecklich«, murmelt sie, doch sie findet es überhaupt nicht schrecklich. Er murmelt etwas von ›warten‹ und ›Zeit abwarten‹ und ›so kostbar, Frau zu sein‹, aber sie hört nicht. Es ist so tröstend ... ewig so ...

Plötzlich geht die Tür auf, und Marie Swainson platzt herein – viel zu früh für ihre Stunde.

»Spielen Sie das Allegretto ein bißchen schneller«, sagt Mr. Bullen und steht auf und beginnt wieder auf und ab zu wandern.

»Setzen Sie sich in die Sofaecke, kleines Fräulein«, sagt er zu Marie.

Der Wind, der Wind! Es ist unheimlich, hier ganz allein in ihrem Zimmer zu sein. Das Bett, der Spiegel, der weiße Krug und das Waschbecken schimmern wie der Himmel draußen. Das Bett ist's, das so unheimlich aussieht: da liegt es, ist fest eingeschlafen ... Glaubt ihre Mutter wirklich auch nur einen Augenblick, daß sie all die Strümpfe stopfen wird, die da zusammengeknotet wie ein Knäuel Schlangen auf der Bettdecke liegen? Sie wird sie nicht stopfen. Nein, Mutter! Ich sehe nicht ein, warum ich ... Der Wind, der Wind! Ein komischer Rußgeruch kommt den Kamin heruntergeweht. Hat nicht jemand Gedichte an den Wind geschrieben? ... ›Den Blättern bring ich frische Blüten und Regenschauer‹ ... Was für ein Unsinn!

»Bist du das, Bogey?«

»Komm mit, Matilda, zu einem Bummel rund um die Esplanade! Ich kann's nicht länger aushalten!«

»Fein! Ich zieh nur meinen Ulster an! Ist es nicht greuliches Wetter?« Bogeys Ulster ist genau der gleiche wie der ihre. Während sie den Kragen zuhakt, betrachtet sie sich im Spiegel. Ihr Gesicht ist bleich, sie haben beide die gleichen wilden Augen und heißen Lippen. Ja, sie kennen die beiden im Spiegel. Lebt wohl, ihr Lieben! Wir sind bald wieder da!

»Draußen ist's besser, was?«

»Komm, hak dich ein!« sagt Bogey.
Sie können nicht schnell genug laufen. Mit gesenktem Kopf, Bein an Bein streifend, schreiten sie wie ein einziges Wesen eilig durch die Stadt, den asphaltierten Zickzackweg hinunter, wo der wilde Fenchel wächst, und zur Esplanade. Es ist dämmerig, fängt gerade an, dunkel zu werden. Der Wind ist so stark, daß sie wie zwei alte Trunkenbolde dagegen ankämpfen müssen. All die armen kleinen Mangobäumchen auf der Esplanade sind zu Boden gebeugt.
»Komm! Komm! Laß uns nah herangehen!«
Beim Wellenbrecher drüben geht die See sehr hoch; sie ziehen ihre Mützen ab, und das Haar weht ihr über den Mund und schmeckt salzig. Die See geht so hoch, daß die Wellen sich überhaupt nicht überschlagen; sie hämmern gegen den Damm aus groben Steinen und saugen an den moosigen, tropfenden Stufen. Ein feiner Sprühnebel treibt vom Wasser bis zur Esplanade hin. Sie sind ganz mit Tropfen übersät; ihr Mund schmeckt naß und kalt.
Bogey steht im Stimmbruch. Wenn er spricht, läuft er die Tonleiter hinauf und hinunter. Es klingt komisch – es ist zum Lachen – und doch paßt es zum Wetter. Der Wind trägt ihre Stimmen fort – die Sätze fliegen wie schmale kleine Bänder davon.
»Schneller! Schneller!«
Es wird sehr dunkel. Die abgetakelten Kohlenfrachter im Hafen haben zwei Lichter – eins hoch am Mast und eins am Heck.
»Schau mal, Bogey! Schau, da drüben!«
Ein großer schwarzer Dampfer mit einer langen, wirbelnden Rauchfahne und hellen Bullaugen, mit Lichtern überall, sticht in See. Der Wind kann ihn nicht aufhalten; er durchfurcht die Wellen und steuert auf das offene Tor zu, zwischen spitzen Klippen hindurch, auf Fahrt nach ... Was ihn so ungeheuer großartig und geheimnisvoll macht, sind all die Lichter ... Zweie sind an Bord und lehnen sich Arm in Arm über die Reling.
»... Wer sind sie?«
»... Bruder und Schwester.«

»Schau mal, Bogey, dort liegt die Stadt! Sieht sie nicht klein aus? Das ist die Uhr auf dem Postamt, die zum letztenmal schlägt. Und dort ist die Esplanade, wo wir an dem Tag, als es so windig war, spazierengingen. Erinnerst du dich? An jenem Tag hatte ich in der Klavierstunde geweint – vor so vielen Jahren! Leb wohl, kleine Insel, leb wohl! . . .«
Jetzt streckt die Finsternis eine Schwinge über das stürmische Wasser. Sie können die zwei nicht mehr sehen. Lebt wohl, lebt wohl! Vergeßt nicht! . . . Aber das Schiff ist fort. Der Wind – der Wind!

Als sie die Tür öffnete und ihn dort stehen sah, freute sie sich mehr denn je, und auch er schien, als er ihr ins Studio folgte, sehr, sehr glücklich zu sein, daß er gekommen war.
»Nicht an der Arbeit?«
»Nein. Ich wollte gerade Tee machen.«
»Und Sie erwarten niemanden?«
»Nein, keinen Menschen!«
»Das paßt gut!«
Er legte Mantel und Hut so behutsam und gemächlich weg, als hätte er reichlich Zeit für alles oder als nähme er für immer Abschied von ihnen, trat dann an den Kamin und streckte den munter flackernden Flammen die Hände entgegen.
Nur einen kurzen Augenblick standen sie beide in diesem flackernden Flammenschein. Auf ihren lächelnden Lippen schmeckten sie gewissermaßen noch immer den beglückenden Schock ihrer Begrüßung. Ihr verborgenes Selbst flüsterte: »Weshalb sollten wir sprechen? Ist denn das nicht genug?«
»Mehr als genug. Ich hatte bis zu diesem Augenblick gar nicht begriffen . . .«
». . . wie wohl es tut, bloß so mit dir zusammen zu sein . . .«
». . . wie jetzt.«
»Mehr als genug.«
Doch plötzlich wandte er sich ihr zu und sah sie an, und sie ging schnell weg.
»Zigarette? Ich setze den Kessel auf. Sehnen Sie sich schon nach Tee?«
»Nein. Nicht gerade sehnen!«
»Aber ich!«
»Oh, Sie . . .« Er knuffte das armenische Kissen zurecht und warf sich auf die Couch. ». . . Sie sind eine echte kleine Chinesin.«
»Ja, das bin ich«, lachte sie. »Ich lechze nach Tee wie starke Männer nach Wein.«
Sie zündete die Lampe unter dem großen, orangefarbenen

Schirm an, zog die Vorhänge zu und schob den Teetisch näher heran.

Im Wasserkessel zwitscherten zwei Vögel; das Feuer flakkerte. Er setzte sich hin und umschlang seine Knie. Es war eine bezaubernde Zeremonie, dieses Teetrinken bei ihr: immer hatte sie köstliche Sachen zu essen – kleine pikante Sandwiches, süße Mandelstäbchen und einen schweren, dunklen Cake, der nach Rum schmeckte ... aber es war doch eine Unterbrechung. Er wünschte, daß es vorbei wäre, das Tischchen weggeschoben, ihre beiden Stühle an die Lampe herangerückt, und dann war der Augenblick da, wo er seine Pfeife hervorholte, sie stopfte und – während er noch den Tabak hineindrückte – zu ihr sagte: ›Ich habe nachgedacht über das, was Sie letztesmal sagten, und mir scheint ...‹

Ja, das war es, worauf er wartete – und sie auch! Ja, während sie die Teekanne über der Spiritusflamme wärmte und trocken schwenkte, sah sie die andern beiden: ihn zurückgelehnt, wie er sich's zwischen den Kissen gemütlich machte, und sie wie eine Schnecke im blauen Muschelsessel zusammengerollt. Das Bild war so deutlich und genau, als wäre es auf den blauen Deckel der Teekanne gemalt. Und doch konnte sie nicht schneller machen. Fast hätte sie geschrien: ›Lassen Sie mir etwas Zeit!‹ Sie brauchte Zeit, um ruhig zu werden. Sie brauchte Zeit, um sich von all den vertrauten Dingen zu lösen, mit denen sie so innig zusammenlebte. Denn all die heiteren Dinge um sie her waren ein Teil ihrer selbst, waren ihre Kinder, und sie wußten es und erhoben die lautesten, wildesten Ansprüche. Aber jetzt mußten sie gehen. Sie mußten weggefegt und weggescheucht werden, mußten wie Kinder die dämmerige Treppe hinaufgeschickt und ins Bett gesteckt und ermahnt werden, einzuschlafen, sofort – ohne Murren!

Denn der besondere Reiz ihrer Freundschaft beruhte auf ihrer gegenseitigen rückhaltlosen Hingabe. Wie zwei offene Städte inmitten einer weiten Ebene lag ihr Denken offen vor dem andern hingebreitet. Und es war nicht so, als ritte er in ihre Stadt wie ein Eroberer ein – bis an die Zähne bewaffnet, nichts erblickend als ein fröhliches Seidengeflatter –, und auch sie zog nicht in die seine wie eine sanft auf Blütenblättern schreitende Königin ein. Nein, sie waren zwei eifrige, ernste Wanderer, die ganz darin aufgingen, zu verstehen, was es zu sehen gab, und zu entdecken, was verborgen war ... um das Beste aus diesem durchaus ungewöhnlichen Glücksfall zu machen, der es ihm ermöglichte, gänzlich wahrhaft zu ihr zu sein, und ihr, gänzlich aufrichtig zu ihm zu sein.

Und das Beste daran war, daß sie beide alt genug waren, um ihr Abenteuer voll und ganz und ohne irgendwelche dumme Gefühlskomplikation zu genießen. Sie sahen es ganz deutlich: die Leidenschaft hätte alles verdorben. Außerdem war das alles aus und vorbei für sie beide: er war einunddreißig, sie war dreißig; sie hatten ihre Erlebnisse gehabt, die kostbar und mannigfaltig gewesen waren, doch jetzt war die Zeit für die Ernte gekommen – die Ernte. Würden seine Romane nicht ganz hervorragende Romane werden? Und ihre Theaterstücke: wer sonst außer ihr besaß ein so hervorragendes Gefühl für die echte englische Komödie? ...

Sorgfältig schnitt sie dicke Scheibchen vom Cake ab, und er reichte ihr seinen Teller.

»Beachten Sie bitte, wie gut er ist!« beschwor sie ihn. »Essen Sie ihn mit allen Sinnen! Verdrehen Sie die Augen, wenn Sie können, und prüfen Sie ihn beim Atemholen. Es ist keine altbackene Semmel aus der Brotlade – es ist die Art Kuchen, die in der Genesis hätte erwähnt werden können ... Und Gott sprach: ›Es werde Cake!‹ Und es ward Cake. Und Gott sah, daß er gut war.«

»Sie brauchen mich nicht zu nötigen«, sagte er. »Bestimmt nicht! Es ist seltsam, aber hier bei Ihnen fällt mir immer auf, was ich esse – und nie anderswo. Vermutlich kommt es daher, weil ich schon lange allein lebe und beim Essen immer lese ... von meiner Gewohnheit, Essen einfach bloß als Nahrung zu betrachten ... als etwas, was zu festgesetzten Zeiten da ist, um verschlungen zu werden ... bis es ... nicht mehr da ist.« Er lachte.

»Das empört Sie, nicht wahr?«

»Abgründig«, sagte sie.

»Aber ... sehen Sie ...« Er schob seine Tasse weg und begann sehr schnell zu sprechen: »Ich habe einfach kein konkretes Leben. Von den meisten Dingen – Bäumen und so weiter – weiß ich nicht einmal die Namen, und nie merke ich, wie Orte oder Möbel oder Leute aussehen. Ein Zimmer ist für mich genau wie ein andres – ein Ort, wo man sitzen und lesen oder plaudern kann –, ausgenommen«, und hier machte er eine Pause und lächelte seltsam naiv und sagte: ... »ausgenommen das Studio hier!« Er blickte sich um und sah sie dann an; vor Erstaunen und Vergnügen lachte er. Er war wie ein Mann, der in der Bahn aufwacht und gewahrt, daß er schon das Ende seiner Reise erreicht hat.

»Und noch etwas Seltsames: wenn ich die Augen schließe, kann ich dieses Zimmer bis in die letzte Einzelheit sehen ... jede Einzelheit ... Es fällt mir jetzt erst auf – vorher ist es mir nie so klar gewesen. Oft, wenn ich anderswo bin, kehre ich in Gedanken zurück und wandere zwischen Ihren roten Stühlen umher, betrachte die Obstschale auf dem schwarzen Tisch ... und betaste ganz leise den wundervollen ›Kopf eines schlafenden Knaben‹.«

»Ich liebe den kleinen Jungen«, murmelte er. Und dann waren beide still. Eine neue Stille senkte sich auf sie. Sie glich keineswegs der zufriedenen Stille, die ihren Begrüßungen folgte, dem ›Also nun sind wir wieder zusammen, und warum sollten wir nicht einfach fortfahren, wo wir letztesmal aufhörten!‹ Das war eine Stille, die vom Umkreis des warmen, köstlichen Feuers und des Lampenlichts begrenzt blieb. Wie oft hatten sie etwas hineingeschleudert – nur zum Spaß –, um zu sehen, wie sich die Wellchen auf den sanften Ufern verliefen. Doch in diesen unvertrauten Teich fiel jetzt der Kopf des kleinen Jungen, der seinen zeitlosen Schlaf schlief – und die Wellchen flossen weit, weit weg, in grenzenlose Fernen, in tiefe, glitzernde Dunkelheit hinein.

Und dann brachen sie die Stille. Sie sagte: »Ich muß das Feuer schüren«, und er sagte: »Ich versuche ein neues ...« Beide waren sie entwischt. Sie schürte das Feuer und stellte das Tischchen zurück; der blaue Sessel wurde herangerollt; sie schmiegte sich hinein, und er lehnte sich in die Kissen zu-

rück. Rasch! Rasch! Sie mußten verhindern, daß es noch einmal soweit kam.
»Ich habe also das Buch gelesen, das Sie letztesmal hierließen.«
»Oh, und wie denken Sie darüber?«
Sie waren im Gange, und alles war wie immer. Aber war es das wirklich? Waren sie nicht etwas zu rasch, zu prompt mit ihren Antworten, zu eifrig bemüht, auf den andern einzugehen? War es wirklich mehr als nur eine wunderbar gute Nachahmung anderer Begegnungen? Ihm klopfte das Herz, ihr glühten die Wangen, und das Dumme war, daß sie nicht feststellen konnte, wo genau sie waren oder was genau geschah. Sie hatte keine Zeit, zurückzublicken. Und gerade, als sie soweit gekommen war, geschah es noch einmal. Sie stockten, zauderten, wußten nicht weiter und waren still. Wieder waren sie sich des grenzenlosen, fragenden Dunkels bewußt. Wieder waren sie hier: zwei Jäger, die sich über ihr Feuer beugen, aber plötzlich aus dem Dschungel drüben einen Windstoß und einen lauten, fragenden Schrei hören... Sie hob den Kopf. »Es regnet«, murmelte sie. Und ihre Stimme klang wie die seine, als er gesagt hatte: ›Ich liebe den kleinen Jungen.‹ Immerhin! Warum gaben sie nicht einfach nach – ergaben sich und warteten, was dann geschehen würde? Aber nein. Obwohl sie unsicher und verwirrt waren, wußten sie jedenfalls genug, um zu erkennen, daß ihre kostbare Freundschaft in Gefahr war. Die war's, die zerstört würde – und nicht sie beide; daran aber wollten sie nicht schuld sein.
Er stand auf, klopfte seine Pfeife aus, fuhr sich mit der Hand durchs Haar und sagte: »Ich habe in letzter Zeit sehr oft darüber nachgedacht, ob der Roman der Zukunft ein psychologischer Roman sein wird oder nicht. Sind wir so sicher, daß Psychologie in ihrer Eigenschaft als Psychologie überhaupt etwas mit Literatur zu tun hat?«
»Wollen Sie damit sagen, Sie hielten es für möglich, daß die geheimnisvollen, nicht vorhandenen Geschöpfe – die jungen Schriftsteller von heute – einfach versuchten, sich das Schürfrecht der Psychoanalytiker widerrechtlich anzueignen?«

»Ja, allerdings. Und ich glaube, es kommt daher, weil diese Generation gerade klug genug ist, um zu erkennen, daß sie krank ist, und um zu begreifen, daß ihre einzige Aussicht auf Genesung darin besteht, sich mit den Symptomen zu beschäftigen, sie gründlich zu studieren, sie aufzuspüren und zu versuchen, bis an die Wurzel des Übels vorzudringen.«
»O weh!« jammerte sie. »Was für schrecklich trübe Aussichten!«
»Keineswegs«, sagte er. »Verstehen Sie ...« Das Gespräch plätscherte weiter. Und diesmal hatten sie es anscheinend wirklich geschafft. Um ihn anzublicken, während sie redete, drehte sie sich in ihrem Sessel ein wenig um. Ihr Lächeln besagte: ›Wir haben es geschafft!‹ Und er lächelte überzeugt zurück: ›Ganz bestimmt!‹
Doch das Lächeln wurde ihnen zum Verhängnis. Es dauerte zu lange; es wurde zu einem Grinsen. Sie sahen sich als zwei feixende kleine Marionetten, die im Nichts herumzappelten. ›Worüber haben wir nur gesprochen?‹ dachte er. Er fand es so entsetzlich langweilig, daß er beinah stöhnte.
›Wie unmöglich haben wir uns aufgeführt!‹ dachte sie. Und sie sah ihn, wie er mühsam, ach so mühsam, den Garten anlegte, und wie sie hinter ihm herlief und hier einen Baum und dort einen Blütenbusch setzte und eine Hand voll glitzernder Fische in ein Becken tat. Diesmal schwiegen sie aus reinster Verzagtheit.
Die Uhr tat sechs fröhliche kleine Schläge, und das Feuer flackerte nervös. Was für Narren sie waren: schwerfällig, langweilig, ältlich – eindeutige Strohköpfe!
Und jetzt zog die Stille sie in ihren Bann wie feierliche Musik. Es war eine Qual für sie, eine Qual, es zu ertragen; und er würde sterben, sollte die Stille gebrochen werden ... und doch sehnte er sich danach, sie zu brechen. Nicht mit einem Gespräch. Und auf keinen Fall mit ihrem üblichen, irritierenden Geschwätz. Für sie gab es noch eine andere Art, miteinander zu sprechen, und auf diese neue Art wollte er flüstern: ›Empfindest du das auch? Verstehst du es überhaupt?‹
Statt dessen hörte er sich zu seinem Entsetzen sagen: »Ich muß gehen! Um sechs Uhr bin ich mit Brand verabredet.«

Welcher Teufel ließ ihn dies sagen und nicht das andre? Sie sprang hoch – sie sprang förmlich aus ihrem Sessel hoch, und er hörte sie rufen: »Dann müssen Sie sich beeilen! Er ist immer so pünktlich. Warum haben Sie es nicht gleich gesagt?«
›Du hast mich verletzt, du hast mich verletzt! Wir haben beide versagt!‹ seufzte ihr verborgenes Selbst, während sie ihm Hut und Stock reichte und heiter lächelte. Sie gönnte ihm keinen Augenblick für ein weiteres Wort, sondern lief über den Flur und öffnete die Haustür.
Konnten sie so auseinandergehen? Wie könnten sie es? Er stand auf der Schwelle und sie noch drin, die Tür offenhaltend. Es regnete nicht mehr.
›Du hast mich verletzt, mich verletzt‹, seufzte ihr Herz.
›Warum gehst du nicht? Nein, geh nicht! Bleib! Nein – geh!‹ Und sie blickte in den Abend hinaus.
Sie sah die schön geschwungene Treppe, den von glitzerndem Efeu umsäumten Garten, auf der andern Straßenseite die hohen, kahlen Weiden und darüber den weiten, sternklaren Himmel. Aber von alledem sah er natürlich nichts. Über all das war er erhaben. Er – mit seiner wundervollen ›vergeistigten‹ Vision!
Sie hatte recht. Er sah überhaupt nichts. Was für ein Elend! Es war ihm entgangen. Jetzt war es zu spät, um noch etwas zu tun. War es wirklich zu spät? Ja. Ein kalter, beißender Windstoß fuhr in den Garten. Zum Teufel mit dem Leben! Er hörte sie *»Au revoir!«* rufen, und die Tür fiel ins Schloß.
Sie lief ins Studio zurück und benahm sich ganz wunderlich. Sie lief hin und her, hob die Arme und rief: »Oh, wie blöd! Oh, wie dumm! Oh, wie blöd!« Und dann warf sie sich aufs Sofa und dachte an gar nichts – lag einfach da in stummer Wut. Alles war vorbei. Was war vorbei? Ach, etwas war bestimmt vorbei. Und sie würde ihn nie wiedersehen – nie mehr. Nachdem eine unsagbar lange Zeit (oder waren es zehn Minuten?) in diesem schwarzen Abgrund vergangen war, schrillte ihre Klingel kurz und heftig. Das war er – natürlich! Und ebenso selbstverständlich – hätte sie es überhaupt nicht beachten sollen, sondern es einfach weiterklingeln lassen sollen. Sie stürzte hinaus, ihm zu öffnen.

Auf der Schwelle stand eine alte Jungfer, ein rührendes Geschöpf, das sie schlechthin vergötterte (der Himmel mochte wissen, weshalb). Sie hatte die Gewohnheit, plötzlich aufzutauchen und zu klingeln und dann, wenn ihr aufgemacht wurde, zu sagen: »Meine Liebe, schicken Sie mich gleich wieder weg!« Doch das tat sie nie. Meistens forderte sie sie auf, näher zu treten, und ließ sie alles bewundern, und dann nahm sie den Strauß etwas angekränkelter Blumen betont freundlich in Empfang. Doch heute...

»Ach, es tut mir so leid!« rief sie. »Aber es ist jemand da! Wir arbeiten an einigen Holzschnitten. Ich habe den ganzen Abend entsetzlich zu tun.«

»Das macht doch nichts, mein Liebes, es macht überhaupt nichts!« sagte die gute Freundin. »Ich kam nur eben vorbei und dachte, ich könnte Ihnen ein paar Veilchen dalassen!« Sie tastete an den Stäben eines großen, alten Regenschirms entlang. »Da unten drin habe ich sie verwahrt. Es ist der beste Platz, um Blumen vor dem Wind zu schützen. Da sind sie!« sagte sie und schüttelte ein welkes Sträußchen heraus.

Einen kurzen Augenblick nahm sie die Veilchen nicht entgegen. Doch während sie innen im Flur stand und die Tür festhielt, geschah etwas Sonderbares ... Wieder sah sie die schön geschwungene Treppe, den von glitzerndem Efeu umsäumten, dunklen Garten, die Weiden, den weiten, hellen Himmel. Wieder spürte sie die Stille wie eine Frage. Aber diesmal zauderte sie nicht. Sie trat vor. Sehr sanft und behutsam, als fürchte sie, in dem grenzenlosen Teich der Stille ein Wellengekräusel zu erregen, legte sie die Arme um die Freundin.

»Aber Liebes«, flüsterte die Glückliche und war überwältigt von soviel Dankbarkeit, »es ist wirklich nichts! Nur das bescheidenste Dreipennysträußchen!«

Doch während sie sprach, wurde sie umarmt, wurde immer zärtlicher, immer liebevoller umarmt, mit so zartem Druck und so lange gehalten, daß dem armen Ding ganz wirblig im Kopf wurde und es gerade noch die Kraft hatte, um hervorzustottern: »Dann bin ich Ihnen also wirklich nicht gar so zuwider?«

»Gute Nacht, mein Liebes«, flüsterte die andre. »Kommen Sie bald wieder!«

»O ja! Sehr gern!«

Diesmal kehrte sie langsam ins Studio zurück, und als sie mit halbgeschlossenen Augen mitten im Zimmer stehenblieb, war ihr so leicht, so ausgeruht zumute, als sei sie gerade aus einem Kinderschlaf erwacht. Sogar das Atmen war eine Freude . . .

Das Sofa sah sehr unordentlich aus. Alle Kissen wie ›wild gewordene Berge‹, fand sie. Sie schaffte Ordnung, ehe sie zum Schreibtisch hinüberging.

›Unser Gespräch über den psychologischen Roman hat mich weiter beschäftigt‹, schrieb sie hastig hin, ›es ist wirklich hochinteressant . . .‹ Und so weiter und so weiter.

Zu guter Letzt schrieb sie: ›Gute Nacht, lieber Freund! Kommen Sie bald wieder!‹

Acht Uhr morgens. Miss Ada Moss lag in einer schwarzen, eisernen Bettstelle und blickte zur Decke auf. Ihr Zimmer – ein Hinterzimmer im obersten Stock eines Bloomsbury-Hauses – roch nach Ruß und Puder und dem Papier, in dem sie gestern ihr Abendbrot – ein paar Bratkartoffeln – nach Hause gebracht hatte.

›O je‹, dachte Miss Moss, ›mir ist so kalt! Ich möchte mal wissen, warum ich jetzt morgens beim Aufwachen immer so friere! An den Knien und Füßen und am Rücken – ganz besonders am Rücken: mein Rücken ist ein Eisklumpen. Und früher war ich doch immer warm. Ich bin auch nicht zu mager; habe immer noch die gleiche vollschlanke Figur wie in der guten alten Zeit. Es kommt einfach daher, weil ich jetzt nie mehr ein richtiges, warmes Abendessen habe.‹

Eine Prozession ›guter, warmer Abendessen‹ zog über die Decke, und jedes begleitet von einer Flasche nahrhaften Malzbiers . . .

›Selbst wenn ich jetzt aufstehen würde und ein vernünftiges, kräftiges Frühstück bekäme . . .‹, dachte sie, und eine Prozession ›vernünftiger, kräftiger Frühstücke‹ folgte den Abendessen über die Stubendecke, behütet von einem riesigen, weißen, noch nicht angeschnittenen Schinken. Miss Moss schauerte zusammen und verschwand unter dem Bettzeug. Plötzlich platzte die Vermieterin ins Zimmer.

»Hier ist ein Brief für Sie, Miss Moss!«

»Oh«, rief Miss Moss viel zu freundlich, »vielen Dank, Mrs. Pine! Wie nett von Ihnen, sich die Mühe zu machen!«

»Es ist überhaupt keine Mühe«, sagte die Vermieterin. »Ich dachte nur, vielleicht ist es der Brief, den Sie erwartet haben.«

»Oh«, rief Miss Moss strahlend, »das ist gut möglich!« Sie legte den Kopf auf die Seite und lächelte den Brief an. »Es würde mich gar nicht wundern!«

»Aber mich würd's wundern!« keifte die Vermieterin los und stierte auf den Brief. »Und ich muß Sie höflichst bitten, den Brief jetzt aufzumachen! Manche Vermieterin, wenn die

an meiner Stelle wäre, hätt' sie den Brief längst selber aufgemacht, und es wär' ihr gutes Recht gewesen! Denn so wie jetzt kann's nicht weitergehen, Miss Moss, wahrhaftig nicht! Eine Woche nach der andern vergeht, und zuerst haben Sie was, und dann haben Sie nichts, und dann ist wieder mal ein Brief auf der Post verlorengegangen, oder ein neuer Direktor unten in Brighton wird bestimmt am Dienstag zurück sein, aber das hab' ich satt und lass' es mir nicht länger gefallen. Denn warum sollte ich auch, Miss Moss, das frage ich Sie, wo die Preise wie wild in die Höhe schnellen und mein armer, lieber Junge in Frankreich ist? Erst gestern hat meine Schwester Eliza zu mir gesagt: ›Minnie‹, hat sie gesagt, ›du bist zu gutmütig! Das Zimmer hätt'st du schon hundertmal vermieten können‹, hat sie gesagt, ›und in den heutigen Zeiten muß jeder sehen, wo er bleibt, weil ihm keiner sonst hilft!‹, hat sie gesagt. ›Und es mag ja sein, daß sie ins Gimmnasion gegangen ist und bei die Konzerte in West-End gesungen hat‹, hat sie gesagt, ›aber wenn das stimmt, was deine Lizzie verzählt hat, daß sie sich ihre Wäsche selber wäscht und auf'm Handtuchständer trocknet, na, dann weiß man ja Bescheid, was die Uhr geschlagen hat! Und es ist höchste Zeit, daß du Schluß machst‹, hat sie gesagt.«
Miss Moss tat, als hätte sie nichts gehört. Sie richtete sich im Bett auf, öffnete den Brief und las:
›Ihr Schreiben zur Hand. Momentan wird nicht gedreht. Habe Ihr Bild für spätere Verwendung abgelegt.
Ergebenst, Backwash Film Company.‹
Dieser Brief schien ihr eine merkwürdige Genugtuung zu verschaffen. Sie las ihn zweimal durch, ehe sie der Vermieterin antwortete: »Also ich glaube, Mrs. Pine, daß Ihre Worte Ihnen noch leid tun werden! Der Brief hier ist von einem Direktor: er bittet mich, am nächsten Samstag vormittag mit Abendkleid dort zu sein.«
Aber die Vermieterin war schneller, als sie es erwartet hatte. Sie riß den Brief an sich.
»Oha, ist das so? Ist das wirklich so?« rief sie.
»Geben Sie mir meinen Brief wieder! Geben Sie mir sofort den Brief her, Sie unverschämte, dreiste Person!« rief Miss

Moss, die das Bett nicht verlassen konnte, weil ihr Nachthemd auf dem Rücken in Fetzen war. »Es ist ein Privatbrief!« Die Vermieterin zog sich langsam zurück und drückte den Brief an ihre zugeknöpfte Taille.
»Dahin ist es also gekommen, was?« höhnte sie. »Aber, Miss Moss, wenn ich meine Miete nicht bis heute abend um acht habe, dann werden wir ja sehen, wer eine unverschämte, dreiste Person ist!« Hierbei nickte sie geheimnisvoll. »Und den Brief behalte ich!« Sie hob die Stimme: »Das ist ein prima Beweisstück!« Und mit Grabesstimme schloß sie: »Jawohl, *meine Dame!*«
Die Tür knallte zu, und Miss Moss war allein. Sie schleuderte die Bettdecke beiseite, saß wütend und zitternd auf der Bettkante und betrachtete ihre dicken weißen Beine mit den großen Knoten grünlichblauer Venen.
»Die Wanze! Ja, das ist sie, eine gemeine Wanze!« sagte Miss Moss. »Ich könnt' sie dafür verklagen, weil sie mir den Brief weggeschnappt hat, ja, das könnt' ich.« Noch immer im Nachthemd, begann sie träge, sich anzuziehen.
»Oh, wenn ich die Alte nur bezahlen könnte – der würde ich meine Meinung sagen, und die könnt' sie sich hinter den Spiegel stecken!« Sie ging zur Kommode, um eine Sicherheitsnadel zu holen, und als sie sich im Spiegel sah, lächelte sie unsicher und schüttelte den Kopf. »Mein gutes Kind«, brummte sie, »diesmal steckst du in der Tinte, aber gründlich!« Doch die Person im Spiegel verzog das Gesicht.
»Du albernes Ding«, schalt Miss Moss, »was nützt dir denn das Flennen? Davon bekommst du bloß eine rote Nase! Zieh dich jetzt an und geh los und versuch dein Glück – das wirst du jetzt gefälligst machen!«
Sie holte ihre Handtasche vom Bettpfosten, kramte darin herum, schüttelte sie und kippte den Inhalt aus.
›Eh' ich irgendwo hingehe, bestell' ich mir in einem ABC eine gute Tasse Tee‹, beschloß sie. ›Ich habe einen Shilling und drei Pennies – ja, mehr hab' ich nicht.‹
Zehn Minuten später stand eine stämmige Dame in blauem Schneiderkostüm mit einem Strauß künstlicher Parmaveilchen am Kragen, einem schwarzen, mit lila Stiefmütterchen

geschmückten Hut, weißen Handschuhen, Stiefeletten mit weißen Einsätzen und einer Handtasche, die einen Shilling und drei Pennies enthielt, vor dem Spiegel und sang mit leiser Altstimme:

»Scheint dir auch alles trübe und grau,
bald lacht die Sonne, und der Himmel ist blau!«

Doch die Person im Spiegel verzog das Gesicht, und Miss Moss ging aus dem Zimmer. Die Straße entlang waren graue ›Krabben‹ zugange und schwappten Spülwasser über graue Steintreppen. Mit seinem seltsamen Ausruferschrei und dem Geklapper der Blechkannen machte der Milchmann seine Runde. Vor Brittweilers Schweizerhaus verschüttete er etwas Milch, und eine alte braune Katze ohne Schwanz tauchte aus dem Nichts auf und begann gierig und verstohlen die Milch aufzuschlappen. Als Miss Moss es sah, überkam sie ein sonderbares Gefühl – nicht gerade ein erhebendes, sozusagen. Aber als sie beim ABC anlangte, war die Tür weit aufgesperrt; ein Mann mit Brettern voll Brötchen ging ein und aus, und innen war niemand außer einer Kellnerin, die sich das Haar aufsteckte, und der Kassiererin, die ihre Registerkasse aufschloß. Miss Moss stand mitten im Raum, aber keine der beiden sah sie.

»Mein Schatz ist gestern abend heimgekommen«, jubelte die Kellnerin.

»Na so was!« kicherte die Kassiererin. »Ist ja prima für Sie!«

»Ja, und er hat mir 'ne süße kleine Brosche mitgebracht! Sehn Sie mal, mit *Dieppe* draufgeschrieben!« jubelte die Kellnerin. Die Kassiererin lief zu ihr und legte der Kellnerin den Arm um den Hals.

»Na so was! Ist ja prima für Sie!«

»Ja, nicht wahr?« sagte die Kellnerin. »Und wie braun er ist! ›Hallo‹, hab' ich gesagt, ›hallo, du alter Indianer!‹«

»Na so was!« kicherte die Kassiererin, »Sie sind Gold wert!« Sie lief wieder in ihren Käfig zurück und rannte dabei Miss Moss fast über den Haufen. Dann kam wieder der Mann mit den Brötchen und streifte sie.

»Kann ich eine Tasse Tee haben, Miss?« fragte sie.
Aber die Kellnerin fingerte weiter an ihrer Frisur herum.
»Oh«, trällerte sie, »wir haben noch nicht offen!« Sie drehte sich um und winkte der Kassiererin mit ihrem Kamm: »Haben wir schon offen?«
»Bewahre, nein!« sagte die Kassiererin. Miss Moss ging.
›Dann geh' ich eben nach Charing Cross‹, beschloß sie.
›Ja, das will ich tun. Aber Tee will ich nicht. Nein, ich bestell' mir einen Kaffee. Der ist viel sättigender ... Wie keck diese Mädchen sind! Ihr Schatz ist gestern abend nach Hause gekommen! Hat ihr eine Brosche mitgebracht, mit *Dieppe* draufgeschrieben!‹ Sie begann die Straße zu überqueren ...
»Heda, Dickchen! Schlaf nicht ein!« rief ihr ein Taxifahrer zu. Sie tat, als hörte sie es nicht.
›Nein, ich geh' nicht nach Charing Cross!‹ beschloß sie. ›Ich geh' lieber gleich zu Kig and Kadgit. Die öffnen um neun. Wenn ich früh dort bin, hat Mr. Kadgit vielleicht was mit der ersten Post bekommen ... Freut mich sehr, daß Sie so früh aufkreuzen, Miss Moss. Habe gerade von einem Direktor gehört, daß er eine Dame sucht, die ... Sie dürften genau die Richtige sein. Ich gebe Ihnen meine Karte mit, gehen Sie zu ihm. Drei Pfund die Woche zahlt er und alles inbegriffen. An Ihrer Stelle würde ich so schnell wie möglich hinspringen. Ein Glück, daß Sie so früh kamen ...‹
Aber bei Kig und Kadgits war niemand außer der Putzfrau, die das Linoleum im Flur aufwusch.
»Hier ist kein Mensch, Miss«, sagte die Putze.
»Oh, ist Mr. Kadgit nicht hier?« sagte Miss Moss und bemühte sich, dem Eimer und Schrubber auszuweichen. »Dann warte ich eben ein Weilchen!«
»Ins Wartezimmer können Sie nicht, Miss! Das habe ich noch nicht fertig. Mr. Kadgit kommt samstags nie vor halb zwölfe. Manchmal kommt er überhaupt nicht.« Und die Putze kam auf sie zugekrochen.
»O je, wie dumm von mir«, sagte Miss Moss. »Ich hab' ganz vergessen, daß heute Samstag ist!«
»Obacht mit den Füßen, Miss!« rief die Putze. Und Miss Moss stand wieder auf der Straße.

Das war ein Pluspunkt für Beit and Bithem: bei ihnen ging es lebhaft zu. Man trat ins Wartezimmer, in ein allgemeines Stimmengewirr, und alle kannten einander. Sie kannte fast jeden. Die zuerst Gekommenen saßen auf Stühlen, und die später Gekommenen saßen ihnen auf dem Schoß. Die Herren lehnten sich lässig gegen die Wand, oder sie brüsteten sich vor den bewundernden Damen.

»Hallo«, sagte Miss Moss munter. »Da wären wir mal wieder!«

Und der junge Mr. Clayton spielte Banjo auf seinem Spazierstock und sang: »Hier wart' ich auf Robert E. Lee.«

»Ist Mr. Bithem noch nicht hier?« fragte Miss Moss und holte einen alten, abgewetzten Puderpuff hervor, um sich die Nase fleischfarben zu pudern.

»O ja!« riefen Sie im Chor. »Seit 'ner Ewigkeit! Wir warten hier alle schon seit über 'ner Stunde auf ihn!«

»Meine Güte!« sagte Miss Moss. »Ist irgendwas im Gange?«

»Ein paar Posten in Südafrika«, sagte der junge Clayton. »Hundertfünfzig die Woche, zwei Jahre lang!«

»Ha!« rief der Chor. »Wie ulkig, Mr. Clayton! Ist er nicht zum Schreien? Ein Witzbold! Oh, Mr. Clayton, an Ihnen ist ein Komiker verlorengegangen!«

Ein dunkelhaariges, bekümmertes Wesen wandte sich an Miss Moss.

»Gestern hätte ich um ein Haar einen feinen Posten bekommen«, erzählte sie. »Sechs Wochen in der Provinz und dann West-End. Der Direktor hätte mich bestimmt genommen, wenn ich etwas stärker gewesen wäre. Nur ein bißchen vollere Figur, hat er gesagt – die Rolle wäre wie gemacht für mich!« Sie blickte Miss Moss an, und die schmutzige dunkelrote Rose unter ihrer Hutkrempe sah ganz so aus, als teile sie ihren Kummer und sei ebenfalls niedergeschmettert.

»O je, was für'n Pech«, sagte Miss Moss und bemühte sich, uninteressiert zu scheinen. »Was war es, wenn ich fragen darf?«

Aber das dunkelhaarige, bekümmerte Wesen durchschaute sie, und ihre Augen funkelten boshaft.

»Ach, das wäre nichts für Sie«, sagte sie. »Er wollte eine

Junge – einen dunklen, spanischen Typ, so wie ich, aber etwas voller.«

Die Bürotür ging auf, und Mr. Bithem erschien in Hemdsärmeln. Eine Hand behielt er auf der Klinke, um sich rasch zurückziehen zu können, und die andere hielt er hoch.

»Achtung, meine Damen . . .«, und dann machte er eine Pause und setzte sein berühmtes Grinsen auf, bevor er fortfuhr: ». . . und *Boyos!*« Darüber lachte das Wartezimmer so laut, daß er beide Hände hochhalten mußte. »Es nützt nichts, heute zu warten. Kommt am Montag wieder – Montag erwarte ich mehrere Anfragen!«

Miss Moss stürzte verzweifelt vor: »Mr. Bithem, haben Sie noch keine Antwort von . . .«

»Warten Sie mal«, sagte Mr. Bithem langsam und starrte sie an. Er hatte sie in der vergangenen Woche bereits viermal gesehen, und wer weiß wieviel Male davor? »Wer sind Sie doch gleich?«

»Miss Ada Moss.«

»Ach ja, ja, natürlich. Noch nichts, meine Liebe! Heute hatte ich eine Anfrage auf achtundzwanzig Damen, aber sie sollten jung sein und das Bein ein bißchen schwingen können . . . Hören Sie, meine Liebe, ich stecke bis über die Ohren in Arbeit. Kommen Sie Montag in einer Woche wieder, vorher zu kommen ist zwecklos.« Er beschenkte sie mit einem Grinsen ganz für sie persönlich und klopfte ihr auf den dicken Rücken. »Stark und unerschütterlich!« sagte Mr. Bithem, »stark und unerschütterlich, meine Liebe!«

Bei der North-East-Film Company war das ganze Treppenhaus voller Menschen. Miss Moss stellte sich neben eine blonde Kleine mit Babygesicht, etwa dreißigjährig, und mit einem weißen Spitzenhütchen mit Kirschen.

»Was für ein Gedränge!« sagte Miss Moss. »Ist was Besonderes los?«

»Wissen Sie's nicht?« Das Baby riß seine großen, blassen Augen auf. »Um halb zehn kam eine Anfrage nach hübschen jungen Mädchen. Wir warten alle schon seit Stunden! Haben Sie schon mal bei dieser Gesellschaft gearbeitet?«

Miss Moss legte den Kopf auf die Seite.

»Nein, ich glaube nicht.«
»Es ist eine sehr nette Filmgesellschaft«, sagte das Baby. »Eine Freundin von mir hat eine Freundin, die täglich dreißig Pfund bekommt ... Haben Sie schon viel für den Film gearbeitet?«
»Ich bin nicht von Beruf Filmschauspielerin«, gestand Miss Moss. »Ich bin Altistin. Aber da ist letzthin so wenig los, daß ich mich anderweitig umgesehen habe.«
»Ja, in letzter Zeit sieht es schlimm aus, nicht wahr?« sagte das Baby.
»Ich habe eine großartige Ausbildung am Konservatorium bekommen«, erzählte Miss Moss. »Für Gesang hatte ich die Silbermedaille. Und ich habe oft in West-End-Konzerten gesungen. Aber zur Abwechslung wollte ich mal mein Glück versuchen ...«
»Ach ja, so ist es nun mal«, sagte das Baby.
Im gleichen Augenblick erschien oben an der Treppe eine wunderschöne Tippse.
»Warten Sie alle wegen der North-East?«
»Ja!« schrie der ganze Chor.
»Damit ist es nichts. Ich hatte gerade einen Anruf!«
»Also hören Sie mal! Was ist mit unsern Auslagen?« rief eine Stimme.
Die Tippse blickte auf sie nieder. Sie mußte lachen. »Sie wären *doch* nicht bezahlt worden! Die North-East bezahlt die Statisten nie!«
In der Bitter-Orange-Company befand sich nur ein kleines rundes Schiebefenster. Kein Wartezimmer—und überhaupt niemand da außer einem Fräulein. Als Miss Moss klopfte, kam sie ans Fensterchen und fragte: »Was ist?«
»Kann ich bitte den Regisseur sprechen?« sagte Miss Moss sehr freundlich. Das Fräulein stützte sich auf das Schalterbrett, senkte die Augen und schien ein Weilchen einzuschlummern. Miss Moss lächelte ihr zu. Das Mädchen zog die Brauen zusammen, als wittere sie etwas Unangenehmes. Sie rümpfte die Nase.
Plötzlich ging sie weg und kam mit einem Formular zurück, das sie Miss Moss hinschob.

»Füllen Sie die Rubriken aus!« sagte sie und klappte das Fenster zu.
›Können Sie fliegen – tauchen – einen Lastwagen fahren – reiten – schießen?‹ las Miss Moss. Sie ging die Straße hinab und wiederholte sich die Fragen. Ein scharfer, kalter Wind blies, zerrte an ihren Kleidern, klatschte ihr ins Gesicht und verhöhnte sie; er wußte, daß sie nicht mit ja antworten konnte. In der Anlage der Square Gardens sah sie einen kleinen Drahtkorb und warf das Formular hinein. Und dann setzte sie sich auf eine Bank, um sich die Nase zu pudern. Aber das Gesicht im Taschenspiegel blickte sie mit verzerrtem Gesicht an. Das war zuviel für Miss Moss. Sie weinte sich gründlich satt. Es tat ihr wunderbar wohl.
»Also das ist erledigt!« seufzte sie. »Wenigstens *ein* Trost, daß ich nicht mehr auf den Beinen sein muß. Und meine Nase wird sich in der Luft rasch abkühlen ... Hier ist's sehr nett. Sieh einer die Spatzen an! Tschilp! Tschilp! Wie nah sie rankommen. Wahrscheinlich werden sie immer gefüttert. Nein, ich habe nichts für euch, ihr frechen kleinen Piepmätze! ...«
Sie sah nicht länger zu ihnen hin. Was war das für ein großes Gebäude – gerade gegenüber? Das Café de Madrid? Meine Güte, wie schlimm das kleine Mädchen hingefallen ist! Das arme kleine Ding! Mach dir nichts draus – steh wieder auf! ... Bis heute abend um acht ... Café de Madrid. ›Ich könnte einfach mal reingehen und mich hinsetzen und mir einen Kaffee geben lassen – weiter nichts‹, dachte Miss Moss. ›Es verkehren ja viele Künstler dort. Mit ein bißchen Glück ... Ein eleganter dunkler Herr im Pelzmantel kommt vielleicht mit Freund und nimmt an meinem Tisch Platz. ‚Nein, alter Junge, ich habe ganz London nach einer Altistin abgesucht und finde keine. Die Partie ist nämlich schwierig – da, schau sie dir an!' Und Miss Moss hört sich sagen: ‚Verzeihung, ich bin zufällig Altistin, und die Partie habe ich oft gesungen ...' – ‚Ganz erstaunlich! Kommen Sie mit in mein Studio und singen Sie mir vor!' ... Zehn Pfund die Woche ... Warum nervös sein? Es ist nicht Nervosität. Warum soll ich nicht ins Café de Madrid gehen? Ich bin eine anständige

Frau ... bin Altistin. Ich zittere bloß, weil ich heute noch nichts gegessen habe ... ‚Und ein nettes kleines Beweisstück, meine *Dame*!!' ... Also meinetwegen, Mrs. Pine ... Café de Madrid. Abends ist da immer Konzert ... ‚Warum fangen sie nicht an?' Die Altistin ist noch nicht gekommen ... ‚Entschuldigen Sie, ich bin zufällig Altistin, ich habe das Lied sehr oft gesungen.'‹

Im Café war es schummerig. Männer, Palmenkübel, rote Plüschbänke, weiße Marmortische, Kellner in Schürzen – Miss Moss schritt durch alle hindurch. Kaum hatte sie sich gesetzt, als ein sehr dicker Herr mit einem sehr kleinen Hut, der wie eine kleine Jacht auf seinem Kopf segelte, auf dem Stuhl ihr gegenüber Platz nahm.

»Guten Abend«, grüßte er.

»Guten Abend«, erwiderte Miss Moss auf ihre fröhliche Art.

»Angenehmes Wetter«, sagte der dicke Herr.

»Ja, nicht wahr? Es tut einem wohl!« sagte sie.

Mit gekrümmtem Wurstfinger winkte er sich einen Kellner heran: »Bringen Sie mir einen großen Whisky«, und sich an Miss Moss wendend: »Was nehmen Sie?«

»Ach, lieber einen Kognak, wenn's Ihnen egal ist.«

Fünf Minuten später lehnte sich der dicke Herr über den Tisch und bließ ihr eine Wolke Zigarrenrauch direkt ins Gesicht. »Ein verführerisches Bändchen haben Sie da!« sagte er.

Miss Moss wurde rot. In ihrer Schläfe begann eine Ader, die sie nie zuvor gespürt hatte, wild zu hämmern.

»Ich war immer sehr für Rosa«, sagte sie.

Der dicke Herr betrachtete sie prüfend und trommelte mit den Fingern auf den Tisch.

»Und ich bin immer für sehr fest und üppig«, sagte er. Zu ihrer eigenen Verwunderung lachte Miss Moss laut heraus.

Fünf Minuten später wuchtete sich der dicke Herr von seinem Stuhl hoch.

»Na, wie ist es?« fragte er. »Geh ich in Ihrer Richtung, oder gehen Sie in meiner Richtung?«

»Ich komme mit Ihnen, wenn's Ihnen nichts ausmacht«, sagte Miss Moss. Hinter der kleinen ›Jacht‹ her segelte sie aus dem Café.

Er stand an der Tür der Halle und drehte an seinem Ring, an dem schweren Siegelring auf seinem kleinen Finger, und dabei schweifte sein Blick kühl und bedächtig über die runden Tische und die Korbstühle, die in der verglasten Veranda herumstanden. Er spitzte die Lippen – es sah aus, als wollte er pfeifen –, aber er pfiff nicht, drehte nur an dem Ring, an dem Ring an seiner rosigen, frisch gewaschenen Hand.
Drüben in der Ecke saßen die Zwei Duttis und tranken ein Gebräu, das sie um diese Zeit immer tranken – etwas Grauweißliches in Gläsern, auf denen ganz oben kleine Körnchen schwammen; in einer Blechdose voller Papierschnipsel suchten sie nach getüpfelten Keksbrocken, die sie zerbrachen und in die Gläser fallen ließen, um sie dann mit dem Löffel herauszufischen. Ihre Strickarbeiten lagen neben dem Tablett – wie zwei Schlangen schlummernd.
Die Amerikanerin saß vor der Glaswand, wo sie immer saß, im Schatten einer großen Schlingpflanze, die sich mit weit offenen violetten Augen am Glas plattdrückte und sie hungrig beobachtete. Und sie wußte, daß sie da war und sie beobachtete. Und sie ging darauf ein und machte ein Getue. Manchmal zeigte sie sogar darauf und rief: »Ist das nicht das scheußlichste Ding, das man sich vorstellen kann! Ist es nicht wie ein Dämon?« Aber schließlich wuchs es ja auf der Außenseite der Veranda und kam nicht an sie heran, nicht wahr, Kleemangsso? Sie war eine Amerikanerin, nicht wahr, Kleemangsso, und sie würde sonst gleich zu ihrem Konsul gehen. Kleemangsso, der zusammengerollt unter ihrem zerrissenen antiken Brokatbeutel, einem schmuddeligen Taschentuch und einem Stoß Post von daheim auf ihrem Schoß lag, antwortete ihr mit einem Nieser.
Die andern Tische waren nicht besetzt. Zwischen der Amerikanerin und den Zwei Duttis wurde ein Blick gewechselt. Auf ihr ausländisches Achselzucken antworteten sie, verständnisinnig mit einem Keks winkend. Doch er sah nichts davon. Bald stand er still, bald lauschte er, wie es seine Au-

gen verrieten. ›Huuusippsuuu!‹ machte der Lift. Die eiserne Tür klirrte auf. Leichte schleppende Schritte waren in der Halle zu hören und kamen auf ihn zu. Eine Hand fiel leicht wie ein Blatt auf seine Schulter. Eine weiche Stimme sagte: »Wollen uns dort drüben hinsetzen – von wo man die Allee sehen kann. Die Bäume sind so schön!« Er setzte sich in Bewegung, ihre Hand noch auf seiner Schulter, und die leichten, schleppenden Schritte neben den seinen. Er zog einen Sessel heran, und sie sank langsam hinein, lehnte den Kopf an die Rückenlehne und ließ die Arme niederfallen.
»Möchtest du den andern nicht näher heranziehen? Er ist so meilenweit weg.« Aber er rührte sich nicht.
»Wo ist dein Schal?« fragte er.
»Oh!« Sie ächzte bestürzt. »Wie dumm von mir, ich habe ihn oben auf dem Bett liegenlassen. Es macht nichts! Bitte hol ihn nicht! Ich brauche ihn nicht, ich brauche ihn nicht!
»Es ist besser, wenn du ihn bei dir hast!« Und er drehte sich um und ging rasch durch die Veranda und in die dämmerige Halle mit ihren vergoldeten, scharlachroten Plüschmöbeln – Zauberkünstlermöbeln – und der Bekanntmachung der Gottesdienste in der Englischen Kirche und dem Anschlagbrett mit seiner grünen Friesbespannung und den nicht abgeholten Briefen, die hinter dem schwarzen Gitterwerk hochkletterten, und der riesigen ›Eindruck schindenden‹ Uhr, die stets zur halben Stunde die volle Stunde schlug, vorbei an dem holzgeschnitzten Braunbären, der ganze Bündel von Stöcken und Regen- und Sonnenschirmen umarmt hielt, vorbei an den zwei verkümmerten Palmen – greisen Bettlern am Treppenfuß –, drei Stufen auf einmal die Marmortreppe hinauf, vorbei an der lebensgroßen Gruppe der zwei stämmigen Bauernkinder auf dem Treppenabsatz, deren Marmorschürzchen mit marmornen Weintrauben gefüllt waren, und über den Korridor mit dem aufgetürmten Strandgut alter Blechkisten und Lederkoffer und Segeltuchreisesäcke – ging er in ihr Zimmer.
Das Zimmermädchen war gerade im Zimmer und sang laut, während sie Seifenwasser in einen Eimer goß. Die Fenster standen weit offen, die Läden waren zurückgeklappt, und

das Licht fiel grell herein. Sie hatte die Bettvorleger und die großen weißen Federkissen übers Balkongeländer gelegt; die Moskitonetze waren ringsherum hochgeschlagen; auf dem Schreibtisch stand eine Schippe mit Staubflocken und Streichholzenden. Als sie ihn sah, funkelten ihre unverschämten kleinen Augen, und ihr Gesang ging in ein Summen über. Aber er beachtete sie nicht. Seine Blicke flogen suchend durch das grelle Zimmer: wo zum Teufel war der Schal?

»*Vous désirez, Monsieur?*« fragte das Zimmermädchen spöttisch.

Er gab keine Antwort. Er hatte ihn gesehen. Mit großen Schritten durchquerte er das Zimmer, packte das graue Spinnweb und ging, die Tür zuschlagend, hinaus. Die Stimme des Zimmermädchens verfolgte ihn lauter und schriller denn je den ganzen Korridor hinab.

»Oh, da bist du ja! Was gab's denn? Warum hast du so lange gemacht? Der Tee ist nämlich schon hier. Gerade eben habe ich Antonio weggeschickt, daß er mir heißes Wasser bringt. Ist es nicht erstaunlich? Ich muß es ihm mindestens sechzigmal gesagt haben, und doch bringt er es nie. Danke! Es ist sehr angenehm. Wenn man sich vorbeugt, spürt man die Luft doch ein bißchen.«

»Danke!« Er nahm seinen Tee und setzte sich in den andern Sessel. »Nein, nichts zu essen.«

»O bitte! Nur einen! Du hast sowenig zum Mittagessen gehabt, und bis zum Dinner ist es noch eine Ewigkeit hin.«

Ihr Schal rutschte herunter, als sie sich vorbeugte, um ihm die Biskuits zu reichen. Er nahm eins und legte es auf seine Untertasse.

»Ach, die Bäume in der Allee!« rief sie. »Ich könnte sie dauernd ansehen! Sie sind wie kostbare, riesige Farnkräuter. Siehst du den da mit der grausilbernen Borke und den Büscheln sahnegelber Blüten? Gestern habe ich mir einen Buschen heruntergezogen, um daran zu riechen, und der Duft« – sie schloß im Gedanken daran die Augen, und ihre Stimme verlor sich und wurde leise und dünn –, »der Duft war wie frisch gemahlene Muskatnuß!«

Eine kurze Pause trat ein, dann wandte sie sich lächelnd ihm

zu: »Du weißt doch, wie Muskatnüsse riechen, nicht wahr, Robert?«
Er erwiderte ihr Lächeln: »Wie könnte ich dir beweisen, daß ich's weiß?«
Nun erschien Antonio – nicht nur mit dem heißen Wasser, sondern mit Briefen auf einem Tablett und mit drei Zeitungsrollen.
»Oh, die Post! Oh, wie wunderbar! Oh, Robert, die können nicht alle für dich sein! Sind sie gerade gekommen, Antonio?«
»In diesem Moment, Signora«, griente Antonio. »Hab' sie selber dem Briefträger weggenommen! Er mußt' sie mir geben!«
»Edler Antonio!« lachte sie. »Halt – die da sind für mich, Robert, die andern sind für dich!«
Antonio wandte sich schroff ab; sein Gesicht wurde steif, und das Lächeln verschwand. Dank seiner gestreiften Leinenjacke und der glänzenden, gerade abgeschnittenen Stirnhaare sah er wie eine Holzpuppe aus.
Mr. Salesby steckte die Briefe in die Tasche; die Zeitungen lagen auf dem Tisch. Er drehte an seinem Ring, drehte den Siegelring auf seinem kleinen Finger und stierte blinzelnd und mit leerem Blick vor sich hin.
Sie aber – mit der Teetasse in der einen und den dünnen Briefblättern in der andern Hand, den Kopf aufgeworfen, die Lippen offen, einen Tupf Rot auf den Backenknochen – nippte, nippte, trank und trank ...
»Von Lottie«, murmelte sie leise. »Die Arme ... so ein Ärger ... der linke Fuß. Sie hielt's ... für Nervenentzündung ... Doktor Blyth ... Plattfuß ... empfiehlt Massage. So viele Rotkehlchen in diesem Jahr ... sehr zufrieden mit dem Mädchen ... bei Oberst in Indien ... jedes Reiskorn einzeln ... sehr starker Schneefall.« Und mit großen, leuchtenden Augen sah sie von ihrem Brief auf: »Schnee, Robert! Stell dir das vor!« Und sie berührte die kleinen dunklen Veilchen, die sie sich an ihre eingesunkene Brust gesteckt hatte, und wandte sich wieder dem Brief zu.

... Schnee. London im Schnee! Millie mit der ersten Tasse Tee am Bett. »Heut nacht hat es furchtbar geschneit, Sir!« – »Tatsächlich, Millie?« Die Vorhänge klirren auf und lassen das bleiche, zaudernde Tageslicht ein. Er richtet sich im Bett auf; er erhascht einen Blick auf die gegenüberliegenden, weiß umrandeten, standfesten Häuser und auf ihre Fensterkästen mit dem zierlichen weißen Korallengezweig... Dann im Badezimmer... es geht auf den Hintergarten hinaus. Schnee – dicker Schnee auf allem. Der Rasen ist mit einem unentschlossenen Muster von Katzenpfoten bedeckt; eine dicke, dicke Glasur auf dem Gartentisch; die verdorrten Hülsen des Goldregens sind zu weißen Quasten geworden; nur im Efeu wagt sich hier und da ein dunkles Blatt hervor ... Er wärmt sich am Eßzimmerkamin den Rücken; die Zeitung trocknet über einer Stuhllehne. Millie mit dem Speck. »O bitte, Sir, es sind zwei kleine Jungen da, die für einen Shilling den Schnee von der Treppe und vom Weg fegen wollen – soll ich sie lassen?« ... Und dann schwebt es leicht die Treppe herunter – Jinnie! »Oh, Robert, ist es nicht herrlich? Ach, wie schade, daß er nicht liegenbleibt! Wo ist das Pussykätzchen?« – »Ich hol's dir von Millie! – Millie, könnten Sie mir das Kätzchen heraufreichen, falls es unten bei Ihnen ist?« – »Gern, Sir.« Er fühlt das pochende kleine Herz in seiner Hand. »Komm, mein Kleines, dein Frauchen will dich haben!« – »O Robert, bitte zeig ihm zuerst den Schnee – es ist sein erster Schnee. Soll ich das Fenster aufmachen und ihm ein Krümchen auf die Pfote legen?« ...

»Also im großen ganzen lauter gute Nachrichten. Die arme Lottie! Und die liebe Anne! Wie sehr wünschte ich, daß ich ihnen etwas von dem hier hinschicken könnte«, rief sie und schwenkte die Briefe über den strahlenden, funkelnden Garten. »Noch etwas Tee, Robert? Robert – möchtest du noch etwas Tee?«

»Nein, danke, nein! Er war sehr gut«, sagte er schleppend.

»Findest du? Meiner nicht. Meiner schmeckte wie zerhacktes Heu. Oh, da kommen die Hochzeitsreisenden!«

Mit langen Schritten und beinah rennend kamen sie die Zu-

fahrt und die flache Treppe herauf, zwischen sich Korb und Angelgerät tragend.
»Oh – waren Sie fischen?« rief die Amerikanerin.
Sie waren außer Atem und stießen keuchend hervor: »Ja, wir waren den ganzen Tag in einem kleinen Boot auf dem Wasser. Wir haben sieben Stück gefangen! Vier kann man essen. Aber drei wollen wir verschenken. Den Kindern geben.«
Mrs. Salesby drehte sich auf ihrem Stuhl um und sah hin: die Zwei Duttis legten ihr Schlangengestrick aus der Hand. Das junge Paar war sehr dunkel – schwarze Haare, olivbraune Haut, blitzende Augen und Zähne. Er war *English fashion* gekleidet: Flanelljacke, weiße Hose und weiße Schuhe. Um den Hals trug er einen seidenen Schal; den Kopf mit dem nach hinten gebürsteten Haar hatte er nicht bedeckt. Mit einem bunten Taschentuch wischte er sich unablässig die Stirn und die Hände. Sie hatte eine nasse Stelle auf dem Rock; Nacken und Kehle glühten. Wenn sie die Arme hob, sah man in den Achselhöhlen große, durchgeschwitzte Halbmonde; das Haar hing ihr in feuchten Locken ums Gesicht. Sie sah aus, als hätte ihr Mann sie ins Meer gestippt und wieder herausgefischt, um sie an der Sonne zu trocknen, und dann – wieder hinein mit ihr, den ganzen Tag über.
»Möchte Kleemongsso einen Fisch?« riefen sie. Ihre lachenden, aufgeregten Stimmen prallten wie Vögel gegen die verglaste Veranda, und aus dem Korb stieg ein sonderbarer, salziger Geruch auf.
»Heute nacht werden Sie gut schlafen«, meinte Dutti I und bohrte sich mit der Stricknadel im Ohr, während Dutti II lächelte und nickte.
Die Hochzeitsreisenden blickten einander an. Eine große Welle schien über sie hinwegzuspülen. Sie schnauften, schluckten, torkelten ein bißchen und kamen dann lachend, lachend an die Oberfläche.
»Wir können nicht aufs Zimmer gehen, wir sind zu müde. Wir müssen Tee trinken, so wie wir sind! Hallo – Kaffee! Nein, Tee! Nein, Kaffee! Tee und Kaffee, Antonio!« Mrs. Salesby wandte sich ab.

»Robert? Robert?« Wo war er? Er war weg. Ach, dort stand er – am andern Ende der Veranda –, mit dem Rücken zu ihr, und rauchte eine Zigarette. »Robert, wollen wir jetzt unsern kleinen Lauf machen?«
»Gern.« Er drückte die Zigarette im Aschenbecher aus und kam, die Blicke auf den Boden geheftet, langsam herüber...
»Hast du's auch warm genug?«
»O ja.«
»Bestimmt?«
»Ach, vielleicht« – sie legte ihm die Hand auf den Arm und drückte ihn ganz leicht –, »vielleicht könntest du mir meinen Umhang holen; er ist nicht oben – hängt schon in der Halle.«
Er kam mit dem Umhang zurück, und sie neigte den kleinen Kopf, während er ihr den Umhang um die Schultern legte. Dann bot er ihr sehr steif den Arm. Sie grüßte die Leute in der Veranda sehr niedlich, während er bloß ein Gähnen versteckte, und zusammen gingen sie die Treppe hinunter.
»Haben Sie das gesehen?« rief die Amerikanerin.
»Er ist kein *Mann*«, erklärten die Zwei Duttis. »Er ist ein Ochs. Das sage ich morgens zu meiner Schwester, und wenn wir abends im Bett liegen, sage ich's auch: er ist kein *Mann*, sondern ein Ochs!«
Das Gelächter der Hochzeitsreisenden prallte kreiselnd, sich überschlagend und raketenhaft gegen die Glaswand der Veranda.
Die Sonne stand noch hoch am Himmel. Jede Blume, jedes Blatt im Garten lag reglos hingebreitet, wie erschöpft, und ein süßlicher, schwerer, verdorbener Geruch füllte die zitternde Luft. Aus den dicken, fleischigen Blättern einer kakteenartigen Pflanze ragte ein Aloestengel, mit bleichen Blüten überladen, die aussahen, als wären sie aus Butter gemodelt. Licht zuckte aus den aufwärts gerichteten Speeren der Palmen; über einem Beet mit scharlachroten, wachsartigen Blüten surrten und burrten große schwarze Käfer; ein prächtiges, leuchtendes Schlinggewächs – goldrot mit schwarzen Spritzern – wucherte vor einer Mauer.
»Eigentlich brauche ich meinen Umhang doch nicht«, sagte

sie. »Es ist wirklich zu warm.« Er nahm ihn ihr also ab und trug ihn über dem Arm. »Laß uns diesen Weg hinuntergehen! Ich fühle mich heute so wohl – unglaublich viel besser! Meine Güte – sieh bloß die Kinder an! Wenn man bedenkt, daß wir November haben!«

In einer Ecke des Gartens standen zwei randvolle Wasserbottiche. Drei kleine Mädchen, die vorsorglich ihre Schlüpfer ausgezogen und auf einen Busch gehängt hatten, hielten die Röckchen bis zum Gürtel hoch, standen in den Bottichen und hüpften auf und ab. Sie kreischten. Das Haar fiel ihnen ins Gesicht, und sie bespritzten einander. Doch plötzlich blickte die Kleinste, die einen Bottich für sich allein hatte, hoch und sah, wer ihnen zuschaute. Einen Augenblick schien sie ganz überwältigt von Entsetzen, dann mühte sie sich zappelnd und ungeschickt aus dem Bottich, hielt noch immer ihr Röckchen bis zum Gürtel hoch, kreischte: »Der Engländer! Der Engländer!«, und riß aus, um sich zu verstekken. Quietschend und schreiend folgten ihr die zwei andern. Im Nu waren sie verschwunden, und nichts blieb zurück als die beiden randvollen Bottiche und die kleinen Schlüpfer auf dem Busch.

»Das ist ja – ganz – erstaunlich!« sagte sie. »Was hat sie denn so erschreckt? Sie sind doch noch viel zu klein, um ...« Sie blickte zu ihm auf. Sie fand, daß er blaß aussähe ... aber außerordentlich hübsch vor dem hohen tropischen Baum mit den langen, spitzigen Dornen.

Er antwortete nicht gleich. Dann begegnete er ihrem Blick und sagte mit seinem bedächtigen Lächeln: »Sehr juxig!« Sehr juxig! Oh, ihr wurde ganz schwach! Oh, warum liebte sie ihn so, bloß, weil er so ein Wort benutzt hatte. Sehr juxig! Das war typisch Robert! Niemand anders als Robert wäre auf so ein Wort verfallen. Er, der so wundervoll, so geistreich, so gelehrt war, und dann mit so einer komischen Knabenstimme zu sagen ... Sie hätte weinen können!

»Manchmal bist du wirklich ganz ausgefallen«, sagte sie.

»Das bin ich wohl«, antwortete er. Und sie gingen weiter. Aber sie war müde. Es wurde ihr zuviel. Sie hatte keine Lust, noch weiterzugehen.

»Laß mich hierbleiben, und geh du weiter, ein bißchen Appetit holen, ja? Ich nehme mir einen von den Liegestühlen. Wie gut, daß du mir meinen Umhang gebracht hast, da brauchst du nicht hinaufzugehen, um mir eine Reisedecke zu holen. Danke, Robert! Ich werde den köstlichen Heliotrop anschauen . . . Du bleibst wohl nicht sehr lange?«

»N-nein! Es macht dir nichts, daß ich dich allein lasse?«

»Dummes! Ich will, daß du gehst! Ich kann nicht erwarten, daß du jede Minute hinter deiner kränklichen Frau einherschleichst . . . Wie lange willst du gehen?«

Er zog seine Uhr hervor. »Es ist kurz nach halb fünf. Dann bin ich Viertel nach fünf zurück.«

»Viertel nach fünf zurück«, wiederholte sie, streckte sich ruhig auf dem Liegestuhl aus und faltete die Hände.

Er wandte sich zum Gehen. Plötzlich war er wieder da. »Hör mal, hättest du gern meine Uhr?« Und er ließ sie vor ihren Augen hin und her baumeln.

»Oh!« Der Atem stockte ihr. »Ja, sehr, sehr gern!« Und sie umklammerte die Uhr, die warme Uhr, die geliebte Uhr mit ihren Fingern. »Jetzt geh aber rasch!«

Die Torflügel der Pension Villa Exzelsior waren weit gegen einige sich vordrängende Geranien geöffnet. Ein wenig vornübergebeugt und starr geradeausblickend ging er mit schnellen Schritten durchs Tor und begann die Anhöhe zu erklimmen, die sich hinter der Stadt wie ein großes Seil um die Villen wand und sie zusammenhielt. Der Weg war sehr staubig. Ein Wagen kam angerollt und hielt auf die Villa Exzelsior zu. Der General und die Gräfin saßen darin; er hatte seine tägliche Ausfahrt hinter sich. Mr. Salesby trat auf die Seite, aber der Staub wurde aufgewirbelt – dicht und weiß, und erstickend wie Wolle. Der Gräfin blieb gerade noch Zeit, den General anzustoßen.

»Da geht er!« sagte sie gehässig. Doch der General krächzte laut und weigerte sich hinzublicken.

»Das war der Engländer«, sagte der Kutscher, drehte sich um und lächelte. Und die Gräfin warf die Hände auf und nickte so liebenswürdig, daß er befriedigt ausspuckte und dem stolpernden Gaul eins überzog.

Weiter – und weiter. Vorbei an den schönsten Villen der Stadt, prachtvollen Palästen, die anzuschauen es sich lohnte, von wer weiß wie weit herzukommen; vorbei am Stadtpark mit den künstlichen Grotten und gemeißelten Statuen und an aus Brunnen trinkenden Steintieren, hin zu einem ärmeren Viertel. Hier verlief die Straße schmal und dumpfig zwischen hohen, schiefen Häusern, deren Erdgeschosse zu Ställen und Schreinerwerkstätten ausgeweidet und ausgehöhlt worden waren. An einem Brunnen weiter vorn bearbeiteten zwei alte Weiber ihre Wäsche. Als er vorbeiging, hockten sie sich auf die Fersen zurück und starrten ihn an, und dann folgte ihm ihr Gegacker und das Aufklatschen der Waschhölzer auf der nassen Wäsche.
Er erreichte den Kamm der Anhöhe und bog um eine Ecke. Jetzt war von der Stadt nichts mehr zu sehen. Er blickte in ein tiefes Tal mit einem ausgetrockneten Flußbett hinunter. Dieser und der gegenüberliegende Abhang waren mit kleinen, baufälligen Häusern bedeckt, auf deren morscher Steinveranda Früchte zum Trocknen lagen; in den Gärtchen waren Reihen von Tomatenstauden, und von der Gartenpforte zur Haustür führte eine Pergola. Das Abendlicht lag satt und golden in der Talmulde; in der Luft hing ein Geruch von Holzfeuern. In den Weingärten schnitten Männer Weintrauben ab. Er schaute einem Mann zu, der im grünen Dämmerdunkel stand, nach oben griff, mit der einen Hand eine schwärzliche Traube packte, das Messer aus seinem Gürtel zog, sie abschnitt und in einen flachen, kahnförmigen Korb legte. Der Mann arbeitete gemächlich und schweigsam und ließ sich viel Zeit für sein Vorhaben. In den Hecken auf der andern Straßenseite hingen verkümmerte grüne Trauben, die hier zwischen den Steinen wild wuchsen. Er lehnte sich gegen die Mauer, stopfte seine Pfeife, hielt ein Streichholz dran ...

... lehnte über ein Gatter im Feld, stellte den Kragen seines Regenmantels hoch. Es würde regnen. Ihm war's einerlei, er war darauf gefaßt. Im November konnte man nichts anderes erwarten. Er blickte über das kahle Feld. Aus der Ecke beim Gatter stieg der Geruch von Runkelrüben auf, eine ganze Dieme war's, feucht und faulig verfärbt. Zwei Männer gingen vorbei, dem weitläufigen Dorf entgegen. »Abend!« – »Abend!« – Donnerwetter, er mußte sich beeilen, wenn er den Zug nach Hause erreichen wollte. Übers Gatter, quer über ein Feld, durch den Zaunübertritt auf den Karrenweg, weit ausholend durch Regenschauer und Dämmerung ... Rechtzeitig zu Hause, um zu baden und sich fürs Essen umzuziehen ... Im Wohnzimmer ist Jinnie fast ins Kaminfeuer gekrochen. »O Robert, ich hab' dich nicht kommen hören. War's fein? Wie gut du riechst! Ist das für mich?« – »Ein paar Brombeerranken, die ich für dich gepflückt habe. Schöne Färbung!« – »Oh, reizend, Robert! Dennis und Beaty kommen zum Essen.« Dann bei Tisch: kaltes Fleisch, Pellkartoffeln, Rotwein, dunkles Landbrot. Sie sind fröhlich, jeder lacht. »Ach, wir kennen doch Robert!« sagte Dennis, haucht auf seine Brillengläser und putzt sie. »Übrigens, Dennis, ich habe etwas aufgestöbert: eine sehr schmucke kleine Ausgabe von ...«

Eine Turmuhr schlug. Er fuhr hastig herum. Wieviel Uhr mochte es sein? Fünf? Viertel nach fünf? Schnell zurück auf dem Weg, den er gekommen war! Als er durchs Tor eilte, sah er, daß sie nach ihm Ausschau hielt. Sie stand auf, winkte und kam ihm langsam entgegen, den schweren Umhang mitschleppend. In der Hand hielt sie ein Zweiglein Heliotrop.
»Du hast dich verspätet!« rief sie fröhlich. »Um ganze drei Minuten! Da ist deine Uhr; sie hat sich in deiner Abwesenheit sehr brav benommen. Hattest du es nett? War's schön? Erzähl's mir! Wohin bist du gegangen?«
»Also hör mal – den *brauchst* du jetzt!« sagte er und nahm den Umhang.
»Ja, ich nehme ihn um. Ja, es wird kühl! Wollen wir in unser Zimmer hinaufgehen?«
Als sie vor dem Lift standen, mußte sie husten. Er zog die Brauen in die Höhe.
»Es ist weiter nichts. Ich bin zu lange draußen gewesen. Sei

nicht böse!« Sie ließ sich in einen der roten Plüschsessel fallen, während er läutete, immer wieder läutete und schließlich, weil niemand erschien, den Finger nicht mehr vom Knopf nahm.
»Oh, Robert, hältst du das für richtig?«
»Was denn?«
Die Salontür ging auf. »Was ist denn das? Wer macht da solchen Lärm?« rief jemand im Salon. Kleemangsso begann zu bellen. Der General krächzte anhaltend. Dutti I stürzte herbei, eine Hand über dem Ohr, und riß die Tür zum Durchgang auf: »Mr. Queet! Mr. Queet!« blökte sie. Das brachte den Direktor auf.
»Haben Sie hier geläutet, Mr. Salesby? Wünschen Sie den Lift? Sehr gut, Sir. Ich werde Sie selbst bedienen. Antonio wollte auch gerade kommen. Er mußte nur noch seine Schürze abbinden ...« Und nachdem er sie in den Lift gedienert hatte, ging der Direktor zur Tür des Salons: »Bedaure sehr, daß Sie gestört wurden, meine Damen und Herren!« Salesby stand im Liftkäfig, sog seine Wangen ein, starrte zur Decke auf und drehte am Ring, drehte am Siegelring auf seinem kleinen Finger ...
Sowie sie in ihrem Zimmer waren, ging er schnell zum Waschtisch, schüttelte das Fläschchen, goß ihr etwas ein und brachte es ihr.
»Setz dich! Trink! Und sprich nicht!« Er blieb vor ihr stehen, und sie fügte sich. Dann nahm er ihr das Glas ab, spülte es aus und stellte es wieder in den Behälter. »Hättest du gern ein Kissen?«
»Nein, ich brauche nichts weiter. Komm her! Setz dich nur eine Minute neben mich, Robert, ja? So ist's recht!« Sie wandte sich ihm zu und steckte ihm das Zweiglein Heliotrop in den Jackenaufschlag. »Das steht dir sehr gut!« sagte sie. Und dann lehnte sie den Kopf an seine Schulter, und er legte den Arm um sie.
»Robert–« Ihre Stimme war wie ein Seufzer–hingehaucht.
»Ja? ...« So saßen sie lange Zeit. Der Himmel flammte auf und verblaßte. Die zwei weißen Betten waren wie zwei Schiffe ... Endlich hörte er, wie das Zimmermädchen mit den

Heißwasserkannen den Korridor entlanglief, ließ sie sanft los und schaltete das Licht an.

»Wieviel Uhr ist es denn? Was für ein himmlischer Abend! Oh, Robert, während du heute nachmittag weg warst, habe ich nachgedacht . . .«

Sie waren das letzte Paar, das den Speisesaal betrat. Die Gräfin mit ihrer Lorgnette und ihrem Fächer war da, der General saß in seinem Krankenstuhl mit dem Luftkissen und der leichten Kniedecke. Die Amerikanerin zeigte Kleemongsso eine Nummer der *Saturday Evening Post* . . . »Wir haben ein Festmahl der Vernunft und einen Seelenflug.« Die beiden Duttis waren da, betasteten die Birnen und die Pfirsiche in der Obstschale und sonderten alle aus, die sie für unreif oder überreif hielten, um sie dem Direktor zu zeigen; und die Hochzeitsreisenden steckten die Köpfe zusammen, tuschelten und bemühten sich, nicht laut herauszuplatzen.

Mr. Queet im Werktagsanzug und weißen Leinenschuhen füllte die Suppenteller, und Antonio – in Frack und Binder – reichte sie herum.

»Nein«, sagte die Amerikanerin, »nehmen Sie's wieder weg, Antonio! Wir sind gegen Kinderpapps, nicht wahr, Kleemangsso?«

»Nehmen Sie die beiden Teller wieder weg und füllen Sie sie bis zum Rand!« sagten die Duttis; sie drehten sich um und gaben acht, wie er ihren Wunsch ausrichtete.

»Was ist das? Reis? Ist er weich gekocht?« Die Gräfin beäugte die Suppe durch ihre Lorgnette. »Mr. Queet, der General kann etwas von der Suppe nehmen, wenn der Reis wirklich weich ist!«

»Sehr wohl, Frau Gräfin.«

Die Hochzeitsreisenden aßen statt dessen ihre Fische.

»Gib mir den! Das ist der, den ich gefangen habe! Nein, doch nicht! Doch, ja! Nein, stimmt nicht! Aber er starrt ja mit seinem Auge auf mich, also muß er's sein! Ti-hi-hi! Ti-hi-hi!« Sie hatten die Füße unter dem Tisch ineinander verhakt.

»Robert, du ißt wieder nicht! Fehlt dir was?«

»Nein. Bloß keinen Appetit – weiter nichts.«

»O wie dumm! Nachher gibt es Spinat mit Ei. Und Spinat magst du nicht, wie? Ich muß ihnen sagen, daß sie dir nächstesmal ...«
Und Ei und Kartoffelbrei für den General!
»Mr. Queet! Mr. Queet!«
»Ja, Frau Gräfin?«
»Der General hat wieder ein zu hartes Ei bekommen!«
Der General krächzt.
»Bedaure sehr! Soll ich Ihnen ein andres kochen lassen?«
Sie sind die ersten, die den Speisesaal verlassen. Sie erhebt sich und rafft ihren Schal zusammen, und er steht auf und wartet, überläßt ihr den Vortritt und dreht am Siegelring auf seinem kleinen Finger. In der Halle lauert Mr. Queet.
»Ich nehme an, daß Sie nicht auf den Lift warten wollen. Antonio verteilt gerade die Fingerschalen. Die Klingel funktioniert leider nicht mehr. Ich kann mir nicht vorstellen, woran es liegt.«
»Oh, hoffentlich ...«, fängt sie an.
»Geh hinein!« sagt er.
Mr. Queet ist dicht hinter ihnen und schlägt die Tür zu.
»Robert, macht's dir etwas aus, wenn ich mich heute sehr früh hinlege? Willst du nicht in den Salon oder in den Garten hinuntergehen? Oder vielleicht auf dem Balkon eine Zigarre rauchen? Es ist so schön draußen. Und ich liebe Zigarrenrauch. Hab's von jeher getan. Aber wenn du lieber ...«
»Nein, ich setze mich hierher!«
Er nimmt einen Sessel und setzt sich auf den Balkon. Er hört, wie sie im Zimmer umhergeht, sehr leichtfüßig umhergeht und raschelt. Dann geht sie zu ihm hinüber. »Gute Nacht, Robert!«
»Gute Nacht!« Er nimmt ihre Hand, um die Handmuschel zu küssen. »Verkühl dich nicht!«
Der Himmel ist jadegrün. Es sind schon sehr viele Sterne da; ein riesengroßer weißer Mond hängt über dem Garten. In weiter Ferne flattert Wetterleuchten, flattert wie ein Flügel, wie ein verwundeter Vogel, der zu fliegen versucht und umsinkt und es von neuem versucht.
Das Licht vom Salon fällt auf den Gartenweg, und Klavier-

spiel klingt auf. Und einmal ruft die Amerikanerin, als sie die Glastür öffnet, um Kleemangsso in den Garten zu lassen: »Haben Sie den Mond gesehen?« Aber niemand antwortet. Er sitzt auf dem Balkon, blickt auf das Geländer und findet es allmählich sehr kalt. Schließlich geht er hinein. Der Mond hat das Zimmer mit seinem Licht weiß getüncht. Das Licht zittert in den Spiegeln: die beiden Betten scheinen zu schweben. Sie schläft. Durch das Moskitonetz sieht er sie, halb sitzend, von Kissen gestützt, die weißen Hände auf der Bettdekke gekreuzt. Ihre weißen Hände und das blonde, ins Kissen geschmiegte Haar sind silbrig. Er zieht sich rasch und behutsam aus und legt sich ins Bett. Liegt da, die Hände hinter dem Kopf verschränkt . . .

In seinem Arbeitszimmer. Spätsommer. Der wilde Wein fängt gerade an, sich zu verfärben . . .

»Ja, mein Lieber, das ist die ganze Geschichte. Der langen Rede kurzer Sinn. Wenn sie nicht die nächsten zwei Jahre von hier wegkommt und sich einem guten Klima anvertraut, hat sie nicht die geringsten . . . hm . . . Aussichten. Besser, man ist in solchem Falle offen . . .« »Oh, natürlich!« – »Und zum Kuckuck, mein Lieber, was kann Sie abhalten, *mit* ihr zu gehen? Sie haben doch keinen festen Beruf wie wir armen Lohnsklaven . . . Was *Sie* tun, können Sie überall tun, egal, wo Sie sich aufhalten.« – »Zwei Jahre?« – »Ja, zwei Jahre würde ich ansetzen. Kein Problem, das Haus hier zu vermieten. Ich könnte Ihnen sogar . . .«

Er ist bei ihr. »Robert – was so greulich an der Sache ist – aber vermutlich kommt's von der Krankheit: ich bin einfach überzeugt, daß ich nicht allein weggehen kann! Sieh mal, du bist mein Alles. Du bist Brot und Wein für mich, Robert, Brot und Wein! Oh, mein Liebster, was rede ich da? Natürlich könnte, natürlich möchte ich dich nicht herausreißen . . .«

Er hört, wie sie sich bewegt. Ob sie etwas braucht?

»Boogles?«

Großer Gott, sie spricht im Schlaf! Seit Jahren hat sie *den* Namen nicht mehr benutzt.

»Boogles – bist du wach?«
»Ja. Brauchst du etwas?«
»Oh, ich muß dich plagen. Es tut mir so leid. Stört es dich sehr? Aber in meinem Netz ist ein elender Moskito ... ich höre ihn sirren. Könntest du ihn fangen? Ich sollte mich nicht bewegen – du weißt ja – das Herz!«
»Rühr dich nicht! Bleib ganz still liegen!« Er schaltet das Licht an und hebt das Netz auf. »Wo ist der Bösewicht? Hast du ihn entdeckt?«
»Ja, in der Ecke muß er sein! Oh, wie rücksichtslos von mir, dich aus dem Bett zu holen! Bist du mir böse?«
»Nein – Unsinn!« In seinem blauweißen Pyjama steht er einen Augenblick auf der Lauer. Dann ruft er: »Hab' ihn!«
»Oh, wie fein! War es ein fetter?«
»Ja, widerlich fett!« Er geht zur Waschkommode und benetzt die Finger. »Ist jetzt alles gut? Soll ich das Licht ausschalten?«
»Ja, bitte! Nein, warte, Robert! Komm einen Augenblick her! Setz dich zu mir! Gib mir deine Hand!« Sie dreht an seinem Siegelring. »Warum hast du nicht geschlafen? Hör bitte, Boogles! Komm näher! Manchmal frage ich mich: ist es sehr schlimm für dich, hier unten bei mir zu leben?«
Er beugt sich vor. Er steckt die Decken fest und streicht das Kissen glatt.
»Dummes Zeug!« flüstert er.

Nichts war ihm verhaßter als die Art, wie sie ihn jeden Morgen weckte. Natürlich tat sie es mit voller Absicht. So baute sie nämlich ihren täglichen Kummer mit ihm auf – aber er dachte nicht daran, sich anmerken zu lassen, daß es ihr gelang. Immerhin war es geradezu gefährlich, einen feinfühligen Menschen so zu wecken. Es dauerte Stunden, bis er darüber hinweg war – Stunden!

Sie trat ins Zimmer, in einen Arbeitskittel geknöpft und ein Tuch um den Kopf – womit sie beweisen wollte, daß sie seit dem Morgengrauen auf war und geschuftet hatte –, und leise mahnend rief sie: »Robert!«

»He! Was? Was ist? Was ist denn los?«

»Zeit, daß du aufstehst! Es ist halb neun.« Und damit ging sie und zog die Tür leise ins Schloß, um sich, wie er vermutete, in ihrem Triumph zu sonnen.

Er wälzte sich in dem großen Bett auf die andere Seite. Sein Herz hämmerte noch immer rasch und dumpf, und mit jedem Herzschlag fühlte er, wie seine Tatkraft von ihm wich, wie seine – seine – Inspiration für des Tages Arbeit unter den pochenden Herzschlägen erstickte. Anscheinend bereitete es ihr eine dämonische Freude, ihm das Leben noch schwieriger zu machen, als es weiß Gott schon war, indem sie ihm seine Freiheit als Künstler absprach und versuchte, ihn auf ihr Niveau herunterzuziehen. Was war nur in sie gefahren? Was, zum Teufel, wollte sie? Hatte er nicht jetzt dreimal soviel Schüler wie am Tage ihrer Heirat, verdiente er nicht dreimal soviel, bezahlte er nicht alles, was ins Haus kam, und hatte er nicht sogar eingewilligt, für Adrians Kindergarten zu blechen? Und hatte er ihr jemals vorgeworfen, daß sie gänzlich mittellos gewesen war? Mit keinem Wort – mit keiner Miene! Aber war man erst einmal mit einer Frau verheiratet, dann wurde sie leider unersättlich, und leider war nichts so verhängnisvoll für einen Künstler wie die Ehe, jedenfalls, solange man noch nicht weit über die Vierzig hinaus war. Warum hatte er sie bloß geheiratet? Diese

Frage stellte er sich durchschnittlich etwa dreimal am Tag, doch nie fand er eine befriedigende Antwort. Sie hatte ihn in einem schwachen Moment eingefangen, als ihn der erste Zusammenprall mit der rauhen Wirklichkeit eine Zeitlang verwirrt und überwältigt hatte. Zurückblickend sah er sich als rührend junges Wesen, halb Kind, halb ungezähmter Wildvogel, und völlig außerstande, mit Rechnungen und Gläubigern und den häßlichen Seiten des Lebens fertig zu werden. Und sie – sie hatte ihr möglichstes getan, um ihm die Schwingen zu stutzen, falls ihr das eine Befriedigung war, und zu dem Erfolg ihrer frühmorgendlichen Tricks konnte sie sich beglückwünschen. Man sollte mit köstlichem Zaudern erwachen, dachte er und rutschte tiefer ins warme Bett. Er begann sich eine Reihe bezaubernder Szenen auszumalen, die damit endeten, daß seine neueste, überaus charmante Schülerin ihm ihre nackten, duftenden Arme um den Hals legte und ihn in ihre langen, duftenden Haare einhüllte: ›Erwache, mein Liebster!‹

Wie es seine tägliche Gewohnheit war, begann Reginald Peacock, während das Badewasser einlief, seine Stimme zu prüfen: »Wenn die Mutter sie vor dem lachenden Spiegel umsorgt, das Mieder ihr schnürt und die Haare ihr flicht...« sang er – zuerst leise, der Tonqualität lauschend und seine Stimme schonend, bis er zur dritten Zeile kam: »... denkt sie oft, oh wäre der Wildfang vermählt«, und bei dem Wort *vermählt* brach er in einen derartigen Triumphschrei aus, daß das Zahnputzglas auf dem Badezimmerregal zitterte und sogar der Wannenhahn stürmischen Beifall hervorzubrausen schien.

Immerhin, mit seiner Stimme war alles in Ordnung, dachte er, stieg ins Bad und seifte seinen weichen rosa Körper von oben bis unten mit einem Luffalappen in Gestalt eines Fischchens ein. Seine Stimme könnte den riesigen Covent Garden füllen!

»Vermählt!« schmetterte er abermals heraus und ergriff mit prachtvoller Opernsängergebärde das Handtuch und sang weiter, während er sich abrubbelte wie ein Lohengrin, den ein unvorsichtiger Schwan ins Wasser gekippt hat und der sich in größter Eile abtrocknet, ehe die lästige Elsa des Wegs kommt ...

In seinem Schlafzimmer ließ er die Jalousie mit einem Ruck hochsausen, pflanzte sich in das blasse Sonnenquadrat, das wie ein Blatt gelbliches Löschpapier auf dem Teppich lag, und begann mit seinen Übungen: tief atmen, vorwärts beugen und zurück, hinkauern wie ein Frosch und die Beine vorschnellen — es graute ihm davor, dick zu werden, und Männer seines Berufs neigten leider sehr dazu. Doch jetzt war davon noch nicht die Spur zu sehen. Er war, wie er fand, gerade richtig und in gutem Zustand. Ja, ein freudiges Gefühl der Genugtuung ließ sich nicht unterdrücken, als er sich im Spiegel betrachtete, in Hausjacke und dunkelgrauer Hose, grauen Socken und schwarzer Krawatte mit Silberfaden! Nicht etwa, daß er eitel war — eitle Männer konnte er nicht leiden —, doch sein Anblick verschaffte ihm ein rein künstlerisches Vergnügen. »*Voilà tout!*« sagte er und strich sich mit der Hand über das glatte Haar.

Bei der schlichten französischen Redewendung, die ihm so leicht wie ein Rauchkringel über die Lippen ging, fiel es ihm wieder ein, daß ihn gestern abend jemand gefragt hatte, ob er Engländer sei. Anscheinend konnten die Leute es einfach nicht glauben, daß er etwas südländisches Blut hatte. Wenn er sang, klang eine Gefühlstiefe auf, die wahrhaftig nichts von John Bull an sich hatte ... Der Türknopf knarrte und wurde hin- und hergedreht. Adrian steckte den Kopf durch den Türspalt.

»Bitte, Vater, Mutter sagt, das Frühstück steht schon da.«

»Gut«, sagte Reginald, und als der Junge sich verzog, rief er ihm nach: »Adrian!«

»Ja, Vater?«

»Du hast mir nicht ›guten Morgen‹ gewünscht!«

Vor ein paar Monaten hatte Reginald ein Wochenende bei einer sehr aristokratischen Familie verlebt, wo der Vater seine kleinen Söhne des Morgens empfing, um sich die Hand geben zu lassen. Reginald fand den Brauch reizend und führte ihn sofort bei sich zu Hause ein. Doch Adrian kam sich furchtbar albern vor, wenn er seinem eigenen Vater jeden

Morgen die Hand geben sollte. Und warum trällerte sein Vater immer so, anstatt richtig mit ihm zu sprechen?
Reginald ging in bester Laune ins Eßzimmer und setzte sich vor einen Stoß Post, die *Times* und eine zugedeckte kleine Schüssel. Er warf einen Blick auf die Briefe und dann auf sein Frühstück. Auf seinem Teller lagen zwei schmächtige Streifen Speck und ein Ei.
»Willst du keinen Speck?« fragte er.
»Nein, ein kalter Bratapfel ist mir lieber. Speck brauche ich nicht jeden Morgen.«
Sollte das nun bedeuten, daß auch er nicht jeden Morgen Speck brauchte? Und daß sie's ihm übelnahm, ihm den Speck braten zu müssen?
»Wenn dir das Frühstückzubereiten zuviel wird«, sagte er, »warum nimmst du dir dann nicht ein Mädchen? Du weißt, daß wir uns eins leisten können, und du weißt, wie verhaßt es mir ist, daß meine Frau die ganze Arbeit macht! Nur weil jede Hilfskraft, die wir bisher hatten, nichts taugte, meine Arbeitseinteilung über den Haufen warf und es fast unmöglich machte, daß ich Schülerinnen annahm, hast du es aufgegeben, eine nette Hilfe zu suchen! Es ist doch nicht unmöglich, ein Mädchen anzulernen, wie? Das erfordert doch keine Genialität?«
»Aber ich mache meine Arbeit lieber allein; dann verläuft alles viel friedlicher ... Lauf nur, Adrian, und mach dich für die Schule fertig!«
»O nein, das stimmt nicht!« Reginald tat, als ob er lächelte. »Du machst die Arbeit allein, weil du mich aus irgendeinem erstaunlichen Grund demütigen willst. Es ist dir vielleicht nicht bewußt, aber dein Unterbewußtsein schaltet nun mal so.« Diese Bemerkung gefiel ihm derartig, daß er einen Briefumschlag so graziös wie auf der Bühne aufschlitzte ...

Lieber Mr. Preacock,
ich finde, ich sollte nicht schlafen gehen, ohne Ihnen für die innige Freude gedankt zu haben, die Ihr Gesang heute abend bei mir ausgelöst hat. Ein unvergeßliches Erlebnis! Ich habe gegrübelt, wie ich es seit meiner Mädchenzeit nicht getan

habe, ob das *alles* ist – ich meine, ob unsre Alltagswelt *alles* ist. Ob nicht für die Verständnisvollen unter uns göttliche Schönheit und Fülle bereit sind, wenn wir nur den *Mut* haben, sie zu sehen und sie uns zu eigen zu machen ... Es ist so still im Haus. Ich wünschte, Sie wären jetzt hier, damit ich Ihnen persönlich danken könnte. Was Sie tun, ist von hoher Bedeutung. Sie lehren die Welt, dem Alltag zu entfliehen!
Ihre Ihnen sehr ergebene
Ænone Fell.
P. S. Diese Woche bin ich jeden Nachmittag zu Hause.

Der Brief war mit violetter Tinte auf dickes, handgeschöpftes Papier gekritzelt. Eitelkeit, der strahlende Vogel, hob wieder einmal die Schwingen und breitete sich aus, bis er meinte, er würde ihm die Brust sprengen.
»Also laß, wir wollen nicht streiten!« sagte er und reichte seiner Frau die Hand über den Tisch.
Aber es fehlte ihr an Größe, um darauf einzugehen.
»Ich muß mich beeilen und Adrian in die Schule bringen«, sagte sie. »Dein Zimmer ist fix und fertig.«
Also gut, also gut, mochte dann offener Krieg zwischen ihnen sein! Aber er würde nicht der erste sein, es wieder einzurenken – eher ließe er sich hängen!
Er ging im Zimmer hin und her und wurde erst ruhiger, als er hörte, wie die Haustür hinter Adrian und seiner Frau ins Schloß fiel. Wenn das so weiterging, mußte er natürlich eine andere Situation schaffen. Das war klar. Wenn er solchermaßen gebunden war, wie konnte er da der Welt helfen, dem Alltag zu entfliehen? Er öffnete den Flügel und überflog die Liste seiner Schülerinnen für den heutigen Vormittag. Miss Betty Brittle, Gräfin Wilkowska und Miss Marian Morrow. Sie waren reizend – alle drei!
Punkt halb elf läutete es. Er machte auf. Vor der Tür stand Miss Betty Brittle, ganz in Weiß, ihre Noten in einer blauen Seidenmappe.
»Ich bin leider etwas zu früh«, sagte sie errötend und schüchtern und schlug ihre großen blauen Augen auf.
»Keineswegs, Verehrteste! Ich bin entzückt«, sagte Reginald.

»Bitte treten Sie näher!«

»Was für ein himmlischer Morgen«, sagte Miss Brittle. »Ich bin durch den Park gegangen. Die Blumen waren betörend!«

»Dann denken Sie bitte an sie, während Sie Ihre Übungen singen!« empfahl Reginald und setzte sich an den Flügel. »Es wird Ihrer Stimme Farbe und Wärme verleihen!«

Oh, was für ein entzückender Einfall! Mr. Peacock war wirklich ein *Genie!* Sie öffnete die hübschen Lippen und begann wie ein Stiefmütterchen zu singen.

»Sehr gut, wirklich sehr gut!« sagte Reginald und griff Akkorde, die selbst einen hartgesottenen Verbrecher himmelwärts getragen hätten. »Runden Sie die Töne ab! Scheuen Sie sich nicht! Verweilen Sie bei ihnen! Atmen Sie die Töne wie einen Wohlgeruch aus!«

Wie niedlich sie aussah, als sie so in ihrem weißen Kleid dastand, den kleinen Blondschopf etwas angehoben, so daß ihre milchweiße Kehle zu sehen war.

»Haben Sie jemals vor dem Spiegel geübt?« fragte Reginald. »Das sollten Sie nämlich! Es macht die Lippen geschmeidiger! Kommen Sie bitte neben mich!«

Sie stellten sich nebeneinander vor den Spiegel.

»Jetzt singen Sie – mu-i-ku-i-o-i-a!«

Aber sie zauderte und errötete mehr denn je.

»Ach, ich kann's nicht!« rief sie. »Ich komme mir so töricht vor! Ich würde am liebsten lachen! Ich sehe so komisch aus!«

»Das stimmt nicht«, sagte Reginald, lachte aber auch sehr freundlich. »Scheuen Sie sich nicht! Versuchen Sie's noch einmal!«

Die Stunde verging im Fluge, und Betty Brittle überwand ihre Scheu ganz und gar.

»Wann darf ich wiederkommen?« fragte sie und verwahrte die Noten in der blauseidenen Mappe. »Ich möchte jetzt so viele Stunden wie möglich nehmen. Ach, sie machen mir solche Freude, Mr. Peacock! Darf ich übermorgen kommen?«

»Ich bin entzückt, Verehrteste!« versicherte Reginald und begleitete sie unter Verbeugungen hinaus.

Ein herrliches Kind! Und als sie vor dem Spiegel standen, hatte ihr weißer Ärmel seinen schwarzen gestreift. Er spür-

te – ja, wahrhaftig, er spürte noch immer eine warme, wärmende Stelle und streichelte sie. Und sie liebte ihre Stunden! – Seine Frau kam ins Zimmer.
»Reginald, kannst du mir etwas Geld geben? Ich muß den Milchmann bezahlen. Und bist du heute abend zum Essen da?«
»Du weißt doch, daß ich um halb zehn bei Lord Timbuck singen soll. Kannst du mir eine Bouillon machen – mit einem Eidotter?«
»Ja. Und das Geld, Reginald! Achteinhalb Shilling!«
»Das kommt mir aber sehr hoch vor, wie?«
»Nein, es stimmt genau. Und Adrian muß seine Milch haben.«
Da fing sie schon wieder an! Jetzt mußte Adrian herhalten, damit sie auf ihn losgehen konnte!
»Ich habe nicht den leisesten Wunsch, meinem Kind die nötige Milch zu verweigern«, sagte er. »Da hast du zehn Shilling!«
Es läutete an der Tür. Er ging öffnen.
»Oh«, hauchte die Gräfin Wilkowska, »diese Treppe! Ich kann kaum noch atmen!« Und während sie ihm ins Musikzimmer folgte, legte sie die Hand auf ihr Herz. Sie war ganz in Schwarz, schwarzes Hütchen mit flatterndem Schleier, ein Veilchenstrauß im Ausschnitt.
»Lassen Sie mich heute keine Tonleitern singen!« rief sie und streckte die Hände auf entzückend ausländische Art aus. »Nicht heute! Ich möchte nur Lieder singen! . . . Und darf ich meine Veilchen wegnehmen? Sie welken so schnell!«
›Sie welken so schnell – sie welken so schnell‹, spielte Reginald auf dem Flügel.
»Darf ich sie hier einstellen?« fragte die Gräfin und steckte die Veilchen in eine kleine Vase, die vor einer von Reginalds Photographien stand.
»Ich bin entzückt, Verehrteste!«
Sie begann zu singen, und alles ging gut, bis sie zu der Stelle kam: ›Du liebst mich! Ja, ich *weiß*, daß du mich liebst.‹ Er ließ die Hände von den Tasten sinken, drehte sich herum und sah sie an.

»Nein, nein, so geht es nicht! Sie können das besser machen!« rief er leidenschaftlich. »Sie müssen so singen, als wären Sie selbst verliebt. Hören Sie zu! Ich werde es Ihnen vorsingen!« Und er sang.
»Ach ja, ja, ich verstehe jetzt, wie Sie es meinen«, stammelte die kleine Gräfin. »Darf ich es noch einmal versuchen?«
»Sicher! Fürchten Sie sich nicht. Lassen Sie sich gehen! In einem stolzen Geständnis . . . einer stolzen Kapitulation!« rief er während des Spielens.
Und sie sang.
»Ja. Diesmal war es schon besser. Aber ich weiß, daß Sie noch mehr aus sich herausholen können. Versuchen Sie es mit mir zusammen. Eine Art jubelnder Trotz muß mitschwingen – spüren Sie das? Und sie sangen zusammen. Ja, jetzt wußte sie genau, daß sie es begriffen hatte. »Darf ich noch einmal versuchen?«
»Du liebst mich! Ja, ich *weiß*, daß du mich liebst!«
Die Stunde war aus, bevor die Stelle ganz tadellos saß. Die ausländischen Händchen zitterten, als sie die Noten zusammenpackten.
»Sie vergessen Ihre Veilchen!« sagte Reginald sanft.
»Ich – möchte sie vergessen«, sagte die Gräfin und biß sich auf die Lippe. Was für zauberhafte Einfälle diese Ausländerinnen doch haben!
»Und kommen Sie am Sonntag zu uns, um etwas zu musizieren?« fragte sie.
»Ich wäre entzückt, Verehrteste!« sagte Reginald.
»Weint nicht mehr, ihr stillen Brunnen / Was fließt ihr so schnell dahin?« sang Miss Marion Morrow, doch ihre Augen füllten sich mit Tränen, und ihr Kinn zitterte.
»Pausieren Sie einen Augenblick!« sagte Reginald. »Ich werde es Ihnen vorspielen!« Und er spielte – sehr sanft.
»Ist etwas geschehen?« fragte Reginald. »Sie sehen heute nicht sehr glücklich aus?«
Nein, das war sie auch nicht. Sie war furchtbar unglücklich.
»Möchten Sie mir sagen, was es ist?«
Es war nichts Bestimmtes. Sie hatte manchmal diese Stimmungen, wenn ihr das Leben fast unerträglich vorkam.

»Oh, ich verstehe«, sagte er. »Wenn ich Ihnen nur helfen könnte!«
»Aber das tun Sie ja, das tun Sie! Oh, wenn ich diese Stunden nicht hätte, könnte ich nicht weiterleben!«
»Setzen Sie sich in den Sessel, atmen Sie den Veilchenduft, und lassen Sie sich von mir etwas vorsingen. Das wird Ihnen ebensoviel nutzen wie eine Unterrichtsstunde!«
Warum waren nicht alle Männer wie Mr. Peacock?
»Gestern abend nach dem Konzert habe ich ein Gedicht geschrieben — nur, was ich empfand. Nichts Persönliches. Darf ich es Ihnen schicken?«
»Ich wäre entzückt, Verehrteste!«
Gegen Ende des Nachmittags war er ganz erschöpft und legte sich aufs Sofa, um seine Stimme zu schonen, bevor er sich umkleidete. Die Tür seines Zimmers stand offen. Er konnte hören, was Adrian und seine Frau miteinander plauderten.
»Weißt du, woran mich die Teekanne erinnert, Mummy? An ein Kätzchen, das sich hinkauert.«
»Tatsächlich, du kleiner Träumer?«
Reginald schlummerte ein. Das Läuten des Telefons weckte ihn.
»Hier spricht Ænone Fell. Mr. Peacock, ich habe gerade erfahren, daß Sie heute abend bei Lord Timbuk singen. Wollen Sie bei mir essen, und hinterher könnten wir zusammen hingehen?«
Seine Antwort tropfte wie Blütenblätter ins Telefon: »Ich bin entzückt, Verehrteste!«
Was für ein triumphaler Abend! Das kleine Abendessen *tête-à-tête* mit Ænone Fell, die Fahrt zu Lord Timbuck in ihrem weißen Auto, während sie ihm immer wieder für das unvergeßliche Erlebnis dankte. Und bei Lord Timbuck floß der Champagner in Strömen.
»Nehmen Sie noch etwas Champagner, Peacock!« sagte Lord Timbuck. Einfach Peacock, wohlgemerkt! Nicht Mr. Peacock, sondern Peacock, als wäre er einer ihresgleichen. Und war er das etwa nicht? Er war Künstler. Er konnte sie alle mit fortreißen. Und lehrte er sie nicht, dem Alltag zu ent-

fliehen? Und wie er sang! Während des Singens hatte er wie im Traum all die Brillanten und Blüten und Fächer wie ein riesiges Bouquet huldigend vor sich hingebreitet gesehen.
»Noch ein Glas, Peacock?«
Während Peacock buchstäblich heimwärts *schwankte*, dachte er: ›Ich hätte nur mit dem kleinen Finger winken müssen, und schon hätte ich jede haben können, die mir gefiel.‹
Doch als er die Tür zu seiner dunklen Wohnung aufschloß, verebbte das wunderbar erhebende Gefühl. Er schaltete das Licht im Schlafzimmer an. Seine Frau schlief – an die äußerste Kante ihres gemeinsamen Bettes gequetscht. Plötzlich fiel ihm ein, was sie geantwortet hatte, als er ihr von seiner Einladung zum Abendessen erzählte: »Das hättest du mir schon eher sagen können!« Und wie er erwidert hatte: »Kannst du überhaupt nicht mehr mit mir sprechen, ohne gegen die allgemeinen Umgangsformen zu verstoßen?« Es war unglaublich, dachte er, daß sie sich sowenig aus ihm machte – wo doch so viele Frauen ihre Augen dafür gegeben hätten, an ihrer Stelle zu sein ... Ja, er wußte es ... Warum es nicht zugeben? ... Und da lag sie nun, feindselig selbst noch im Schlaf ... Mußte es denn immer so bleiben? fragte er sich – noch unter der Einwirkung des Champagners. Ach, wenn wir wenigstens Kameraden wären, wieviel könnte ich ihr jetzt erzählen! Vom heutigen Abend – sogar von Timbucks Verhalten zu mir, und was sie alles zu mir sagten und so weiter und so weiter.
Aufgeregt riß er sich den Lackschuh vom Fuß und schleuderte ihn einfach in die Ecke. Der Lärm weckte seine Frau: sie fuhr erschrocken hoch, setzte sich auf und strich sich das Haar aus der Stirn. Und plötzlich beschloß er, einen letzten Versuch zu machen und sie als Kameraden zu behandeln, ihr alles zu erzählen und sie für sich einzunehmen! Mit einem Plumps setzte er sich auf die Bettkante und griff nach ihrer Hand. Aber von all dem Wunderbaren, das er zu erzählen hatte, konnte er nichts herausbringen. Aus irgendeinem teuflischen Grund waren die einzigen Worte, die er hervorstoßen konnte: »Ich bin entzückt, Verehrteste!«

Am Nachmittag kamen die Stühle : ein ganzer, riesiger Wagen voll kleiner goldener Stühle, die ihre Beine gen Himmel streckten. Und dann kamen die Blumen. Wenn man vom Balkon auf die Leute hinunterblickte, die sie ins Haus trugen, sahen die Blumentöpfe wie komische, sehr hübsche Hüte aus, die den Gartenweg entlangnickten.
Sonne glaubte, es wären Hüte. Sie sagte: »Schau mal, da ist ein Mann mit einer Palme auf dem Hut!« Aber sie wußte nie den Unterschied zwischen wirklichen und nichtwirklichen Dingen.
Niemand war da, der sich um Sonne und Mond kümmerte. Ihr Kinderfräulein half Annie, Mutters Kleid zu ändern, das ›viel zu lang und viel zu eng unter den Armen war‹, und Mutter rannte im ganzen Haus herum und rief Vater an, er solle doch ja keine Besorgung vergessen. Sie hatte bloß Zeit, ihnen zuzurufen: »Geht mir aus dem Weg, Kinder!«
Sie gingen ihr aus dem Weg – Mond jedenfalls tat es. Ihm war es gräßlich, ins Kinderzimmer zurückgescheucht zu werden. Bei Sonne war es egal. Wenn sie den Leuten zwischen die Beine geriet, wurde sie einfach hochgehoben und geschüttelt, bis sie quiekte. Aber Mond war zu schwer dafür. Er war so schwer, daß der dicke Mann, der sonntags zum Essen kam, immer sagte: »So, junger Mann, wollen mal versuchen, dich hochzustemmen!« Und dann steckte er die Daumen unter Monds Arme und stöhnte und versuchte es und gab es schließlich auf: »Schwer wie ein Wagen voll Ziegelsteine!«
Aus dem Eßzimmer wurden fast alle Möbel entfernt. Der Flügel wurde in eine Ecke geschoben, und dann kam eine Reihe mit Blumentöpfen, und dann kamen die goldenen Stühle. Die waren für das Konzert. Als Mond hineinspähte, saß ein blasser Mann vor dem Flügel – aber er spielte nicht, sondern hämmerte darauf herum und schaute dann hinein. Er hatte eine Werkzeugtasche auf den Flügel gelegt und einer Statue an der Wand seinen Hut übergestülpt. Manchmal

fing er bloß an zu spielen und sprang gleich wieder auf und schaute hinein. Mond hoffte, daß der Mann nicht das Konzert war.
Aber am besten war es natürlich in der Küche! Ein Mann mit einer Mütze wie ein Milchpudding war zum Helfen gekommen, und Minnie, die richtige Köchin, war ganz rot im Gesicht und lachte. Sie war gar nicht ärgerlich. Gab jedem von ihnen einen Fingerkeks und hob sie auf die Mehlkiste, damit sie zuschauen konnten, was für herrliche Sachen sie und der Mann für das Essen machten. Minnie brachte die Sachen an, und er legte sie auf Schüsseln und verzierte sie. Ganze Fische, die noch Kopf, Augen und Schwanz hatten, bestreute er mit roten und grünen und gelben Krümeln. Auf die Sülzen machte er lauter Schnörkel. Einem Schinken gab er einen Kragen und steckte eine sehr dünne Gabel hinein. Und auf die Cremeschüsseln legte er Mandeln und winzige runde Plätzchen. Und immer noch mehr Sachen kamen!
»Oh, ihr habt ja das Eis noch nicht gesehen!« sagte die Köchin. »Kommt mal mit!« ›Warum sie bloß so nett ist?‹ dachte Mond, als sie sie bei der Hand nahm und in den Kühlschrank schauen ließ.
Oh, wie herrlich! Es war ein kleines Haus! Es war ein kleines rosa Haus mit weißem Schnee auf dem Dach und grünen Fenstern und einer braunen Tür, und in der Tür steckte eine Nuß – die war der Türknauf!
»Laß mich mal anfassen! Bloß mal mit dem Finger aufs Dach tippen!« quengelte Sonne und sprang von einem Fuß auf den andern. Sie wollte immer alles Essen anfassen. Mond war nicht so.
»Und wie steht's mit dem Tisch?« sagte die Köchin zu Nellie, dem Mädchen.
»Der ist das reinste Bild, Min!« sagte Nellie. »Kommt bloß und schaut's euch an!« Sie gingen also alle ins Eßzimmer. Sonne und Mond fürchteten sich fast – zuerst wollten sie gar nicht bis vor den Tisch gehen. Sie blieben an der Tür stehen und starrten hinüber.
Es war noch nicht richtig Abend, aber die Vorhänge im Eßzimmer waren zugezogen, und die Lichter brannten – alle

Lichter waren rote Rosen! Rote Bänder und Rosensträußchen waren um die Tischtuchzipfel gebunden. In der Mitte war ein See, auf dem Rosenblütchen schwammen.
»Da kommt nachher das Eis hin«, sagte die Köchin.
Zwei silberne Löwen mit Flügeln trugen Obst auf dem Rücken, und die Salzfäßchen waren winzige Vögel, die aus Näpfen tranken.
Und all die blinkenden Gläser und schimmernden Teller und funkelnden Messer und Gabeln – und all die Eßsachen! Und die kleinen roten Servietten, die wie Rosen gebogen waren . . .
»Wollen die Leute das alles aufessen?« fragte Mond.
»Na, bestimmt!« lachte die Köchin, und Nellie lachte mit. Sonne lachte auch; sie machte immer alles nach, was andre Leute taten. Aber Mond war nicht zum Lachen zumute. Mit auf den Rücken gelegten Händen wanderte er immerzu um den Tisch, immer rundherum. Vielleicht wäre er nie stehengeblieben, wenn ihr Kinderfräulein sie nicht plötzlich gerufen hätte. »Kommt, Kinder! Höchste Zeit, daß ich euch wasche und anziehe!« Und sie wurden ins Kinderzimmer abgeschoben.
Als sie ausgezogen wurden, schaute Mutter zur Tür herein: sie hatte ein weißes Ding um die Schultern und rieb sich Zeugs ins Gesicht.
»Ich läute, Fräulein, wenn es soweit ist, und dann brauchen sie nur nach unten zu kommen, sich zeigen und wieder gehen«, sagte sie.
Mond wurde bis fast auf die Haut ausgezogen und dann wieder angezogen: er bekam ein weißes, mit roten und weißen Gänseblümchen bestreutes Hemd und eine Kniehose mit Verschnürung an den Seiten und Hosenträgern über dem Hemd, und weiße Söckchen und rote Schuhe.
»Das ist ein russisches Kostüm«, sagte das Kinderfräulein und strich ihm die Ponyfransen glatt.
»Ist es meins?« fragte Mond.
»Ja«, antwortete sie. »Setz dich still auf den Stuhl und schau deiner kleinen Schwester zu!«
Sonne stellte sich schrecklich an. Nachdem sie endlich die

Socken anhatte, tat sie, als wäre sie hintenüber aufs Bett gekippt, und strampelte mit den Beinen, wie sie es immer machte, und jedesmal, wenn das Fräulein ihr mit einem Finger und einer nassen Bürste die Locken eindrehen wollte, drehte sie den Kopf weg und wollte die Photographie in Fräuleins Brosche sehen oder sonst irgendwas. Aber endlich war Sonne fertig! Das Kleid stand ihr weit ab; es war ganz weiß, und ringsrum Pelz. Sogar auf den Beinen ihres Schlüpfers war flaumiges Zeugs. Die Schuhe waren weiß, mit dicken weißen Bommeln.

»Fertig, mein Lämmchen!« sagte ihr Kinderfräulein. »Du siehst wie eine süße, engelhafte Puderquaste aus!« Sie lief an die Tür: »Ma'am, nur einen Moment bitte!«

Mutter kam wieder herein – mit offenem Haar.

»Oh«, rief sie, »das reinste Bild!«

»Ja, nicht wahr?« sagte das Kinderfräulein.

Und Sonne hielt ihr Röckchen bei den Zipfeln hoch und stellte den einen Fuß vor. Mond machte sich nichts draus, wenn die Leute ihn nicht bewunderten – nicht viel jedenfalls ...

Danach saßen sie am Kindertisch und spielten saubere, ruhige Spiele, während ihr Kinderfräulein an der Tür stand, und als die Wagen vorzufahren begannen und Lachen und Stimmen und Kleidergeraschel von unten heraufdrangen, flüsterte sie: »Bleibt jetzt ganz brav auf eurem Platz!« Sonne zerrte dauernd an der Tischdecke, so daß sie auf ihrer Seite tief herunterhing und Mond überhaupt keine hatte – und dann tat sie noch so, als hätte sie es nicht absichtlich gemacht!

Endlich kam das Klingelzeichen. Das Kinderfräulein stürzte sich mit der Haarbürste auf sie, fuhr Mond noch mal über seine Ponyfransen, richtete Sonnes Haarschleife auf und legte ihnen die Hände ineinander.

»Jetzt nach unten gehen!« flüsterte sie.

Und sie gingen. Mond fand es dumm, daß sie sich bei der Hand halten sollten, aber Sonne machte es anscheinend Spaß. Sie schwenkte den Arm, so daß das Glöckchen an ihrem Korallenarmband klimperte.

Mutter stand an der Tür zum Salon und fächelte sich mit

einem schwarzen Fächer. Der Salon war voll gut riechender, seidig raschelnder Damen und voll komischer Herren in Schwarz, die mit den Schwänzen an ihren Jacken wie Käfer aussahen. Vater war mitten unter ihnen, sprach sehr laut und spielte mit etwas Klirrendem in seiner Hosentasche.

»Was für ein Bild!« riefen die Damen. »Oh, was für Schätzchen! Oh, was für Herzchen! Oh, wie süß! Oh, wie goldig!« Alle Leute, die nicht an Sonne herankommen konnten, küßten Mond, und eine magere alte Dame mit Zähnen, die klapperten, sagte zu ihm: »So ein ernster kleiner Mann!«, und klopfte ihm mit etwas Hartem auf den Kopf. Mond schaute sich um und suchte den Konzertmann, aber er war weg. Statt seiner beugte sich ein dicker Mann mit rosa Kopf über den Flügel und sprach mit einem Mädchen, das eine Geige an ihr Ohr hielt.

Ein einziger Mann war dabei, den Mond wirklich gut leiden konnte. Es war ein kleiner grauhaariger Mann mit langem grauem Backenbart, der ganz für sich allein herumging. Er kam auf Mond zu, zwinkerte sehr nett mit den Augen und sagte: »Hallo, junger Mann!« Dann ging er. Aber bald kam er zurück und fragte: »Hast du Hunde gern?« Mond sagte: »Ja.« Doch dann ging er wieder weg, und obwohl Mond sich die Augen nach ihm aussah, konnte er ihn nirgends finden. Er dachte: ›Vielleicht ist er rausgegangen und holt mir ein Hündchen.‹

»Gute Nacht, Kinderchen!« sagte Mutter und schlang die nackten Arme um sie. »Fliegt in euer kleines Nest hinauf!«

Doch nun stellte sich Sonne wieder mal an. Sie hob vor allen Leuten die Arme hoch und rief: »Mein Daddy soll mich rauftragen!«

Aber den Leuten gefiel es anscheinend, und Daddy bückte sich und nahm sie auf den Arm, wie er's immer tat.

Das Kinderfräulein war in solcher Eile, sie ins Bett zu stekken, daß sie Mond mitten im Gebet unterbrach und ihm zurief: »Mach ein bißchen schneller, Kind, hörst du?« Und im nächsten Augenblick lagen sie schon im Dunkeln, nur das Nachtlicht brannte auf der kleinen Untertasse.

»Schläfst du schon?« fragte Sonne.

»Nein«, sagte Mond. »Du schon?«
»Nein«, sagte Sonne.
Viel später wachte Mond auf. Von unten drang ein sehr lautes Geprassel herauf, als ob es regnete. Er hörte, wie Sonne sich umdrehte.
»Sonne, bist du wach?«
»Ja. Du auch?«
»Ja. Komm mit, wir wollen übers Geländer schauen!«
Sie hatten sich gerade auf die oberste Treppenstufe gesetzt, als die Salontür aufging, und sie bemerkten, wie die Gesellschaft durch die Halle ins Eßzimmer zog. Dann wurde die Tür zugemacht, und sie hörten Knallen und Lachen. Dann hörte es auf. Mond sah, wie sie immerzu um den herrlichen Tisch wanderten, immer rundherum und die Hände auf dem Rücken, wie er das getan hatte ... Rundherum wanderten sie, rundherum ... und schauten und schauten. Dem Mann mit dem grauen Backenbart gefiel das kleine Haus am besten. Als er die Nuß sah, die als Türknauf diente, zwinkerte er mit den Augen und sagte zu Mond: »Hast du die Nuß gesehen?«
»Nick nicht immer mit dem Kopf, Mond!«
»Tu' ich ja gar nicht! Du nickst!«
»Ist nicht wahr! Ich nicke nie mit dem Kopf!«
»Doch! Tust du ja jetzt schon wieder!«
»Nein, tu' ich nicht! Ich will dir bloß zeigen, wie man nicht nicken darf.«
Als sie wieder aufwachten, hörten sie Vaters sehr laute Stimme und Muter, die immerzu lachte. Vater kam aus dem Eßzimmer, sprang die Treppe rauf und wäre beinah über sie beide gefallen.
»Oho!« sagte er. »Nein, so etwas! Kitty, komm rauf und sieh dir das an!«
Die Mutter kam aus dem Eßzimmer. »Oh, ihr schlimmen Kinder!« rief sie von der Halle herauf.
»Wollen sie nach unten schaffen und ihnen einen Knochen geben!« sagte ihr Vater. Mond hatte ihn noch nie so lustig gesehen.
»Nein, auf keinen Fall!« sagte Mutter.

»Doch, mein Daddy, bitte! Bitte nimm uns mit!« sagte Sonne.
»Natürlich nehm' ich euch mit!« schrie Vater. »Ich lass' mir nichts verbieten! Kitty – Platz da!« Und er nahm unter jeden Arm eins von ihnen.
Mond glaubte, daß Mutter nun furchtbar böse sein würde. Aber nein! Sie lachte über Vater.
»Oh, du schlimmer Junge!« sagte sie. Doch sie meinte nicht Mond damit.
»Kommt mit, Kinderchen! Kommt und fallt über die Reste her!« sagte dieser lustige Vater. Aber Sonne blieb stehen.
»Mutter, dein Kleid ist auf einer Seite weggerutscht!«
»Wirklich?« sagte Mutter. Und Vater sagte: »Ja, stimmt«, und tat so, als wolle er sie in die weiße Schulter beißen, aber sie stieß ihn weg.
Und nun gingen sie in das wunderschöne Eßzimmer.
Aber o weh! Was war dort passiert? Die Bänder und die Rosen waren heruntergerissen. Die kleinen roten Servietten lagen auf dem Fußboden, und all die schimmernden Teller und die blinkenden Gläser waren schmutzig. Das leckere Essen, das der Mann so schön verziert hatte, war herumgestreut, und überall lagen Knochen und Krümel und Obstschalen und Reste. Sogar eine Flasche war umgekippt, und das Zeugs lief heraus, aufs Tischtuch, und niemand kam und stellte sie wieder hin.
Und das kleine rosa Haus mit dem Schneedach und den grünen Fenstern war kaputt! Halb geschmolzen stand es mitten auf dem Tisch.
»Komm her, Mond!« rief Vater, als hätte er es nicht bemerkt.
Sonne hob ihre Pyjamabeine und schlurfte zum Tisch, stellte sich auf einen Stuhl und quietschte.
»Etwas Eis gefällig?« sagte Vater und schlug noch ein Stück vom Dach ein.
Mutter nahm einen kleinen Teller und hielt ihn Vater hin; den andern Arm legte sie ihm um den Hals.
»Daddy, Daddy!« kreischte Sonne. »Der Türknopf ist noch dran! Die kleine Nuß! Kann ich die haben?« Und sie griff über den Tisch und zog die Nuß heraus, biß fest zu und knabberte sie blinzelnd auf.

»Komm her, mein Junge!« sagte Vater.
Aber Mond rührte sich nicht von der Tür weg. Plötzlich warf er den Kopf in den Nacken und stieß ein Jammergeschrei aus.
»Ich find's scheußlich!« schluchzte er. »Scheußlich!«
»Da hast du's!« sagte Mutter. »Da hast du's!«
»Marsch, raus mit dir!« sagte Vater und war gar nicht mehr lustig. »Raus, aber rasch!«
Und laut jammernd stampfte Mond ins Kinderzimmer hinauf.

Feuille d'Album

— — — — — — — — — — — — — — —

Er war wirklich ein unmöglicher Mensch! Viel zu scheu! Hatte einfach nichts vorzuweisen. Und was für eine Zumutung! War er einmal bei einem im Atelier, dann wußte er nie, wann er wegzugehen hatte, sondern blieb und blieb, bis man fast hätte schreien können und ihm, wenn er sich endlich errötend verdrückte, am liebsten etwas Tolles nachgeworfen hätte — etwa den Kachelofen. Das Seltsame war, daß er auf den ersten Blick äußerst interessant aussah. Das gaben alle zu. Bummelte man zum Beispiel abends ins Café, dann sah man ihn mit einem Glas Kaffee vor sich in einer Ecke sitzen: einen mageren, dunkelhaarigen Jungen, der einen blauen Pulli trug und sich eine leichte graue Flanelljacke darübergeknöpft hatte. Und der blaue Pulli und die graue Jacke mit den zu kurzen Ärmeln verliehen ihm irgendwie das Aussehen eines Jungen, der sich entschlossen hat, auszureißen und zur See zu gehen, ja, der tatsächlich schon ausgerissen ist und im nächsten Augenblick aufstehen wird, um ein zusammengeknotetes Taschentuch, das sein Nachthemd und ein Bild seiner Mutter enthält, ans Ende eines Spazierstocks zu knüpfen und in die Nacht hinauszulaufen und zu ertrinken ... schon auf dem Weg zum Schiff über den Rand der Mole stolpernd ... Er hatte kurzgeschorenes schwarzes Haar, graue Augen mit langen Wimpern, blasse Wangen und etwas aufgeworfene Lippen, als wäre er entschlossen, nicht zu weinen ... Wie hätte man ihm widerstehen können? Ach, sein Anblick zerriß einem das Herz. Und als wäre das nicht genug, hatte er obendrein die Eigenheit, rot zu werden ... Sooft der Kellner in seine Nähe kam, wurde er rot — als käme er gerade aus dem Gefängnis und der Kellner wisse Bescheid ...

»Wer ist das, Liebes? Kennst du ihn?«

»Ja. Er heißt Jan French. Ein Maler. Furchtbar begabt, wie es heißt. Jemand wollte ihm mal die zärtliche Fürsorge einer Mutter angedeihen lassen. Fragte ihn, wie oft er von zu Hause höre, ob er genug Wolldecken auf seinem Bett habe,

und wieviel Milch er täglich trinke. Doch als die betreffende Person dann zu seinem Atelier ging, um sich um seine Socken zu kümmern, läutete und läutete sie, und obwohl sie hätte schwören können, daß sie drin jemand atmen hörte, wurde die Tür nicht geöffnet . . . Hoffnungslos!
Eine andere fand, daß er sich verlieben müsse. Sie rief ihn neben sich, nannte ihn ›Boy‹ und lehnte sich weit vor, damit er den bezaubernden Duft ihrer Haare riechen solle; sie nahm ihn beim Arm und sagte ihm, wie wundervoll das Leben sein könne, wenn man nur den Mut dazu hätte, und eines Abends ging sie zu seinem Atelier und läutete und läutete . . . Hoffnungslos!
›Was der arme Junge wirklich braucht: er muß mal gründlich aufgerüttelt werden!‹ sagte eine dritte. Sie gingen also in Cafés und Kabaretts, zu kleinen Tanzveranstaltungen und in Lokale, wo es etwas zu trinken gab, das wie Aprikosensaft aus der Büchse schmeckte, aber siebenundzwanzig Shilling die Flasche kostete und Champagner genannt wurde, und in andere Lokale, unbeschreiblich aufregende, wo man im gruseligsten Dämmerdunkel saß und wo stets am Abend vorher jemand erschossen worden war. Aber er verzog keine Miene. Nur einmal war er sehr betrunken, doch anstatt aus sich herauszugehen, saß er versteinert da, mit zwei roten Flecken auf der Wange wie . . . ja meine Liebe, wie das Urbild von dem Ragtime-Schlager, den sie gerade spielten: wie eine ›zerbrochene Puppe‹. Doch als sie ihn in sein Atelier zurückbrachte, hatte er sich gänzlich erholt und sagte ihr unten auf der Straße gute Nacht, als wären sie zusammen von der Kirche nach Hause gegangen . . . Hoffnungslos!
Nach wer weiß wieviel weiteren Versuchen – denn bei Frauen stirbt die Nächstenliebe sehr langsam – gaben sie ihn auf. Natürlich waren sie immer noch ganz reizend zu ihm und luden ihn zu ihren Ausstellungen ein und sprachen im Café mit ihm, doch das war alles. Wenn man Künstlerin ist, hat man einfach keine Zeit für Leute, die nicht entgegenkommend sind – oder?
Und außerdem glaube ich wirklich, daß irgendwo etwas Verdächtiges dahinterstecken muß, meinst du nicht? Es kann

nicht alles so unschuldig sein, wie es aussieht. Warum kommt er nach Paris, wenn er das bescheidene Veilchen spielen will? Ich bin ja nicht mißtrauisch, aber ...«

Er wohnte ganz oben in einem hohen, trübseligen Gebäude, das auf den Fluß blickte – eins jener Häuser, die in Regennächten und an mondhellen Abenden so romantisch aussehen, wenn die Läden und die schwere Haustür geschlossen sind und das Schild ›Kleines Zimmer sofort zu vermieten!‹ unsagbar traurig hervorschimmert –, eins jener Häuser, die das ganze Jahr hindurch so unromantisch riechen und wo die Concierge im Erdgeschoß in einem Glaskäfig wohnt und, in einen schmutzigen Schal gehüllt, etwas Undefinierbares in einem Kochtopf umrührt und den fetten, alten Hund, der sich auf einem Perlstickereikissen räkelt, löffelweise mit Lekkerbissen füttert ... Das Atelier hoch oben in Lüften hatte eine wunderbare Aussicht. Die beiden großen Fenster blickten aufs Wasser; er konnte die Boote und die Kähne sehen, die auf und ab schaukelten, und den Rand einer mit Blumen bepflanzten Insel, die einem runden Bukett glich. Das Seitenfenster blickte zu einem andern Haus hinüber, das noch armseliger und engbrüstiger war, und tief unten war ein Blumenmarkt. Man konnte die Dächer der riesigen Schirme sehen, unter denen die leuchtenden Blumen wie Rüschen hervorschimmerten, und Marktbuden unter gestreiftem Zeltstoff, wo Pflanzen in Kästen und Klumpen feucht glänzender Palmen in Terrakottagefäßen verkauft wurden. Alte Frauen huschten wie Krabben zwischen den Blumen hin und her. Er hatte es wirklich nicht nötig auszugehen. Wenn er so lange am Fenster gesessen hätte, bis ihm ein weißer Bart aus dem Fenster gewachsen wäre, hätte er immer noch etwas zum Zeichnen gefunden.

Wie die liebevollen Damen gestaunt hätten, wenn es ihnen gelungen wäre, die Tür aufzubrechen! Er hielt nämlich sein Atelier so ordentlich wie ein Schmuckkästchen. Alles war so angeordnet, daß es ein Muster bildete, ein kleines ›Stilleben‹ sozusagen: die Kochtöpfe mit den Deckeln an der Wand über dem Gasherd, auf dem Regal die Schüssel mit den Eiern, der Milchkrug und die Teekanne, und auf dem Tisch die

Bücher und die Lampe mit dem gefältelten Papierschirm. Ein indischer Schal mit einer Kante ringsherum laufender roter Leoparden bedeckte tagsüber sein Bett, und auf der Wand neben dem Bett befand sich, wenn man lag, in Augenhöhe, ein kleiner, sauber mit Druckbuchstaben beschriebener Zettel: STEH SOFORT AUF!

Alle Tage glichen sich ziemlich genau. Solange das Licht günstig war, schuftete er an seiner Malerei, dann kochte er seine Mahlzeiten und räumte das Zimmer auf. Und abends ging er ins Café, oder er blieb zu Hause und las, oder er stellte die kniffligste Ausgabenliste zusammen mit der Überschrift: ›Womit ich auskommen sollte‹, und unten drunter die eidesstattliche Erklärung: ›Ich gelobe, diesen Betrag während des nächsten Monats nicht zu überschreiten. Gezeichnet, Jan French.‹

Nichts war daran verdächtig, doch die scharfsichtigen Damen hatten ganz recht: es war nicht alles.

Eines Abends saß er am Seitenfenster, aß Pflaumen und warf die Steine auf die Dächer der riesigen Sonnenschirme am leeren Blumenmarkt. Es hatte geregnet – der erste richtige Frühlingsregen des Jahres war niedergegangen, ein helles Glitzern lag auf allem, und die Luft roch nach Knospen und feuchter Erde. Viele schläfrig und zufrieden klingende Stimmen schallten durch die dämmerige Luft, und die Leute, die eigentlich die Fenster schließen und die Läden dichtmachen wollten, lehnten sich statt dessen hinaus. Tief unten auf dem Markt waren die Bäume mit frischem Grün besprenkelt. Was für Bäume mochten es sein? fragte er sich. Und nun kam der Laternenanzünder! – Er blickte auf das Haus gegenüber, auf das engbrüstige, armselige Haus, und plötzlich öffnete sich wie eine Antwort auf seinen Blick eine Balkontür. Ein Mädchen trat auf den winzigen Balkon und trug einen Topf mit Narzissen. Es war ein merkwürdig mageres Mädchen in einer dunklen Schürze, und um das Haar hatte sie sich ein rotes Tuch gebunden. Die Ärmel waren fast bis zu den Schultern hochgekrempelt, und ihre schlanken Arme hoben sich vom dunklen Stoff ab.

»Ja, es ist wirklich warm genug. Es wird ihnen guttun«, sagte sie, stellte den Topf hin und drehte sich zu jemand im Zimmer um. Als sie sich umdrehte, hob sie die Hände zum Kopftuch auf und steckte ein paar Haarsträhnen weg. Sie blickte auf den verlassenen Marktplatz hinunter und dann zum Himmel auf, doch dort, wo er saß, hätte ebensogut ein Loch in der Luft sein können. Sie sah das gegenüberliegende Haus einfach nicht. Und dann verschwand sie.

Das Herz fiel ihm aus dem Seitenfenster seines Ateliers und hinunter auf den Balkon des gegenüberliegenden Hauses: es begrub sich im Narzissentopf zwischen den halbgeöffneten Knospen und den grünen Blattspießen ... Das Zimmer mit dem Balkon war das Wohnzimmer, und nebenan war die Küche. Er hörte das Geschirrklappern, wenn sie nach dem Abendbrot abwusch, und dann trat sie ans Fenster, klopfte einen kleinen Abwaschpinsel am Fenstersims aus und hängte ihn zum Trocknen an einen Nagel. Nie sang sie, nie öffnete sie die Zöpfe oder reckte sie die Arme zum Mond auf, wie es junge Mädchen angeblich tun. Und sie trug immer die gleiche dunkle Schürze und das gleiche rote Tuch über dem Haar ... Mit wem wohnte sie zusammen? Niemand sonst trat an die beiden Fenster, und doch sprach sie immer mit jemandem im Zimmer. Vielleicht war ihre Mutter gebrechlich, meinte er – sie übernahmen Näharbeiten – der Vater lebte nicht mehr. Er war Journalist gewesen – sehr blaß – mit langen Schnurrbartenden und einer Strähne schwarzer Haare, die ihm in die Stirn fiel. Indem sie den ganzen Tag arbeiteten, verdienten sie gerade genug Geld, um davon zu leben, doch gingen sie nie aus, und Freunde hatte sie keine. Wenn er sich jetzt an seinen Tisch setzte, mußte er eine ganz neue Liste eidesstattlicher Erklärungen zusammenstellen: nicht vor einer bestimmten Stunde ans Seitenfenster gehen ... Gezeichnet, Jan French. Nicht an sie denken, ehe das Malgerät weggeräumt ist. Gezeichnet, Jan French.

Es war ganz einfach: sie war der einzige Mensch, den er wirklich kennenlernen wollte, denn wie er meinte, war sie der einzige andere lebende Mensch, der genauso alt war wie er. Kichernde Mädchen konnte er nicht ausstehen, und mit erwachsenen Frauen konnte er nichts anfangen. Sie war so alt wie er, sie war ... hm, ja, genauso wie er. Er saß in seinem dämmerigen Atelier, müde, den einen Arm über die Rückenlehne seines Stuhls baumelnd, und starrte auf ihr Fenster, bis er sich drüben bei ihr sah. Sie war von heftiger Gemütsart: manchmal zankten sie sich schrecklich, er und sie. Sie hatte eine Art, mit dem Fuß aufzustampfen und die Hände wütend in der Schürze zu verkrempeln. Und lachen tat sie sehr selten. Nur wenn sie ihm von einem komischen kleinen Kätzchen erzählte, das sie einmal gehabt hatte und das immer losschrie, wenn es Fleisch zu essen bekam, und sich anstellte, als wäre es eine Löwin. Über solche Dinge mußte sie lachen ... Doch meistens saßen sie sehr ruhig beieinander; er saß da, wie er jetzt eben dasaß, und sie hatte die Hände im Schoß gefaltet und die Füße untergezogen: mit leiser Stimme unterhielten sie sich, oder sie waren nach des Tages Arbeit müde und schwiegen. Natürlich erkundigte sie sich nie nach seinen Bildern, und natürlich machte er die herrlichsten Skizzen von ihr, die sie aber verabscheute, weil er sie so mager und so dunkel zeichnete ... Aber wie sollte er es anstellen, um sie kennenzulernen? So konnte es ja noch jahrelang weitergehen ...

Dann entdeckte er, daß sie einmal wöchentlich abends ausging, um einzukaufen. An zwei aufeinanderfolgenden Donnerstagen kam sie ans Fenster, trug einen altmodischen Umhang über der Schürze und hatte einen Korb am Arm. Von dort aus, wo er saß, konnte er die Tür ihres Hauses nicht sehen, aber am nächsten Donnerstagabend um dieselbe Zeit haschte er nach seiner Mütze und rannte die Treppe hinunter. Ein schönes rotes Licht lag über allem. Er sah es auf dem Fluß glühen, und die ihm entgegenkommenden Leute hatten rötliche Gesichter und rötliche Hände.

Er lehnte sich an die Außenwand seines Hauses, wartete auf sie und hatte keine Ahnung, was er tun oder sagen sollte. ›Da kommt sie!‹ sagte eine Stimme in seinem Kopf. Sie ging sehr rasch, mit kleinen, leichten Schritten. In der einen Hand trug sie den Korb, mit der andern hielt sie den Umhang zusammen. Was konnte er tun? Er konnte ihr nur nachgehen. Zuerst ging sie zum Kaufladen und blieb lange Zeit drin, und dann ging sie zum Metzger, wo sie warten mußte, bis sie an die Reihe kam. Dann war sie eine Ewigkeit in einem Stoffgeschäft und suchte etwas in einer passenden Farbe, und dann ging sie in den Obstladen und kaufte eine Zitrone. Während er sie beobachtete, war er mehr denn je überzeugt, daß er sie kennenlernen müsse, jetzt gleich. Ihre Gefaßtheit, ihr Ernst und ihre Einsamkeit, sogar die Art, wie sie ging, als wäre sie drauf aus, diese Erwachsenenwelt hinter sich zu lassen — das alles fand er so natürlich und so unvermeidbar. ›Ja, so ist sie immer‹, dachte er stolz. ›Mit diesen Leuten haben wir nichts zu schaffen!‹

Doch jetzt war sie auf dem Heimweg, und er war ihr so fern wie nur je ... Plötzlich bog sie in den Milchladen ein, und durchs Schaufenster sah er, wie sie ein Ei kaufte. Sie suchte es mit einer solchen Sorgfalt im Korb aus — ein braunes, ein schön geformtes, das Ei, das auch er gewählt hätte. Und als sie aus dem Milchladen trat, ging er nach ihr hinein. Im Nu war er wieder draußen und folgte ihr ... an seinem Haus vorbei und über den Blumenmarkt wand er sich zwischen den riesigen Sonnenschirmen hindurch und trat auf die abgefallenen Blumen und die Abdrücke, wo die Töpfe gestanden hatten ... Durch ihre Haustür stahl er sich, und nach ihr die Treppe hinauf, achtsam, im Takt mit ihr aufzutreten, so, daß sie es nicht merken sollte. Endlich blieb sie in ihrem Stockwerk stehen und holte den Schlüssel aus ihrer Handtasche. Als sie ihn in die Tür steckte, sprang er hinauf und stand vor ihr.

Er errötete mehr denn je, sah sie aber streng an und sagte beinah zornig: »Entschuldigen Sie, Mademoiselle, Sie haben das hier fallen lassen!«

Und reichte ihr ein Ei.

Eine Gewürzgurke

Und dann, nach sechs Jahren, sah sie ihn wieder. Er saß an einem der kleinen Bambustische, die mit Papiernarzissen in japanischen Vasen geschmückt waren. Ein hoher Aufsatz mit Obst stand vor ihm, und sehr sorgfältig – auf eine Art, die sie sogleich als seine ihm eigene Art wiedererkannte – schälte er sich eine Apfelsine.

Er mußte gespürt haben, was für ein Schock das Wiedererkennen für sie war, denn er sah auf und begegnete ihren Blicken. Unglaublich! Er erkannte sie nicht! Sie lächelte; er zog die Brauen zusammen. Sie ging auf ihn zu. Einen kurzen Augenblick schloß er die Augen, doch als er sie wieder öffnete, leuchtete sein Gesicht auf, als hätte er in einem dunklen Zimmer ein Streichholz angezündet. Er legte die Apfelsine hin und stieß seinen Stuhl zurück, und sie nahm ihre warme kleine Hand aus ihrem Muff und reichte sie ihm.

»Vera!« rief er. »Wie merkwürdig! Einen Augenblick hatte ich dich wirklich nicht erkannt! Willst du nicht Platz nehmen? Hast du schon Mittag gegessen? Möchtest du Kaffee?«

Sie zögerte, aber natürlich wollte sie gern.

»Ja, ich nehme gern einen Kaffee.« Und sie setzte sich ihm gegenüber.

»Du hast dich verändert! Du hast dich sehr verändert«, sagte er und betrachtete sie mit aufmerksamen, interessierten Blicken. »Du siehst so gut aus! Noch nie habe ich dich so wohl gesehen!«

»Tatsächlich?« Sie hob den Schleier ein wenig und knöpfte den hohen Pelzkragen auf. »Ich fühle mich aber nicht sehr wohl. Ich kann nämlich dieses Wetter nicht ertragen.«

»Ach ja! Die Kälte hast du immer gehaßt . . .«

»Ich kann sie nicht ausstehen!« Sie schauderte. »Und das Schlimmste daran ist, daß, je älter man wird . . .«

Er unterbrach sie. »Entschuldige!« Er klopfte auf den Tisch und rief die Kellnerin herbei. »Bitte, einmal Kaffee mit Sahne.« Und zu ihr gewandt: »Willst du bestimmt nichts essen? Vielleicht etwas Obst? Das Obst ist hier sehr gut!«

»Nein, danke! Nichts.«
»Dann ist das also erledigt!« Und, gerade ein bißchen zu selbstzufrieden lächelnd, nahm er wieder die Apfelsine auf.
»Du wolltest eben sagen: je älter man wird . . .«
». . . desto kälter«, lachte sie. Aber sie dachte, wie gut sie sich noch an seine widerliche Gewohnheit erinnerte, sie zu unterbrechen, und wie sie das vor sechs Jahren stets zur Verzweiflung gebracht hatte. Damals war es ihr immer so, als hätte er ihr mitten in dem, was sie sagen wollte, die Hand auf den Mund gelegt und sich abgewandt und mit etwas anderem beschäftigt, und dann die Hand wieder weggenommen und ihr mit genau demselben, ein bißchen zu selbstzufriedenen Lächeln wieder seine Aufmerksamkeit geschenkt . . . Jetzt sind wir soweit. Das ist also erledigt.
»Desto kälter.« Seine Worte kamen wie ein Echo, das Lachen ebenfalls. »Haha! Du sagst noch immer die gleichen Dinge! Und noch etwas anderes an dir hat sich überhaupt nicht verändert – deine schöne Stimme – deine schöne Sprechstimme!« Jetzt war er sehr ernst; er beugte sich zu ihr hinüber, und sie vermerkte den feurigen, beißenden Geruch der Apfelsinenschale. »Du brauchtest nur ein Wort zu sagen, und ich würde deine Stimme unter hundert anderen herauskennen. Ich weiß nicht, was es ist – hab's mich oft gefragt –, weshalb deine Stimme einem so im Gedächtnis haftenbleibt . . . Erinnerst du dich an den ersten Nachmittag, den wir gemeinsam in Kew Gardens verbrachten? Du warst so überrascht, weil ich von keiner einzigen Blume den Namen wußte. Ich bin noch genauso unwissend, obwohl du mich belehrt hattest. Aber sobald es schön und warm ist und ich leuchtende Farben sehe, dann – ist es nicht seltsam? – höre ich deine Stimme sagen: ›Geranien, Ringelblumen und Verbenen!‹ Und mir ist dann, als wären die drei Worte alles, was mir von einer längst vergessenen, himmlischen Sprache haftengeblieben ist . . . Erinnerst du dich an den Nachmittag?«
»O ja, sehr gut!« Sie schöpfte sehr tief Atem, als dufteten die Papiernarzissen zwischen ihnen fast unerträglich süß. Was ihr jedoch von jenem Nachmittag im Gedächtnis geblieben

war, das war die lächerliche Szene am Teetisch. In der Chinesischen Pagode hatten sehr viele Leute Tee getrunken, und er hatte sich wegen der Wespen wie ein Verrückter benommen – hatte sie fortgescheucht und so streng und verbittert mit seinem Strohhut nach ihnen geschlagen, wie es in keinem Verhältnis zu dem Anlaß stand. Wie entzückt die kichernden Leute zugeschaut hatten! Und wie sie darunter gelitten hatte!

Doch als er jetzt sprach, verblaßte ihre Erinnerung – er erinnerte sich genauer. Ja, es war ein wunderschöner Nachmittag gewesen, voller Geranien und Ringelblumen und Verbenen – und warmem Sonnenschein. Ihre Gedanken zogen die letzten beiden Worte in die Länge, als wollte sie sie singen. Und in dieser imaginären Wärme erblühte noch eine andere Erinnerung. Sie sah sich auf einem Rasen sitzen. Er lag neben ihr, und plötzlich, nach längerem Schweigen, rollte er herum und legte seinen Kopf in ihren Schoß.

»Ich wünschte«, sagte er mit leiser, bedrückter Stimme, »ich hätte Gift genommen und läge jetzt im Sterben – jetzt und hier.«

Im gleichen Augenblick sprang ein kleines Mädchen in weißem Kleid, eine lange, tropfnasse Seerose in der Hand, hinter einem Busch hervor, starrte sie beide an und sprang wieder weg. Aber er sah es nicht. Sie beugte sich über ihn.

»Oh, warum sagst du das? Ich könnte so etwas nicht sagen.«

Er aber stieß einen leisen Seufzer aus, nahm ihre Hand und hielt sie an seine Wange: »Weil ich weiß, daß ich dich zu sehr lieben werde – viel zu sehr! Und ich werde furchtbar darunter leiden, Vera, weil du mich nie so lieben wirst, nie!«

Er sah jetzt bestimmt viel besser aus als damals. Die ganze Unentschlossenheit und verträumte Unsicherheit hatte er abgelegt. Jetzt sah er aus wie ein Mann, der seinen Platz im Leben gefunden hat und ihn mit einer Zuversicht und Sicherheit ausfüllt, die, um das mindeste zu sagen, eindrucksvoll waren. Er mußte auch Geld verdient haben. Sein Anzug war bewundernswert, und nun holte er gar noch ein russisches Zigarettenetui aus der Tasche.

»Rauchst du?«

»Ja, gern.« Sie warf einen Blick darauf. »Sie sehen sehr gut aus!«
»Sie sind es auch! Ich lasse sie mir von einem kleinen Ladeninhaber in der St. James's Street anfertigen. Ich rauche nicht sehr viel – bin nicht wie du. Aber wenn ich's tue, müssen es erstklassige, ganz frische Zigaretten sein. Rauchen ist bei mir keine Gewohnheit, sondern ein Luxus – wie Parfüm. Schwärmst du noch immer so für Parfüm? Als ich in Rußland war . . .«
Sie unterbrach ihn: »Du bist wirklich in Rußland gewesen?«
»Ja. Über ein Jahr war ich dort. Weißt du noch, wie wir immer davon sprachen, nach Rußland zu gehen?«
»Ich hab's nicht vergessen.«
Er stieß ein sonderbar unterdrücktes Lachen aus und lehnte sich zurück. »Ist es nicht merkwürdig? Ich habe tatsächlich all die Reisen unternommen, die wir geplant hatten. Ja, ich war in all den Orten, von denen wir gesprochen hatten, und bin lange genug dort geblieben, um mich, wie du es immer nanntest, ›durchzulüften‹. Eigentlich habe ich die letzten drei Jahre meines Lebens ausschließlich auf Reisen zugebracht: in Spanien, Korsika, Sibirien, Rußland und Ägypten. Das einzige Land, das ich nicht aufgesucht habe, ist China, und ich habe im Sinn, auch dort hinzugehen, wenn der Krieg vorbei ist.«
Während er so leichthin erzählte und das Ende seiner Zigarette in den Aschenbecher schnippte, spürte sie, wie das seltsame Tier in ihrer Brust, das so lange geschlummert hatte, sich zu regen begann, sich streckte, gähnte, die Ohren spitzte und plötzlich aufsprang und seinen sehnsüchtigen, ausgehungerten Blick auf jene fernen Länder richtete. Doch sie lächelte nur und sagte sanft: »Wie ich dich beneide!«
Er glaubte es gern. »Es war ganz herrlich«, sagte er, »vor allem Rußland. Rußland war all das, was wir uns vorgestellt hatten, und noch viel, viel mehr. Ich habe sogar ein paar Tage auf einem Flußdampfer auf der Wolga gelebt. Erinnerst du dich an das Lied der Wolgaschiffer, das du immer spieltest?«
»Ja.« Und schon hörte sie es im Geiste.

»Spielst du es jetzt auch noch?«
»Nein, ich habe kein Klavier!«
Er war verblüfft. »Was? Dein prachtvoller Flügel – was ist denn aus dem geworden?«
Sie verzog das Gesicht. »Verkauft! Schon vor langer Zeit.«
»Aber du hast doch Musik so geliebt?« staunte er.
»Ich habe jetzt keine Zeit mehr dafür.«
Er ließ es dabei bewenden und fuhr fort: »Das Leben auf dem Fluß ist wirklich etwas ganz Besonderes. Nach ein, zwei Tagen kann man nicht mehr verstehen, daß man jemals anders gelebt hat. Und es ist nicht nötig, die Sprache zu können – das Leben auf dem Schiff schafft ein Band, das völlig ausreicht. Man ißt mit den Leuten, verbringt den Tag mit ihnen, und am Abend beginnt das Singen, das nie endende.«
Sie schauerte zusammen und hörte das Lied der Wolgaschiffer mächtig und tragisch anschwellen – sah das Schiff weitergleiten auf dem dunkler werdenden Strom mit den schwermütigen Bäumen an seinen Ufern ... »Ja, das würde mir gefallen«, sagte sie, und streichelte ihren Muff.
»Das Leben in Rußland würde dir überhaupt gefallen«, sagte er überzeugt. »Es ist so schlicht, so impulsiv, so selbstverständlich. Und die Bauern sind wirklich prächtig. Sie sind so menschlich – ja, das ist es! Sogar der Kutscher, der einen fährt, nimmt aufrichtigen Anteil an allem, was vor sich geht. Ich erinnere mich da an einen Abend, als wir – zwei Bekannte von mir und die Frau des einen – zu einem Picknick ans Schwarze Meer fuhren. Wir nahmen Abendbrot und Champagner mit und aßen und tranken im Gras. Und als wir aßen, kam der Kutscher und sagte: ›Nehmen Sie eine Gewürzgurke!‹ Er wollte uns etwas abgeben. Es paßte so gut ins Bild, war so richtig – verstehst du, wie ich's meine?«
Und im gleichen Augenblick sah sie sich im Grase sitzen, vor sich das geheimnisvolle Schwarze Meer, das so samtschwarz war und leise, samtene Wellchen ans Ufer schickte. Sie sah den am Straßenrand haltenden Wagen und die kleine Gruppe im Gras, deren Gesichter und Hände das Mondlicht versilberte. Sie sah das ausgebreitete, helle Kleid der Frau und neben ihr den zusammengerollten Sonnenschirm, der einer

riesengroßen Häkelnadel aus Perlmutter glich. Und abseits saß der Kutscher und hatte sein Essen in einem Tuch auf dem Schoß. ›Nehmen Sie eine Gewürzgurke!‹ sagte er, und obwohl sie nicht ganz genau wußte, was eine Gewürzgurke war, sah sie das grünliche Glas, durch das – zwischen den Gurken – eine rote Paprikaschote wie ein Papageienschnabel hervorschimmerte. Es zog ihr den Mund zusammen: die Gewürzgurke war furchtbar scharf ...

»Ja, ich verstehe sehr gut, was du meinst«, sagte sie.

In der Pause, die nun entstand, blickten sie einander an. Wenn sie sich früher so angeblickt hatten, war ein so grenzenloses Verstehen zwischen ihnen gewesen, als hätten sich ihre Seelen gewissermaßen umarmt und wären wie ein tragisches Liebespaar ins Meer gesprungen, glücklich, im Tode vereint zu sein. Es überraschte sie daher sehr, daß er jetzt derjenige war, der sich zurückhielt. Er sagte: »Was für eine wunderbare Zuhörerin du bist! Wenn du mich mit so schwärmerischen Augen anblickst, dann ist mir, als könnte ich über Dinge mit dir sprechen, die ich mit keinem andern Menschen teilen würde!« Schwang nicht auch ein Hauch Spott in seiner Stimme mit – oder bildete sie sich das nur ein? Sie könnte es nicht mit Bestimmtheit sagen.

»Ehe ich dich kennenlernte«, sagte er, »hatte ich nie zu jemand über mich gesprochen. Wie gut erinnere ich mich an einen besonderen Abend – jenen Abend, als ich dir den kleinen Weihnachtsbaum brachte –, wie ich dir alles über meine Kindheit erzählte, und daß ich so unglücklich war und ausriß und mich zwei Tage unter einem Wagen in unserm Hof versteckte, ehe man mich fand. Und du hörtest mir zu, und deine Augen leuchteten, und mir war, als hättest du sogar den kleinen Weihnachtsbaum angestiftet, mir zuzuhören – genau wie in einem Märchen!«

Aber von jenem Abend war ihr nur eine kleine Dose mit Kaviar in Erinnerung geblieben. Sie hatte sieben Shilling und sechs Pence gekostet. Er konnte nicht darüber hinwegkommen. Zu denken, daß ein so winziges Büchschen sieben Shilling und sechs Pence gekostet hatte! Während sie davon aß, hatte er ihr hingerissen und empört zugeschaut.

›Nein, wirklich, das nenne ich Geld essen. In eine so winzige Büchse gingen sieben Shillingstücke nicht mal hinein! Stell dir vor, was daran verdient wird . . .‹ Und er hatte sich auf eine ungeheuer schwierige Berechnung eingelassen . . . Doch nun genug vom Kaviar. Der Weihnachtsbaum stand auf dem Tisch, und der kleine Junge lag unter dem Wagen und hatte den Kopf an den Hofhund geschmiegt.
»Der Hund hieß Bosun!« rief sie begeistert.
Aber er kam nicht mit.
»Welcher Hund? Hast du einen Hund besessen? Ich kann mich an keinen Hund erinnern!«
»Nein, natürlich nicht! Ich meine den Hofhund – damals, als du ein kleiner Junge warst!«
Er lachte und ließ das Zigarettenetui zuschnappen. »Hieß er so? Denk dir, das habe ich vergessen. Es scheint so ewig lange her! Ich kann gar nicht glauben, daß es erst sechs Jahre her ist! Nachdem ich dich heute wiedererkannt hatte, mußte ich einen gewaltigen Sprung rückwärts machen – einen Sprung über mein ganzes Leben, um mich in jener Zeit zurechtzufinden. Was für ein Kind war ich damals!« Er trommelte mit den Fingern auf den Tisch. »Ich habe oft gedacht, wie ich dich gelangweilt haben muß. Und jetzt verstehe ich auch völlig, warum du mir so geschrieben hast – obwohl der Brief damals fast mein Leben zerstört hat. Ich habe ihn neulich wiedergefunden, und als ich ihn las, mußte ich lachen. Er war so gescheit – entwarf ein so wahres Bild von mir!« Er blickte auf. »Du gehst doch noch nicht?«
Sie hatte ihren Kragen zugeknöpft und den Schleier heruntergezogen.
»Ja, leider muß ich gehen«, sagte sie und brachte ein Lächeln zustande. Jetzt wußte sie, er hatte sie nicht ernst genommen.
»Ach nein, bitte nicht!« bettelte er. »Bleib noch einen kleinen Augenblick!« Er nahm einen ihrer Handschuhe vom Tisch und hielt ihn fest, als könne er sie dadurch am Gehen hindern. »Ich bin jetzt so selten mit Menschen zusammen, mit denen ich mich unterhalten kann, daß ich der reinste Barbar geworden sein muß«, sagte er. »Habe ich dich irgendwie gekränkt?«

»Überhaupt nicht!« log sie. Doch als sie sah, wie er ihren Handschuh so sanft und zart streichelte, verflog ihr Ärger tatsächlich, und außerdem sah er jetzt fast so wie vor sechs Jahren aus . . .
»Was ich mir damals wirklich wünschte«, sagte er leise, »das war, eine Art Teppich zu sein – mich in einen Teppich zu verwandeln, auf dem du einherschreiten solltest, damit du nicht die spitzen Steine zu fürchten brauchtest und nicht den Schmutz, der dir so widerwärtig war. Etwas Bestimmteres, etwas Selbstsüchtiges war es nicht! Nur wollte ich mich dann wirklich unbedingt in einen Zauberteppich verwandeln und dich in all die Länder entführen, die du so gerne sehen wolltest.«
Während er sprach, hob sie den Kopf, wie um zu trinken: das seltsame Tier in ihrer Brust begann zu schnurren . . .
»Ich spürte, daß du einsamer warst als irgendwer in der Welt«, fuhr er fort, »und doch vielleicht der einzige Mensch in der Welt, der wirklich und wahrhaft lebendig war. Außerhalb deiner Zeit geboren«, murmelte er und streichelte den Handschuh. »Vom Schicksal so bestimmt.«
O Gott, was hatte sie getan! Wie hatte sie nur wagen können, ihr Glück so wegzuwerfen? Er war der einzige Mann, der sie jemals verstanden hatte! War es zu spät? Konnte es zu spät sein? Der Handschuh, den er in den Fingern hielt, war ja sie selber! . . .
»Hinzu kam die Tatsache, daß du keine Freunde hattest und dich nie mit andern Menschen angefreundet hattest! Wie ich das verstand, denn mir war es ebenso ergangen. Ist es jetzt noch immer so?«
»Ja«, hauchte sie. »Ich bin so allein wie immer.«
»Und ich auch«, lachte er leise. »Ganz genauso!«
Mit einer jähen Bewegung gab er ihr plötzlich den Handschuh wieder und scharrte mit seinem Stuhl über den Fußboden. »Doch was mir damals so rätselhaft vorkam, ist mir jetzt völlig klar. Und dir natürlich auch . . . Wir waren einfach derartige Egoisten, so mit uns selbst beschäftigt und so ichbefangen, daß wir in unsern Herzen keinen Winkel für andre Menschen hatten. Denk dir«, rief er naiv und aufrich-

tig und einer andern Seite seines alten Ichs wieder erschrekkend ähnlich, »in Rußland habe ich dieses Verhaltensmuster studiert und festgestellt, daß wir gar kein besonderer Fall waren. Es ist eine ganz alltägliche Form von . . .«
Sie war gegangen. Er saß da wie vom Blitz getroffen – unsagbar verblüfft . . . Und dann verlangte er von der Kellnerin die Rechnung.
»Aber die Sahne wurde nicht angerührt«, sagte er. »Dafür rechnen Sie bitte nichts!«

Ach je, wie sehr wünschte sie, daß es nicht Nacht wäre! Viel lieber wäre sie bei Tage gereist, viel, viel lieber! Aber die Dame in der Stellenvermittlung hatte ihr gesagt: »Nehmen Sie lieber ein Abendschiff, und wenn Sie dann im Zug in ein Damenabteil einsteigen, sind Sie viel sicherer, als wenn Sie in einem ausländischen Hotel übernachten! Verlassen Sie Ihr Abteil nicht, gehen Sie nicht in die Seitengänge, und schließen Sie unbedingt die Tür der Toilette, wenn Sie dort hingehen. Der Zug kommt um acht Uhr in München an, und Frau Arnholt schrieb, das Hotel Grunewald liege nur eine Minute vom Bahnhof. Der Träger kann Sie hinbringen. Sie kommt am gleichen Tag um sechs Uhr abends, daher haben Sie einen netten, ruhigen Tag für sich allein, um sich von der Reise zu erholen und Ihr Deutsch etwas aufzupolieren. Und wenn Sie etwas essen wollen, rate ich Ihnen, in die nächste Konditorei zu gehen und Kaffee und ein Rosinenbrötchen zu nehmen. Sie sind noch nie im Ausland gewesen, nicht wahr?« – »Nein.« – »Also ich sage meinen jungen Damen immer, daß es besser ist, zuerst mißtrauisch zu sein statt allzu vertrauensselig, und daß es sicherer ist, bei den Leuten schlechte Absichten zu vermuten als gute ... Es klingt hart, aber wir müssen ›Frauen von Welt‹ sein, nicht wahr?«

In der Damenkajüte war es sehr nett gewesen. Die Stewardeß war so freundlich und hatte ihr Geld gewechselt und ihr die Decke um die Füße gewickelt. Sie lag auf einem der harten, rotgemusterten Liegebetten und beobachtete die Mitreisenden, freundliche und ungezwungene Damen, die ihre Hüte an den Kissen feststeckten, Schuhe und Röcke auszogen, Toilettenköfferchen aufmachten, geheimnisvoll raschelnde Päckchen bereitlegten und sich einen Schleier um die Frisur banden, ehe sie sich hinlegten. *Tock, tock, tock* kam es gleichmäßig von der Schiffsschraube her. Die Stewardeß zog einen grünen Schirm über die Lampe und setzte sich neben den Ofen; den Rock hatte sie über die Knie hinaufgeschlagen, und eine umfangreiche Strickerei lag auf ihrem Schoß.

Auf einem Bort über ihrem Kopf stand eine Karaffe mit einem fest hineingezwängten Blumenstrauß. ›Reisen gefällt mir!‹ dachte die kleine Gouvernante. Sie lächelte und ließ sich behaglich in Schlaf wiegen.
Doch als das Schiff hielt und sie an Deck ging, den Reisekorb in der einen Hand und Schirm und Reisedecke in der andern Hand, blies ihr ein kalter, unvertrauter Wind unter die Hutkrempe. Sie blickte zu den Masten und Spieren des Schiffs empor, die sich schwarz gegen den grünlich glitzernden Himmel abzeichneten, und auf den Pier hinunter, wo seltsame, vermummte Gestalten wartend herumlungerten; sie rückte mit der verschlafenen Schar weiter vor: alle schienen zu wissen, wohin man gehen und was man tun mußte, nur sie nicht, und sie fürchtete sich. Nur ein bißchen – nur soviel, um zu wünschen, es wäre Tag und eine der Frauen, die ihr im Spiegel zugelächelt hatten, vor dem sie sich in der Damenkajüte das Haar ordneten, wäre jetzt irgendwo in der Nähe. »Bitte die Fahrkarten! Fahrkarten vorweisen! Halten Sie Ihre Fahrkarten bereit!« Sie ging wegen ihrer Absätze etwas unsicher den Laufsteg hinunter. Ein Mann in einer schwarzen Ledermütze trat vor und berührte sie am Arm. »Wohin, Miss?« Er sprach englisch – mit einer solchen Mütze war er wohl ein Schaffner oder Bahnhofsvorsteher. Sie hatte ihm kaum geantwortet, da stürzte er sich schon auf ihren Reisekorb. »Hier entlang!« schrie er mit grober, entschlossener Stimme und drängte sich, seine Ellbogen benutzend, durch die Menge. »Aber ich brauche keinen Träger!« Was für ein greulicher Mensch! »Ich brauche keinen Träger! Ich will ihn selber tragen!« Sie mußte rennen, um mit ihm Schritt zu halten, und ihr Ärger lief voraus und versuchte dem Bösewicht den Reisekorb zu entreißen. Er kümmerte sich überhaupt nicht darum, sondern schaukelte den langen, dunklen Bahnsteig entlang und überquerte ein Geleise. ›Er ist ein Räuber!‹ Sie war überzeugt, daß er ein Räuber war, während sie zwischen die blinkenden Schienen trat und den Schotter unter den Schuhen knirschen hörte. Aber auf der andern Seite – oh, Gott sei Dank! – stand ein Zug mit einem Schild ›München‹ auf dem Wagen. Vor den hohen, erleuch-

teten Wagen blieb der Mann stehen. »Zweiter Klasse?« fragte seine freche Stimme. »Ja, ein Damenabteil!« Sie war ganz außer Atem. Sie öffnete ihre Geldtasche und suchte nach einer kleinen Münze für den greulichen Mann, der unterdessen ihren Reisekorb ins Gepäcknetz eines leeren Abteils schwenkte, auf dessen Fenster ein Zettel *Dames seules* geklebt war. Sie stieg ein und gab ihm zwanzig Centimes. »Was soll das?« schrie der Mann, starrte zuerst das Geld und dann sie an, hielt sich's an die Nase und schnupperte daran, als hätte er noch nie im Leben so eine Münze gesehen, geschweige denn in der Hand gehabt. »Es macht einen Franc! Das wissen Sie doch, oder? Einen Franc! Das ist mein Tarif!« Einen Franc! Bildete er sich etwa ein, sie würde ihm einen Franc dafür geben, daß er ihr so einen Streich gespielt hatte – und das bloß, weil sie ein Mädchen war und allein bei Nacht reiste? Nie, nie! Sie umklammerte ihre Börse und sah einfach an ihm vorbei – blickte auf die Ansicht von St. Malo an der gegenüberliegenden Wand und hörte nicht auf ihn. »O nein! O nein! Vier Sous? Sie irren sich wohl? Da, nehmen Sie's! Ich will einen Franc haben!« Er sprang auf das Trittbrett des Abteils und warf ihr die Münze in den Schoß. Sie verkrampfte sich, zitternd vor Entsetzen, machte sich ganz gerade und griff mit ihrer eiskalten Hand nach dem Geld, um es wegzustecken. »Mehr bekommen Sie nicht von mir!« sagte sie. Sie spürte, wie seine scharfen Augen sie von Kopf bis Fuß musterten, dann nickte er langsam und sagte mit hängenden Mundwinkeln: »Sehr gut! *Trrrès bien!*« Er zuckte die Achseln und verschwand in der Dunkelheit. Oh, wie erleichtert sie war! Es war einfach entsetzlich gewesen! Als sie aufstand, um sich zu überzeugen, ob der Reisekorb richtig festlag, erhaschte sie im Spiegel einen Blick auf ihr Gesicht: ganz weiß war es, mit großen runden Augen! Sie band sich ihren Autoschleier ab und knöpfte ihren grünen Umhang auf. »Aber jetzt ist alles vorbei«, versicherte sie dem Spiegelgesicht, weil sie sich vorstellte, daß es noch verängstigter war als sie selbst.

Die Leute begannen auf den Bahnsteig zu strömen. Plaudernd standen sie in kleinen Gruppen beisammen; ein seltsames Licht von den Bahnsteiglampen ließ ihre Gesichter grünlich schimmern. Ein kleiner Junge in Rot kam mit einem riesigen Erfrischungswagen angerasselt und lehnte sich dann dagegen, pfiff sich eins und schmitzte mit seiner Serviette über seine Schuhe. Eine Frau in einer schwarzen Alpakaschürze schob ein Handwägelchen mit Kissen vor sich her, die man mieten konnte. Sie sah verträumt und geistesabwesend aus – wie eine Frau, die einen Kinderwagen mit einem schlafenden Baby hin und her und hin und her schiebt. Weiße Rauchfetzen kamen von irgendwoher angeflattert und hingen wie Nebelranken unter dem Dach. ›Wie seltsam alles ist‹, dachte die kleine Gouvernante, ›und noch dazu mitten in der Nacht!‹ Sie spähte aus ihrer sicheren Ecke hervor und war nicht länger verängstigt, sondern stolz, daß sie nicht den Franc bezahlt hatte. ›Ich kann gut auf mich selbst achten, klar! Hauptsache, sich nicht . . .‹ Im Seitengang hörte sie plötzlich Füßegetrampel und laute Männerstimmen, unterbrochen durch schallendes Gelächter. Sie kamen in ihre Richtung! Die kleine Gouvernante drückte sich in ihre Ecke, und vier junge Männer, Melonen auf dem Kopf, gingen vorbei und spähten durch Tür und Fenster. Der eine wollte sich ausschütten vor Lachen, als er auf den Zettel *Dames seules* zeigte, und alle vier bückten sich vor, um das eine kleine Fräulein in der Ecke besser zu sehen. Lieber Himmel, sie besetzten das Abteil nebenan! Sie hörte sie herumtrapsen, und plötzlich war alles still, und ein langer junger Mensch mit einem winzig kleinen schwarzen Schnurrbart riß ihre Tür auf. »Vielleicht hat Mademoiselle Lust, zu uns zu kommen?« sagte er auf Französisch. Sie sah, wie die andern sich um ihn scharten und ihm unter dem Arm hindurch und über seine Schulter spähten. Sie richtete sich stumm und kerzengerade auf. »Vielleicht will Mademoiselle uns die Ehre erweisen?« spottete der Lange. Einer von ihnen konnte nicht mehr an sich halten und platzte laut heraus. »Mademoiselle ist ernst«, erklärte der junge Mann, verbeugte sich und verzog den Mund. Schwungvoll riß er den Hut vom Kopf, und sie war wieder allein.

»En voiture! En voiture!« Jemand rannte neben dem Zug

einher und wieder zurück. ›Wenn es bloß nicht Nacht wäre! Wenn doch noch eine Frau in meinem Abteil wäre! Ich fürchte mich vor den Männern im nächsten Abteil!‹ Die kleine Gouvernante schaute hinaus und sah ihren Träger zurückkommen – ja, es war derselbe –, und mit den Armen voller Gepäck steuerte er auf ihr Abteil los. Aber – aber was machte er denn da? Er steckte den Daumennagel unter den Zettel *Dames seules* und riß ihn ab. Dann trat er beiseite und schielte zu ihr hinauf, während ein alter Mann in einem karierten Reisemantel das hohe Trittbrett hinaufklomm. »Aber das hier ist ein Damenabteil!« – »I wo, Mademoiselle, Sie täuschen sich! Sie haben sich bestimmt getäuscht! *Merci*, Monsieur!« Ein schriller Pfiff – der Träger stieg triumphierend aus, und der Zug setzte sich in Bewegung. Ein paar Sekunden standen dicke Tränen in ihren Augen, und durch sie hindurch sah sie, wie der alte Mann den Schal von seinem Hals abwickelte und die Klappen seiner Reisekappe hochschlug. Er sah sehr alt aus. Mindestens neunzig. Er hatte einen weißen Schnurrbart und eine große, goldgeränderte Brille mit kleinen blauen Äuglein dahinter, und rosige, verrunzelte Wangen. Ein angenehmes Gesicht – und wie nett die Art, mit der er sich vorbeugte und in stockendem Französisch fragte: »Störe ich Sie, Mademoiselle? Wäre es Ihnen lieber, wenn ich meine Sachen aus dem Gepäcknetz nehme und mir ein anderes Abteil suche?« – Was? Der alte Mann sollte all die schweren Sachen wegschaffen, nur weil sie ... »Nein, es macht nichts. Sie stören mich überhaupt nicht!« – »Oh, besten Dank!« Er nahm ihr gegenüber Platz, knöpfte das Cape seines riesigen Mantels auf und schleuderte es über die Schultern zurück.

Der Zug schien sich zu freuen, daß er den Bahnhof endlich verlassen konnte. Er stürzte sich mit einem langen Satz ins Dunkel hinein. Mit ihrem Handschuh rieb sie eine Stelle auf der Fensterscheibe frei, aber sie konnte nichts erkennen – nur einen Baum, der sich wie ein schwarzer Fächer spreizte, und dann und wann ein paar Lichter oder die Umrisse eines Hügels, der feierlich und riesengroß aufragte. Im Abteil nebenan begannen die jungen Leute zu singen. *»Un, deux,*

trois!« Sie sangen dasselbe Lied, wieder und immer wieder, so laut sie nur konnten.
›Wenn ich allein gewesen wäre, hätte ich mich nicht getraut, einzuschlafen‹, dachte sie. ›Bestimmt hätte ich nie die Füße hinaufziehen oder auch nur meinen Hut abnehmen können!‹ Von dem Gesinge nebenan bekam sie ein komisches Zittern in der Magengrube und verschränkte unter ihrem Umhang die Arme, damit es aufhörte. Sie war richtig froh, den alten Mann bei sich im Abteil zu haben. Unter ihren langen Wimpern hervor spähte sie vorsichtig, damit er es nicht merkte, zu ihm hinüber. Er saß erstaunlich gerade, Brust heraus, das Kinn eingezogen, die Knie aneinandergedrückt, und las eine deutsche Zeitung. Deshalb also sprach er ein so komisches Französisch! Er war ein Deutscher. Irgendwas in der Armee, vermutete sie, Oberst oder General – vor langer Zeit natürlich; jetzt war er dafür zu alt. Für einen alten Mann sah er sehr schmuck aus, wie aus dem Ei gepellt. In der Krawatte hatte er eine Perlennadel, am kleinen Finger einen Ring mit einem dunkelroten Stein, und aus der Brusttasche seines zweireihigen Anzugs schaute ein weißseidenes Taschentuch hervor. Er war wirklich sehr nett anzuschauen. Die meisten alten Männer waren so widerlich, waren alte Tapergreise, oder sie hatten einen ekelhaften Husten oder sonst etwas. Aber daß er keinen Vollbart hatte, machte den Hauptunterschied aus – und daß seine Wangen so rosig waren und der Schnurrbart so weiß! Plötzlich senkte sich die deutsche Zeitung, und der alte Mann beugte sich vor – immer mit derselben reizenden Höflichkeit: »Sprechen Sie Deutsch, Mademoiselle?« – »Ja, ein wenig, etwas mehr als Französisch«, antwortete die kleine Gouvernante, und eine tiefe Röte breitete sich langsam über ihre Wangen und ließ ihre blauen Augen fast schwarz erscheinen. »Aha!« Er verbeugte sich höflich. »Dann würde es Ihnen vielleicht Spaß machen, ein paar Illustrierte anzuschauen?« Er streifte ein Gummiband von einer Zeitungsrolle und reichte sie ihr. »Vielen Dank!« Bilder sah sie sich sehr gern an, doch zuerst wollte sie Hut und Handschuhe ablegen. Deshalb stand sie auf, zog die Hutnadel aus ihrem braunen Strohhut und legte ihn behut-

sam neben den Reisekorb ins Gepäcknetz, streifte die braunen Glacéhandschuhe ab, legte sie aufeinander und rollte sie fest zusammen. Der Sicherheit halber verwahrte sie sie in ihrem Hut und setzte sich dann wieder, diesmal etwas behaglicher, die Beine übereinander geschlagen und die Zeitschriften auf dem Schoß. Wie gütig beobachtete der alte Mann in der Ecke ihre kleine bloße Hand, die die großen weißen Seiten umblätterte, wie gütig heftete er den Blick auf die sich bewegenden Lippen, wenn sie die langen Wörter aussprach, und auf das helle Haar, das im Licht geradezu strahlte! Ach, wie tragisch war es für eine kleine Gouvernante, wenn sie Haar besaß, das an Tangerinen und Goldlack, an Aprikosen und goldene Glückskatzen und Champagner denken ließ! Vielleicht war es das, was der alte Mann dachte, als er sie unentwegt anstarrte, und daß nicht einmal die häßliche, dunkle Kleidung ihre sanfte Schönheit beeinträchtigen konnte. Vielleicht war die Röte, die über seine Wangen und Lippen spielte, eine ehrliche Zornesröte, weil ein so junges und zartes Kind allein und unbeschützt durch die Nacht reisen mußte? Wer weiß, ob er nicht auf echt deutsche, sentimentale Art vor sich hinseufzte: ›Ja, es ist eine Tragödie! Wollte Gott, ich wäre der Großpapa der Kleinen!‹

»Recht herzlichen Dank!« Sie gab ihm die Zeitungen mit einem allerliebsten Lächeln zurück: »Sie sind sehr interessant!« – »Wie gut Sie Deutsch sprechen!« sagte der alte Mann. »Sicher waren Sie schon öfter in Deutschland?« – »Nein, es ist das erstemal« – sie zögerte ein bißchen –, »es ist überhaupt das erstemal, daß ich ins Ausland reise.« – »Tatsächlich? Das wundert mich. Ich hatte den Eindruck – wenn ich das sagen darf –, als wären Sie zu reisen gewohnt.« »Ach, in England bin ich viel herumgereist, und einmal war ich auch in Schottland.« – »So, so. Ich war einmal in England, aber Englisch habe ich nicht gelernt.« Er hob abwehrend die Hand und schüttelte lachend den Kopf. »Nein, es ist mir zu schwierig ... Hau-du-ju-du? Pliss witch iss ze weeh tu Lästerr-Sswärr?« Sie lachte ebenfalls. »Die Ausländer sagen immer ...« Darüber entspann sich ein richtiges kleines Gespräch. »Aber München wird Ihnen gefallen«, sagte der alte Mann. »München ist eine herrliche Stadt. Alles ist da: Museen, Gemäldegalerien, schöne Häuser und Geschäfte, Konzerte, Theater und Restaurants. Ich bin in meinem Leben viel in Europa herumgereist, doch nach München kehre ich immer wieder gern zurück. Es wird Ihnen dort gefallen.« – »Ich bleibe aber nicht in München«, sagte die kleine Gouvernante und fügte scheu hinzu: »Ich gehe als Gouvernante in eine Arztfamilie in Augsburg.« – »Aha!« Augsburg kannte er. Augsburg war – hm – nicht schön. Eine solide Geschäftsstadt. Doch wenn Deutschland neu für sie war, würde sie hoffentlich auch dort etwas Interessantes finden. »Oh, das glaube ich bestimmt!« – »Aber wie schade, daß Sie nichts von München sehen, bevor Sie weiterreisen! Sie sollten ein paar Ferientage einschieben«, lächelte er, »um nette Erinnerungen zu sammeln!« – »Dafür habe ich leider keine Zeit«, antwortete die kleine Gouvernante, schüttelte den Kopf und machte ein ernstes, wichtiges Gesicht. »Und überhaupt – wenn man allein reist ...« Er verstand sie vollkommen. Er nickte und war nun auch ernst. Danach schwiegen sie. Der Zug ratterte weiter und trug seine dunkle, aufflammende Brust durch Hügel und Täler. Im Abteil war es warm. Sie schien sich in das dunkle Weiterstürmen zu schmiegen, das sie weiter und weiter trug. Kleine Geräusche waren zu hören – Schritte im Seitengang – Türen, die sich öffneten und schlossen – Stimmengemurmel – ein Pfiff ... Dann stachen lange Regennadeln gegen die Scheibe ... Aber was tat's? ... Es war draußen ... und einen Schirm hatte sie ja ... sie warf die Lippen auf, seufzte ... und einmal öffnete und schloß sie die Hände. Dann war sie fest eingeschlafen.

»Pardon! Pardon!« Die Abteiltür wurde zugeschoben, und sie schreckte zusammen und erwachte. Was war geschehen? Jemand war gekommen und wieder hinausgegangen. Der alte Mann saß in seiner Ecke, steifer denn je, hatte die Hände in der Manteltasche und runzelte ärgerlich die Stirn. »Ha-ha-ha!« schallte es aus dem Nebenabteil. Noch halb verschlafen hob sie die Hände zum Haar auf, wie um sich zu überzeugen, daß sie nicht träumte. »Es ist eine Schande!«

murrte der alte Mann — mehr zu sich als zu ihr. »Unmanierliche, ordinäre Burschen! Ich fürchte, sie haben Sie aufgeweckt, gnädiges Fräulein, als sie hier hereinplatzten?« Nein, eigentlich nicht. Sie sei schon beinah wach gewesen. Sie holte ihre silberne Uhr hervor, um nachzusehen, wie spät es war. Halb fünf. Ein kaltes blaues Licht füllte die Fensterscheiben. Wenn sie jetzt über eine Stelle rieb, konnte sie helle Ackerstreifen sehen, weiße Hütten, die sich wie eine Pilzfamilie zusammendrängten, eine Landstraße wie aus dem Bilderbuch, mit Pappelreihen rechts und links, und das schmale Band eines Flusses. Wie hübsch es war! Wie hübsch und wie anders! Selbst die rosa Wolken am Himmel sahen exotisch aus! Es war kalt, aber sie tat, als sei es noch viel kälter, rieb sich zusammenschauernd die Hände und stellte den Mantelkragen auf — alles nur, weil sie so glücklich war.
Der Zug verlangsamte die Fahrt. Die Lokomotive stieß einen langen, schrillen Pfiff aus. Sie näherten sich einer Stadt. Hier waren die Häuser höher; rosa und gelblich glitten sie vorbei, noch fest hinter grünen Lidern schlafend und beschützt von den Pappeln, die in der blauen Luft zitterten, als stünden sie lauschend auf den Zehenspitzen. In einem Haus stieß die Frau die Läden auf, warf eine rotweiße Matratze übers Fensterbrett, stand still und blickte auf den Zug. Eine blasse Frau mit schwarzem Haar und einem weißen Wolltuch um die Schultern. Dann erschienen noch mehr Frauen an den Türen und Fenstern der schlafenden Häuser. Eine Schafherde war zu sehen! Der Schäfer trug einen blauen Kittel und spitz aufgebogene Holzschuhe. Und nun—oh!, was für Blumen! Sogar vor dem Bahnhof! Hohe Rosenbäumchen, die ein Brautjungfernbukett trugen, weiße Geranien, rosa Wachsblumen, die man zu Hause nur in Treibhäusern sehen konnte. Immer langsamer. Ein Mann mit einer Gießkanne besprengte den Bahnsteig. »Oh-o-o-oh!« Jemand kam angerannt und schwenkte die Arme. Eine riesige, dicke Frau watschelte mit einem Brett voller Erdbeeren durch die Glastür des Bahnhofs. Ach, wie sie durstig wurde! Sehr durstig! »Oh-o-o-oh!« Derselbe Jemand rannte wieder zurück. Der Zug hielt.

Der alte Mann zog den Mantel um sich, stand auf und lächelte ihr zu. Er sagte etwas, das sie nicht ganz verstand, aber sie erwiderte sein Lächeln, und er verließ das Abteil. Während er weg war, betrachtete sich die kleine Gouvernante wieder im Spiegel, schüttelte ihren Rock glatt und schob ihr Haar zurecht – aufmerksam und umsichtig wie ein Mädchen, das alt genug ist, um allein zu reisen, und niemanden bei sich hat, der versichert, daß sie ›auch hinten ordentlich aussieht‹. Aber durstig, durstig! Die Luft schmeckte nach Wasser. Sie ließ die Fenster herunter, und die dicke Frau mit den Erdbeeren kam wie gerufen vorbei und hielt das Brett hoch. »Nein, danke!« sagte die kleine Gouvernante und betrachtete die großen Beeren auf den glänzenden Blättern. Als die dicke Frau weiterging, rief sie ihr nach: »Wieviel?« – »Zwei Mark fünfzig, Fräulein!« – »Meine Güte!« Sie trat vom Fenster weg und setzte sich, einen Moment reichlich ernüchtert, wieder in ihre Ecke. Eine halbe Krone in ihrem Geld! »H-o-o-u-u-i-i-ii!« jauchzte der Zug und machte Anstalten, weiterzufahren. Hoffentlich hatte er den alten Mann mitgenommen? Oh, es war taghell! Alles war herrlich – wenn sie nur nicht so durstig gewesen wäre! Wo nur der alte Mann blieb? Ach, da war er ja! Sie beschenkte ihn mit einem Grübchenlächeln, als er die Tür schloß und sich umdrehte – wie einem bewährten alten Freund. Unter seinem Mantel zauberte er ein Körbchen Erdbeeren hervor: »Würde mir das Fräulein die Ehre erweisen und die Früchte annehmen?« – »Wie denn – für mich . . .« Sie wich zurück und wehrte mit den Händen ab, als wolle er ihr ein wildes Kätzchen in den Schoß legen.

»Natürlich für Sie«, sagte der alte Mann. »Bei mir sind es jetzt zwanzig Jahre her, seit ich zum letztenmal wagte, Erdbeeren zu essen.« – »Oh, vielen Dank«, stammelte sie, »sie sind so schön!« – »Versuchen Sie erst mal«, sagte der alte Mann und sah zufrieden und freundlich aus.« Möchten Sie keine einzige?« – »Nein, nein, nein!« Reizend schüchtern und unsicher hob sie die Hand. Sie waren so groß und saftig, daß sie zweimal abbeißen mußte – der Saft rann ihr über die Finger –, und während sie sich die Beeren schmecken ließ,

sah sie ihn zum erstenmal als Großvater. Was für einen idealen Großvater gäbe er ab! Genau wie aus einem Buch!
Die Sonne kam hervor, und die rötlichen Wolken am Himmel, die Erdbeerwölkchen, wurden von der Bläue aufgegessen. »Sind sie gut?« fragte der alte Mann. »So gut, wie sie aussehen?«
Nachdem sie die Beeren aufgegessen hatte, war ihr, als würde sie ihn schon seit Jahren kennen. Sie erzählte ihm von Frau Arnholt, und wie sie die Stelle bekommen hatte. Kannte er das Hotel Grunewald? Frau Arnholt würde erst gegen Abend eintreffen. Er hörte zu, hörte sich alles an, bis er ebensoviel über die Sache wußte wie sie, und dann sagte er—aber ohne sie anzusehen, und dabei die Innenflächen seiner Wildlederhandschuhe aneinanderreibend: »Würden Sie mir wohl erlauben, Ihnen heute ein wenig von München zu zeigen? Nicht viel—vielleicht nur eine Gemäldegalerie und den Englischen Garten. Es wäre jammerschade, wenn Sie den Tag im Hotel verbringen müßten, auch nicht sehr behaglich in der fremden Umgebung, nicht wahr? Am frühen Nachmittag wären Sie wieder zurück, oder natürlich jederzeit, wenn Sie es wünschen. Und einem alten Mann würden Sie eine große Freude machen!
Erst lange nachdem sie ›ja‹ gesagt hatte – denn sowie sie eingewilligt, und er gedankt hatte, erzählte er ihr sofort von seinen Reisen in der Türkei und vom Rosenöl –, fragte sie sich, ob es richtig gewesen war. Sie kannte ihn ja eigentlich gar nicht. Aber er war so alt, und er war so gütig gewesen – ganz zu schweigen von den Erdbeeren . . . Und sie hätte ihm keinen Grund angeben können, wenn sie ›nein‹ gesagt hätte. Und überdies war es ihr letzter Tag, der letzte, den sie wirklich genießen konnte. ›War es nicht richtig gewesen?‹
Die Sonne spielte über ihre Hände, warm und zitternd, und rückte nicht weiter. »Vielleicht darf ich Sie zu Ihrem Hotel begleiten«, schlug er vor, »dann könnte ich Sie gegen zehn dort abholen?« Er zog seine Brieftasche hervor und reichte ihr seine Visitenkarte. ›Regierungsrat . . .‹ Er hatte einen Titel! Dann *mußte* ja alles in Ordnung sein! Von da an überließ sich die kleine Gouvernante ganz der Freude, wirklich

im Ausland zu sein und hinauszuschauen, die fremden Reklameschilder zu lesen und sich etwas über die Ortschaften erzählen zu lassen, durch die sie fuhren, umsorgt und betreut von dem reizenden alten Großvater – bis sie München und den Hauptbahnhof erreichten. »Träger! Träger!« Er besorgte ihr einen Gepäckträger, brachte mit ein paar Worten sein eigenes Gepäck unter, führte sie durch die verwirrende Menge aus dem Bahnhof heraus und über die saubere weiße Treppe auf die weiße Straße und zum Hotel. Er erklärte dem Direktor, wer sie sei, als wäre alles in bester Ordnung, und dann verlor sich ihre kleine Hand für einen kurzen Augenblick in den großen braunen Wildlederhandschuhen. »Um zehn hole ich Sie ab!« Damit ging er.
»Hier geht's rauf, Fräulein!« sagte ein Hausbursche, der sich hinter dem Rücken des Direktors herumgedrückt und das seltsame Pärchen beobachtet hatte. Sie folgte ihm zwei Treppen hoch in ein dunkles Schlafzimmer. Er setzte ihren Reisekorb hin und zog eine klapprige, staubige Jalousie auf. Puh, was für ein häßliches, kaltes Zimmer! Und was für klobige Möbel! »Ist das wirklich das von Frau Arnholt bestellte Zimmer?« fragte die kleine Gouvernante. Wie merkwürdig der Hausbursche sie anstarrte – als käme sie ihm komisch vor! Er spitzte die Lippen, als wollte er pfeifen, besann sich dann aber und sagte: »Sicher!« Warum ging er dann nicht? Warum starrte er sie so an? »Gehen Sie!« befahl die kleine Gouvernante mit frostiger englischer Sachlichkeit. Er riß die Augen auf: sie traten ihm fast wie Rosinen aus den teigigen Wangen. »Gehen Sie sofort!« wiederholte sie eiskalt. An der Tür drehte er sich um. »Und wenn der Herr kommt«, fragte er, »soll ich den sofort in Ihr Zimmer führen?«

Über den weißen Straßen trieben weiße, silbern besäumte Wolken – und überall war Sonnenschein. Furchtbar dicke Kutscher lenkten furchtbar dicke Droschken; komische Frauen mit runden Mützchen reinigten die Geleise der Straßenbahnen; Leute lachten und schoben sich weiter; Bäume zu beiden Seiten der Straße und, fast überall, wohin man blickte, riesige Springbrunnen; und von den Bürgersteigen, von den Fahrdämmen und aus offenen Fenstern erscholl Gelächter. Und neben ihr, gepflegter denn je, mit einem zusammengerollten Schirm in der einen Hand und mit gelben statt der braunen Handschuhe, schritt ihr Großvater einher, der sie gebeten hatte, den Tag mit ihm zu verbringen. Sie wollte laufen, sie wollte sich bei ihm einhängen, und sie hätte am liebsten dauernd gerufen: ›Ach, ich bin so furchtbar glücklich!‹ Er geleitete sie über den Fahrdamm, er blieb stehen, wenn sie ›kucken‹ wollte, und seine gütigen Augen ruhten strahlend auf ihr, wenn er sagte: »Ganz wie Sie wollen!« Um elf Uhr aß sie zwei Weißwürstchen und zwei frische Semmeln und trank aus einem Glas, das wie eine Vase aussah, etwas Bier, von dem er behauptete, es sei nicht berauschend und nicht wie das englische Bier. Danach nahmen sie eine Droschke, und ihr war, als hätte sie in einer Viertelstunde Tausende und Abertausende der schönsten klassischen Gemälde gesehen. ›Ich muß sie mir alle noch mal durch den Kopf gehen lassen, wenn ich wieder allein bin!‹ Doch als sie die Gemäldegalerie verließen, regnete es. Der Großvater öffnete seinen Schirm und hielt ihn über die kleine Gouvernante. Sie wollten zum Mittagessen in ein Restaurant gehen. Sie ging ganz dicht neben ihm, damit auch er etwas von dem Schirm hatte. »Es wäre besser«, bemerkte er sehr sachlich, »wenn Sie sich bei mir einhängen würden, gnädiges Fräulein! Außerdem ist es in Deutschland so Sitte!« Sie nahm also seinen Arm und ging neben ihm her, während er ihr die berühmten Denkmäler zeigte und selbst so angeregt war, daß er ganz vergaß, den Schirm zu schließen, obwohl es längst zu regnen aufgehört hatte.

Nach dem Mittagessen gingen sie in ein Café, um eine Zigeunerkapelle zu hören, aber dort gefiel es ihr gar nicht. Puh, was für gräßliche Männer dort waren – mit Eierköpfen und Schnitten im Gesicht! Deshalb drehte sie ihren Stuhl um, stützte ihre heißen Wangen in die Hände und beobachtete lieber ihren alten Freund . . . Danach gingen sie in den Englischen Garten.

»Wie spät mag es sein?« fragte die kleine Gouvernante. »Meine Uhr ist stehengeblieben! Gestern abend in der Bahn

habe ich ganz vergessen, sie aufzuziehen. Wir haben so eine Unmenge gesehen, daß es wahrscheinlich schon sehr spät ist?« – »Spät?« Er blieb lachend vor ihr stehen und schüttelte den Kopf auf eine ihr nun schon bekannte Art. »Dann haben Sie sich nicht gut unterhalten! Spät! Wir haben ja noch gar kein Eis gegessen!« – »Aber ich habe mich doch wunderbar unterhalten«, rief sie bekümmert, »mehr, als ich es sagen kann! Es ist herrlich gewesen! Nur kommt eben Frau Arnholt um sechs ins Hotel, und gegen fünf sollte ich dort sein!« – »Das werden Sie auch! Nach dem Eis setze ich Sie in eine Droschke, dann können Sie bequem zurückfahren.« Sie war wieder glücklich. Das Schokoladeeis schmolz in kleinen Schlückchen – weit die Kehle hinunter. Die Schatten der Bäume tanzten über die Tischtücher, und sie saß genau mit dem Rücken gegen die große Uhr, die fünfundzwanzig Minuten vor sieben zeigte. »Sie können es mir glauben«, sagte die kleine Gouvernante ernst, »das war der glücklichste Tag meines Lebens! Dergleichen hätte ich mir nie träumen lassen!« Trotz der kühlen Eiscreme glühte ihr dankbares Kinderherz voller Liebe für den Märchengroßvater.
Sie gingen durch eine Allee und verließen den Park. Der Tag war fast zu Ende. »Sehen Sie dort drüben das große Haus?« fragte der alte Mann. »Oben im dritten Stock wohne ich – ich und die alte Haushälterin die für mich sorgt.« Sie fand es sehr interessant. »Wollen Sie vielleicht, ehe ich eine Droschke für Sie rufe, mit mir hinaufkommen und mein kleines ›Zuhause‹ besichtigen und sich von mir ein Fläschchen Rosenöl schenken lassen, von dem ich Ihnen in der Bahn erzählt habe? Als Andenken?« Das wollte sie gern. »Noch nie im Leben war ich in einer Junggesellenwohnung«, lachte die kleine Gouvernante.
Im Flur war es sehr dunkel. »Ach, meine Haushälterin ist wahrscheinlich weggegangen, um mir ein Hühnchen zu besorgen! Einen Augenblick!« Er öffnete eine Tür und trat beiseite, um sie, ein wenig schüchtern, aber neugierig, in das fremde Zimmer eintreten zu lassen. Sie wußte nicht recht, was sie sagen sollte. Es war nicht hübsch. Eigentlich war es sogar häßlich – aber aufgeräumt und, wie sie annahm, sehr

praktisch für einen so alten Mann. »Wie gefällt es Ihnen?« Er kniete vor einer Anrichte und holte ein rundes Tablett mit zwei rosa Gläsern und einer hohen rosa Flasche. »Zwei kleine Schlafzimmer sind dahinter und eine Küche. Vollauf genug, nicht wahr?« – »O ja, bestimmt!« – »Und wenn Sie je wieder in München sein sollten und ein, zwei Tage hier verbringen wollen, dann ist immer ein kleines Nest für Sie bereit – ein Hühnchen und Salat und ein alter Mann, der entzückt wäre, Sie wieder zu bewirten, nicht nur einmal, sondern noch oft, mein liebes kleines Fräulein!« Er zog den Stöpsel aus der Flasche und goß Wein in die beiden rosa Gläser. Seine Hand zitterte, und etwas Wein tropfte aufs Tablett. Es war sehr still im Zimmer. Sie sagte: »Ich glaube, ich sollte jetzt gehen!« – »Aber Sie werden doch ein Gläschen Wein mit mir trinken – nur eins, ehe Sie gehen?« fragte der alte Mann. »Nein, wirklich nicht. Ich trinke nie Wein. Ich – ich habe versprochen, niemals Wein oder dergleichen anzurühren!« Und obwohl er sie anflehte und obwohl sie sich furchtbar unhöflich vorkam, vor allem, weil er es sich anscheinend so zu Herzen nahm, blieb sie fest. »Nein, danke! Bestimmt nicht.« – »Dann setzen Sie sich wenigstens fünf Minuten aufs Sofa, und lassen Sie mich auf Ihr Wohl trinken!« Die kleine Gouvernante setzte sich auf die Kante des roten Plüschsofas, und er setzte sich dicht neben sie und leerte sein Glas auf einen Zug – auf ihr Wohl. »Sind Sie heute wirklich glücklich gewesen?« fragte der alte Mann und drängte sich so nah an sie, daß sie sein Knie neben dem ihren spürte. Noch ehe sie antworten konnte, ergriff er ihre Hände. »Wollen Sie mir nicht ein Küßchen geben, ehe Sie gehen?« fragte er und zog sie an sich.

Es mußte ein Traum sein! Es war unmöglich! Das war überhaupt nicht derselbe alte Mann! Oh, wie gräßlich! Die kleine Gouvernante starrte ihn entsetzt an. »Nein, nein, nein!« stammelte sie und wollte sich befreien. »Einen Kuß! Ein einziges Küßchen! Was ist das schon? Nur einen Kuß, liebes kleines Fräulein! Einen Kuß!« Er stieß ihr seinen Kopf ins Gesicht, seine Lippen grinsten – und wie die kleinen blauen Augen hinter der Brille funkelten! »Nie – niemals! Was un-

terstehen Sie sich?« Sie sprang auf, aber er war schneller als sie und hielt sie gegen die Wand gedrückt, preßte seinen harten alten Körper und das zuckende Knie gegen sie, und obwohl sie ihren Kopf verzweifelt von einer Seite zur andern drehte, küßte er sie auf den Mund! Mitten auf den Mund! Wohin niemand außer ihren allernächsten Verwandten sie je geküßt hatte!
Sie rannte, rannte die Straße entlang, bis sie zu einer breiten Allee mit Straßenbahngeleisen und einem Polizisten kam, der wie eine automatische Puppe in der Mitte stand. »Bitte eine Straßenbahn zum Hauptbahnhof!« schluchzte die kleine Gouvernante. »Was ist, Fräulein?« Sie rang die Hände. »Zum Hauptbahnhof wollen Sie? Da kommt gerade eine!« Und während er ihr sehr erstaunt nachblickte, sprang das junge Ding, den Hut schief auf dem Kopf und ohne Taschentuch, weinend auf die Straßenbahn: sie sah weder das Stirnrunzeln des Schaffners, noch hörte sie, wie eine ›gebildete‹ Dame mit einer Freundin über sie lästerte. Sie wiegte den Oberkörper hin und her und jammerte laut: »Oh, oh!«, und preßte die Hand auf den Mund. »Sie ist beim Zahnarzt gewesen!« krächzte eine dicke alte Frau, die zu einfältig war, um unbarmherzig zu sein. »Herrjemine, was für Zahnweh! Die Kleine hat keinen einzigen Zahn mehr im Mund!« Und die ganze Zeit über schwankte und ratterte die Straßenbahn durch eine Welt voll alter Männer mit zuckenden Knien.

Als die kleine Gouvernante die Halle im Hotel Grunewald erreichte, stand der gleiche Hausbursche, der am Morgen in ihrem Zimmer gewesen war, vor einem Tisch und polierte ein Tablett mit Gläsern. Der Anblick der kleinen Gouvernante erfüllte ihn anscheinend mit unerklärlicher, bedeutsamer Genugtuung. Ihre Frage hatte er erwartet — seine Antwort war schlagfertig und kriecherisch. »Ja, Fräulein, die Dame ist hier gewesen. Ich habe ihr gesagt, daß Sie eingetroffen und gleich wieder mit einem Herrn ausgegangen sind. Sie hat mich gefragt, wann Sie zurückkommen würden — aber das wußt' ich natürlich nicht! Und dann ist sie zum Direktor gegangen.« Er hob ein Glas auf, hielt es gegen das Licht, prüfte es, das eine Auge geschlossen, und begann es mit seinem Schürzenzipfel zu polieren. » . . . ?« – »Pardon, Fräulein? Ach nein, Fräulein – der Direktor konnte ihr keine Auskunft geben!« Er schüttelte den Kopf und lächelte das blanke Glas an. »Wo ist die Dame jetzt?« fragte die kleine Gouvernante und zitterte so heftig, daß sie sich das Taschentuch vor den Mund halten mußte. »Wie kann ich das wissen?« rief der Hausbursche, und als er an ihr vorbeiflitzte, um sich auf einen neuen Gast zu stürzen, klopfte ihm das Herz so wild gegen die Rippen, daß er fast laut aufgelacht hätte. ›Geschieht ihr recht! Geschieht ihr recht!‹ dachte er. ›Da kann sie sich 'ne Lehre draus ziehen!‹ Und während er den Koffer des Neuankömmlings auf seine Schulter pfefferte – mit Wuppdich!, als wäre er ein Riese und der Koffer eine Flaumfeder –, machte er mit gezierter Stimme die Worte der kleinen Gouvernante nach: *»Gehen Sie! Gehen Sie sofort!«* – ›Da kann jeder kommen!‹ schrie er in Gedanken.

Von acht Uhr morgens bis ungefähr um halb zwölf litt Monica Tyrell unter ihren Nerven, und sie litt so entsetzlich, daß diese Stunden – einfach qualvoll waren. Sie konnte nicht dagegen an. »Vielleicht, wenn ich zehn Jahre jünger wäre«, pflegte sie zu sagen. Denn jetzt, wo sie dreiunddreißig war, hatte sie eine wunderliche Art, bei jeder Gelegenheit auf ihr Alter anzuspielen, ihre Bekannten mit ernsten, kindlichen Augen anzublicken und zu sagen: »Ja, vor zwanzig Jahren, kann ich mich erinnern ...«, oder Ralph auf junge Mädchen aufmerksam zu machen, die im Restaurant in ihrer Nähe saßen – richtige junge Mädchen mit schönen, jugendfrischen Armen und Kehlen und flinken, unschlüssigen Bewegungen. »Wenn ich vielleicht zehn Jahre jünger wäre ...«

»Warum läßt du nicht Marie vor deiner Tür sitzen und jedermann unbedingt verbieten, in die Nähe deines Zimmers zu kommen, bis du läutest?«

»Ach, wenn es so einfach wäre!« Sie warf ihre kleinen Handschuhe hin und drückte auf die Art, die Ralph so gut an ihr kannte, die Finger auf die Augenlider. »Aber erstens würde ich dauernd denken, daß Marie dort sitzt und warnend Rudd und Mrs. Moon abwinkt – Marie als eine Art Kreuzung zwischen einer Gefängniswärterin und einer Pflegerin für Geisteskranke! Und zweitens ist es wegen der Post. Man kann die Tatsache, daß die Post kommt, nicht einfach aus dem Gedächtnis streichen, und wenn vielleicht Briefe kommen – wer – wer könnte dann bis elf Uhr warten?«

Seine Augen leuchteten auf. Rasch und behutsam legte er den Arm um sie. »*Meine* Briefe, Schätzchen?«

»Vielleicht«, sagte sie leise und schleppend, strich ihm mit der Hand über sein rotes Haar und dachte, ebenfalls lächelnd: ›Lieber Himmel! Wie kann man nur so etwas Dummes sagen!‹

Am heutigen Morgen hatte die heftig zugeschmetterte Haustür sie aus dem Schlaf geschreckt. Peng! Die ganze Wohnung zitterte. Was war das gewesen? Sie fuhr im Bett hoch

und umklammerte ihre Daunendecke. Ihr Herz klopfte wild. Was konnte es gewesen sein? Dann hörte sie Stimmen im Flur. Marie klopfte, und als die Tür aufging, flog die Markise mit scharfem Gezerre und Reißen hinaus, und die Vorhänge strafften sich und schlugen klatschend hierhin und dorthin. Die Quaste der Markise klopfte gegen die Fensterscheibe. *»Eh-h, voilà!«* rief Marie, stellte das Tablett ab und lief ans Fenster. *»C'est le vent, Madame! C'est un vent insupportable!«*
Die Markisse rollte hinauf; das Schiebefenster sauste kreischend hoch; grauweißes Licht drang ins Zimmer. Monica erhaschte einen Blick auf den hohen, bleichen Himmel und eine Wolke, die wie ein zerrissenes Hemd drüberhin flatterte, bevor sie die Augen mit dem Ämel schützte.
»Marie! Die Vorhänge! Rasch! Die Vorhänge zu!« Monica sank ins Bett zurück, und dann klingelte ›Ring-ting-ping, ring-ting-ping!‹ das Telefon. Das Maß ihres Leidens war voll: sie wurde ganz ruhig. »Sehen Sie nach, Marie, wer es ist!«
»Es ist Monsieur! Ob Madame heute um halb zwei zum Mittagessen zu Princes ins Restaurant kommt?« Ja, Monsieur war selbst am Telefon. Ja, er hatte gebeten, daß Madame der Anruf sofort ausgerichtet werde. Statt zu antworten, stellte Monica ihre Tasse hin und fragte Marie mit matter, verwunderter Stimme, wie spät es sei. Es war halb zehn. Sie lag still da, mit fast geschlossenen Augen. »Sagen Sie Monsieur, daß ich nicht kommen kann«, flüsterte sie sanft. Doch kaum war die Tür geschlossen, da wurde sie von einer jähen Wut gepackt, von einer so rasenden Wut, daß sie fast daran erstickte. Wie konnte er es wagen? Wie konnte Ralph es wagen, sie anzurufen, wenn er doch wußte, welche Qualen sie morgens unter ihren Nerven zu erdulden hatte! Hatte sie es ihm nicht erklärt und beschrieben und ihm sogar – wenn natürlich auch nur andeutungsweise; geradezu konnte sie so etwas nicht sagen – zu verstehen gegeben, daß es die einzige, unverzeihliche Sünde sei?
Und ausgerechnet an diesem entsetzlich stürmischen Morgen! Glaubte er, es sei nur eine Schrulle von ihr, eine kleine

weibliche Torheit, die man belächeln und übergehen konnte? Hatte sie nicht erst gestern abend gesagt: »Du mußt mich aber auch ernst nehmen!« Und er hatte erwidert: »Mein Schätzchen, du wirst es nicht glauben wollen, aber ich kenne dich unendlich viel besser, als du dich selbst kennst! Vor jedem deiner feinen Gedanken und Gefühle verneige ich mich verehrungsvoll. Ja, lache nur! Ich liebe die Art, wie du die Mundwinkel hebst, und« – er hatte sich über den Tisch gebeugt – »es ist mir gleich, wenn die Leute sehen, daß ich alles an dir anbete! Von mir aus können wir auf einem Berggipfel stehen und von den Scheinwerfern der ganzen Welt angestrahlt werden!«

»Himmel!« Monica faßte sich an den Kopf. War es möglich, daß er so etwas gesagt hatte? Wie unglaublich waren die Männer! Und sie hatte ihn geliebt – wie hatte sie einen Mann lieben können, der so redete? Was hatte sie nur die ganze Zeit seit der Abendgesellschaft vor vielen Monaten getan, als er sie nach Hause begleitet und gefragt hatte, ob er wiederkommen dürfe, um ›das feine arabische Lächeln‹ wiederzusehen! Oh, was für ein Unsinn – was für ein kompletter Unsinn! Und doch erinnerte sie sich an die seltsame, tiefe Erregung, die sie damals gefühlt hatte und die mit nichts zu vergleichen war, was sie bis dahin gefühlt hatte.

»Kohle! Kohle! Kohle! Altes Eisen! Altes Eisen! Altes Eisen!« klang es von der Straße herauf. Es war alles aus. Er glaubte, sie zu verstehen? Nichts hatte er verstanden! Daß er sie an einem so stürmischen Morgen angerufen hatte, war ungeheuer bedeutsam. Ob er das verstehen würde? Sie hätte beinah lachen können. ›Du hast mich zu einer Zeit angerufen, wo ein Mensch, der mich versteht, einfach nicht dazu fähig gewesen wäre.‹ Es war das Ende. Und als Marie berichtete: »Monsieur läßt sagen, er wäre im Vestibül – für den Fall, daß Madame sich noch anders besinnt«, rief Monica nur: »Nein, nicht Verbenenkristalle, Marie. Nelken! Zwei Handvoll!«

Ein stürmischer, wilder Morgen! Ein rasender, aufgeregter Wind! Monica setzte sich vor den Spiegel. Sie war blaß. Das Mädchen kämmte ihr dunkles Haar, kämmte es ihr ganz aus dem Gesicht, und nun war ihr Gesicht wie eine Maske mit spitzen Lidern und dunkelroten Lippen. Als sie sich in dem bläulichen, schattigen Spiegel anblickte, spürte sie plötzlich eine seltsame, ganz ungeheure Erregung, die langsam, langsam von ihr Besitz ergriff, bis sie die Arme hochwerfen und lachen wollte, alles umherwerfen und Marie schockieren und schließlich rufen wollte: ›Ich bin frei! Ich bin frei! Ich bin so frei wie der Wind!‹ Denn jetzt gehörte sie ihr, die ganze vibrierende, zitternde, erregende, stürmische Welt! Sie war ihr Königreich. Nein, nein, sie gehörte niemandem – nur dem Leben!

»Das genügt, Marie!« stammelte sie. »Meinen Hut, meinen Mantel, meine Handtasche! Und dann ein Taxi, Marie!« Wohin wollte sie? Ach, irgendwohin. Sie konnte die stille, langweilige, lautlose Marie, die gespenstige, ruhige, frauliche Umgebung nicht mehr ertragen. Sie mußte hinaus! Sie mußte schnell fahren – irgendwohin – irgendwohin!

»Das Taxi ist da, Madame!« Als sie mit aller Kraft die große Außentür des Apartmenthauses aufstieß, erwischte sie der Wind und fegte sie über den Bürgersteig. Wohin? Sie stieg ein, und mit strahlendem Lächeln bat sie den mürrischen, kalt dreinblickenden Fahrer, sie zu ihrem Friseur zu bringen. Was hätte sie ohne ihren Friseur angefangen? Sobald Monica nicht wußte, wohin sie gehen oder was in aller Welt sie tun sollte, fuhr sie zu ihm. Vielleicht ließ sie sich nur das Haar ondulieren, und unterdessen hatte sie sich dann einen Plan zurechtgelegt. Der mürrische, kühle Fahrer schlug ein wildes Tempo an, und sie ließ sich mit Wonne von einer Seite auf die andre schleudern. Sie wünschte, er würde immer noch schneller fahren. Ach, erlöst zu sein von Princes um halb zwei – und nicht mehr das kleine Kätzchen im Daunenkorb zu sein, nicht mehr die Araberin oder das ernste, entzückte Kind oder die wilde kleine Hummel ...! »Nie mehr!« rief sie laut und ballte ihre kleine Faust. Doch das Taxi hielt, und der Fahrer stand da und hatte ihr die Tür geöffnet.

Das Friseurgeschäft war warm und glitzerte. Es roch nach Seife und versengtem Papier und Haarpomade. Hinter der

Kasse saß Madame, rund und pummelig, bleich und mit einem Kopf, der wie eine Puderquaste auf einem schwarzseidenen Nadelkissen herumzurollen schien. Monica hatte immer das Gefühl, daß man sie in diesem Geschäft liebte und verstand – ihr wahres Ich weit besser verstand, als viele ihrer Bekannten es verstanden. Hier war sie ihr wahres Ich, und sie und Madame hatten merkwürdigerweise oft miteinander geplaudert. Außerdem war George hier, der junge, dunkelhaarige, schlanke George, der sie immer bediente. Sie hatte ihn richtig gern.

Aber heute – wie seltsam! Madame grüßte sie kaum. Ihr Gesicht war bleicher denn je, doch unter ihren blauen Knopfaugen hatte sie hellrote Lidränder, und selbst ihre Ringe an den schwammigen Fingern blitzten nicht. Sie waren kalt und tot – wie Glassplitter. Als sie am Wandtelefon George verlangte, hatte ihre Stimme einen Beiklang, der noch nie dagewesen war. Aber Monica wollte es nicht wahrhaben. Nein, sie weigerte sich, es zu glauben. Sie bildete es sich nur ein. Gierig schnupperte sie die warme, duftende Luft ein und verschwand hinter dem Samtvorhang in ihrer kleinen Kabine.

Hut und Jacke waren abgelegt worden und baumelten am Haken, und George war noch immer nicht erschienen. Es war das erstemal, daß er ihr nicht den Sessel zurechtrückte, nicht den Hut entgegennahm und ihre Handtasche aufhängte, nachdem er sie zuerst an seiner Hand baumeln ließ wie etwas, das er noch nie gesehen hatte – etwas Feenhaftes! Und wie still es im Geschäft war! Kein Laut war zu hören, nicht einmal von Madame. Nur der Wind blies und erschütterte das alte Haus. Der Wind kreischte, und die Bilder der Damen aus der Pompadour-Zeit blickten auf Monica herab und lächelten listig und falsch. Monica wünschte, sie wäre nicht hergekommen. Oh, was für ein Fehler, hergekommen zu sein! Nicht wiedergutzumachen! Wo war George? Wenn er nicht im nächsten Augenblick auftauchte, würde sie gehen. Sie zog den weißen Kimono aus. Sie mochte sich nicht länger im Spiegel sehen. Als sie eine große Cremedose auf dem gläsernen Bort öffnete, zitterten ihre Finger. An ihrem

Herzen schien etwas zu zerren, als versuchte ihr Glücksgefühl, ihr berauschendes Glücksgefühl, sich zu befreien.
›Ich gehe! Ich bleibe nicht länger!‹ Sie holte ihren Hut herunter. Doch im gleichen Augenblick hörte sie Schritte, und als sie in den Spiegel blickte, sah sie George, der am Eingang zur Kabine stand und sich verbeugte. Wie seltsam er lächelte! Daran war natürlich der Spiegel schuld. Sie drehte sich rasch um. Seine Lippen waren zu einer Art Grinsen verzerrt, und – war er nicht unrasiert? – er war beinah grün im Gesicht.
»Bedaure sehr, daß ich Sie warten ließ«, murmelte er und glitt oder schlich auf sie zu.
Nein, nein, sie wollte nicht bleiben! »Es tut mir leid«, begann sie, aber er hatte schon den Gasarm angezündet und die Brennschere aufgelegt und hielt ihr den Kimono hin.
»Sehr stürmisch«, sagte er. Monica fügte sich. Sie roch seine frischen, jungen Finger, die ihr die Frisierjacke unter dem Kinn feststeckten. »Ja, es stürmt«, sagte sie und lehnte sich an. Es wurde sehr still. Mit seinen geschickten Fingern zog George die Haarnadeln aus ihrer Frisur. Ihr Haar löste sich, aber er behielt es nicht wie sonst in der Hand, als fühlte er, wie fein und weich und schwer es war. Er sagte nicht: ›Es ist in bestem Zustand!‹ Er ließ es fallen und nahm eine Bürste aus einem Schubfach, hustete diskret und räusperte sich, und dann sagte er dumpf: »Ja, ein sehr starker Wind, muß man schon sagen.«
Darauf hatte sie nichts zu erwidern. Die Bürste sank auf ihr Haar. Oh, wie trübe, wie trübe! Sie sank flink und leicht, sie sank wie Herbstlaub nieder. Und dann sank und zerrte sie heftig, wie das zerrende Gefühl an ihrem Herzen. »Genug! Genug!« rief sie und entwand sich ihm.
»Habe ich zu stark gebürstet?« fragte George, über die Brennschere gebückt. »Verzeihen Sie, bitte!« Es roch nach versengtem Papier – ein Geruch, den sie liebte –, und er ließ die Brennschere in seiner Hand herumkreiseln und starrte vor sich hin. »Ich würde mich nicht wundern, wenn wir Regen bekämen!« Er ergriff eine Strähne ihres Haares – doch da konnte sie es nicht länger ertragen und unterbrach ihn. Sie

sah ihn an; sie sah sich selbst, wie sie ihn anblickte und in ihrem weißen Kimono einer Nonne glich. »Was ist hier los? Ist etwas passiert?« Aber George zuckte nur leise die Achseln und verzog das Gesicht. »Nein, nein, Madame. Nichts von Bedeutung!« Und er nahm wieder die Haarsträhne in die Hand. Aber sie ließ sich nicht irreführen. Das mußte es sein: etwas Furchtbares war passiert! Die Stille – ja, die Stille schien wie Schnee niederzusinken. Sie schauerte zusammen. Es war kalt in der kleinen Kabine, alles war kalt und glitzerte. Die Nickelhähne und Duschen und Zerstäuber sahen irgendwie beinah bösartig aus. Der Wind ratterte am Fensterrahmen; Blech schlug irgendwo an, und der junge Mann fuhr fort, die Brennscheren zu wechseln und sich über ihr Haar zu beugen. Oh, wie beängstigend das Leben war, dachte Monica. Wie furchtbar. Die Einsamkeit ist's, die so entsetzlich ist. Wir wirbeln wie Herbstlaub dahin, und niemand weiß, niemand kümmert sich darum, wohin wir fallen und auf welchem schwarzen Gewässer wir davongetrieben werden. Ein zerrendes Gefühl schien ihr in die Kehle zu steigen. Es schmerzte, schmerzte sehr. Am liebsten hätte sie geweint. »Lassen Sie nur«, flüsterte sie. »Geben Sie mir die Haarnadeln, bitte!« Als er so fügsam und stumm neben ihr stand, hätte sie fast die Arme sinken lassen und geschluchzt. Sie konnte es nicht länger ertragen. Wie eine Holzpuppe glitt und schlich der fröhliche junge George umher, reichte ihr Hut und Schleier, nahm den Geldschein in Empfang und brachte ihr das restliche Geld. Sie stopfte es in ihre Handtasche. Wohin jetzt?
George nahm eine Kleiderbürste. »Auf Ihrem Mantel ist etwas Puder«, murmelte er. Und dann richtete er sich plötzlich auf, blickte Monica an, machte eine seltsame Bewegung mit der Bürste und sagte: »Offen gestanden, Madame – Sie sind ja eine alte Kundin –, mir ist heute morgen meine kleine Tochter gestorben. Es war unser erstes Kind.«
Und dann zerknitterte sein bleiches Gesicht wie Papier, und er wandte ihr den Rücken und begann die baumwollne Frisierjacke abzubürsten.
»Oh! Oh!« begann Monica zu weinen.

Sie stürzte aus dem Geschäft und ins Taxi. Der Fahrer sah wütend aus; er schwang sich von seinem Sitz und schlug die Tür zu.

»Wohin?«

»Zu Princes«, schluchzte sie. Und während der ganzen Fahrt sah sie nichts als ein winzige Wachspuppe mit einem Schopf goldener Haare, die mit gekreuzten Händchen und Füßchen sanftmütig dalag. Und dann, kurz bevor sie zu Princes kam, sah sie einen Blumenladen voll weißer Blumen. Oh, was für eine wunderbare Idee! Maiglöckchen und weiße Stiefmütterchen, gefüllte weiße Veilchen und weiße Samtschleifen... Von einer ungenannten Freundin ... Von einer teilnahmsvollen... Für ein kleines Mädchen... Sie klopfte an die Trennscheibe, aber der Fahrer hörte es nicht – und überhaupt waren sie schon bei Princes.

Die Rettung

Es war seine Schuld, einzig und allein seine Schuld, daß sie den Zug verpaßt hatten! Was hatte es zu sagen, daß die idiotischen Hotelangestellten die Rechnung nicht bereit hatten? Das kam doch einfach daher, weil er dem Kellner beim Mittagessen nicht eingeschärft hatte, sie müsse um zwei Uhr bereit sein! Jeder andre Mann wäre sitzen geblieben und hätte sich nicht vom Fleck gerührt, bis sie ihm vorgelegt wurde. Aber nein! Er mit seinem wundervollen Glauben an die menschliche Natur war nach oben gegangen und hatte von diesen Idioten erwartet, sie ihnen ins Zimmer zu bringen... Und dann, als *la voiture* vorgefahren war, während sie (Herr des Himmels!) noch immer auf das Wechselgeld warteten, warum hatte er sich da nicht um das Unterbringen des Gepäcks gekümmert, so daß sie wenigstens gleich nach Erhalt des Wechselgeldes hätten losfahren können? Hatte er etwa von *ihr* erwartet, daß sie hinausginge und sich in der Hitze unter die Markise stellte, um mit ihrem Sonnenschirm auf dies und das Gepäckstück zu zeigen? Ein sehr komisches Bild englischen Ehelebens! Selbst als dem Fahrer gesagt worden war, wie schnell er fahren müsse, hatte er es nicht beachtet, sondern nur gelächelt. Oh, stöhnte sie, wäre sie der Fahrer gewesen, hätte sie auch über die alberne, lächerliche Art gelächelt, mit der er zur Eile ermahnt wurde! Und sie lehnte sich zurück und ahmte seine Stimme nach: *»Allez vite, vite«* – als wollte er den Fahrer um Entschuldigung bitten, weil er ihn belästigte...

Und dann auf dem Bahnhof – unvergeßlich der Anblick des munteren kleinen Zuges, der sich aus dem Staube machte, und der widerlichen Kinder, die aus den Fenstern winkten! ›Oh, warum muß ich das alles ertragen? Warum bin ich alledem preisgegeben?‹ Der grelle Sonnenschein und die Fliegen, während er und der Bahnhofsvorsteher die Köpfe über dem Fahrplan zusammensteckten und den nächsten Zug herauszufinden versuchten, den sie natürlich auch nicht erreichen würden. Die Leute, die sich ansammelten, und die Frau, die das Baby mit dem scheußlichen, scheußlichen Kopf aufgenommen hatte ... »Ach, wenn man so sensibel ist wie ich, so einfühlsam, und wenn einem dann nichts erspart bleibt und man nicht einen Augenblick weiß, wie es ist, wenn ... wenn ...«

Ihre Stimme hatte sich verändert. Sie zitterte jetzt, sie weinte. Sie tastete in ihrer Handtasche herum und holte aus dem kleinen Silberschlund ein duftendes Taschentuch. Dann schlug sie den Schleier zurück, und als tue sie es mitleidsvoll für jemand anders und als sage sie es zu jemand anders, drückte sie das Taschentuch auf ihre eigenen Augen und sagte: »Ich verstehe, mein Liebes!«

Die kleine Handtasche mit ihrem geöffneten Silberschlund lag auf ihrem Schoß. Er konnte ihre Puderquaste und ihren Lippenstift sehen, ein Briefbündel und ein Fläschchen mit winzigen, samenähnlichen schwarzen Pillen, eine zerbrochene Zigarette, einen Spiegel und weiße Elfenbeintäfelchen mit Listen, die dick durchgestrichen waren. Er dachte: ›In Ägypten würde sie mit all dem Zeugs begraben!‹

Sie hatten die letzten Häuser hinter sich gelassen, kleine, vereinzelt dastehende Häuschen, zwischen den Beeten weggeworfene Scherben von Blumentöpfen und halbnackte Hühner, die vor dem Eingang herumscharrten. Es ging jetzt eine lange, steile Straße hinauf, die sich um den Hügel wand und in die nächste Bucht führte. Die Pferde strauchelten und legten sich ins Geschirr. Alle fünf Minuten, alle zwei Minuten ließ der Kutscher die Peitschen über ihr Kreuz spielen. Sein stämmiger Rücken war wie aus Holz geschnitzt; auf dem rötlichen Nacken hatte er Furunkel, und auf dem Kopf trug er einen neuen, glänzenden Strohhut ...

Ein leichter Wind wehte. Er war gerade stark genug, um die jungen Blätter an den Obstbäumen seidig schimmern zu lassen, das feine Gras zu streicheln und die rauchgrauen Olivenbäume zu versilbern – gerade stark genug, um vor dem Wagen eine kreiselnde Staubsäule aufzuwirbeln, die sich als feine Asche auf ihre Kleider senkte. Als sie ihre Puderquaste herausnahm, flog der Puder über beide ...

»Oh, der Staub!« kam es wie ein Hauch von ihr. »Dieser

ekelhafte, widerwärtige Staub!« Und sie zog den Schleier herunter und lehnte sich wie betäubt zurück.
»Warum spannst du nicht deinen Sonnenschirm auf?« schlug er vor. Der Schirm lag auf dem Vordersitz, und er beugte sich vor, um ihn ihr zu geben. Daraufhin richtete sie sich plötzlich kerzengerade auf und legte wieder los: »Bitte laß meinen Sonnenschirm liegen! Ich brauche meinen Sonnenschirm nicht! Und jeder, der nicht gänzlich abgestumpft ist, wüßte, daß ich viel zu entkräftet bin, um einen Sonnenschirm zu halten ... obendrein, wenn ein derartiger Wind an ihm zerrt? ... Lege ihn sofort hin!« rief sie zornig, und dann entriß sie ihm den Sonnenschirm, warf ihn hinter sich in das zurückgeklappte Verdeck und beruhigte sich – keuchend.
Noch eine Wegbiegung, und dann kam eine Schar kleiner Kinder quietschend und kichernd bergab : kleine Mädchen mit sonnengebleichtem Haar, kleine Jungen in ausgeblichenen Soldatenmützen. Sie hatten Blumen in ihren Händen – alle möglichen Arten – an den Köpfen abgerissene –, und, neben dem Wagen einherlaufend, boten sie sie jetzt an: Flieder, welke Fliederdolden, grünlichweißen Schneeball, eine Kallalilie und eine Hand voll Hyazinthen. Sie stießen mit ihren Schelmengesichtern und den Händen voll Blumen in den Wagen vor, und ein Kind warf ihr sogar ein Büschel Ringelblumen in den Schoß. Die armen kleinen Kerlchen! Noch ehe sie etwas sagen konnte, fuhr seine Hand in die Hosentasche.«
»Um Himmels willen! Gib ihnen ja nichts! Oh, das sieht dir ähnlich! Diese greulichen Rangen! Jetzt werden sie uns die ganze Zeit nachlaufen! Ermutige sie bloß nicht! Aber du würdest noch Bettler ermutigen!« Und sie schleuderte die Blumen aus dem Wagen und schloß: »Tu's wenigstens nicht, wenn ich dabei bin!«
Er sah, wie wunderlich erschrocken die Kinder auf einmal aussahen. Sie rannten nicht mehr, blieben zögernd zurück, und dann begannen sie ihnen etwas nachzurufen und riefen und riefen, bis der Wagen um noch eine Biegung fuhr.
»Oh, wieviel Biegungen kommen noch, bis wir oben sind? Nicht ein einziges Mal haben sich die Pferde in Trab gesetzt!

Es ist doch sicher nicht nötig, daß sie dauernd im Schritt gehen!«

»In einer Minute sind wir dort«, sagte er und zog sein Zigarettenetui heraus. Daraufhin drehte sie sich ganz zu ihm herum. Sie hielt die Hände vor der Brust verschränkt; ihre dunklen Augen blickten weit aufgerissen und beschwörend hinter dem Schleier hervor. Ihre Nasenflügel bebten, sie biß sich auf die Lippe, und ihr Kopf zitterte verkrampft. Doch als sie sprach, war ihre Stimme ganz matt und sehr, sehr ruhig.

»Ich möchte dich etwas bitten! Ich möchte dich um einen Gefallen bitten!« sagte sie. »Ich habe dich hundert- und tausendmal darum gebeten – aber du hast es vergessen. Es ist nur eine Kleinigkeit, aber wenn du wüßtest, was sie für mich bedeutet . . .« Sie preßte die Hände zusammen. »Doch du kannst es unmöglich wissen! Kein Mensch könnte es wissen und trotzdem so grausam sein.« Und dann sagte sie langsam und entschieden und sah ihn dabei mit ihren großen, düsteren Augen an: »Ich bitte und beschwöre dich zum letztenmal, rauche nicht, wenn wir zusammen ausfahren! Könntest du dir vorstellen, was für Qualen ich leide, wenn mir der Rauch ins Gesicht weht . . .«

»Gut, gut!« sagte er. »Dann rauche ich eben nicht. Ich hatte es vergessen!« Und er steckte das Etui wieder weg.

»O nein!« sagte sie, begann fast zu lachen und legte sich den Handrücken über die Augen. »Vergessen kannst du das nicht haben! Nicht das!«

Der Wind frischte auf und blies heftiger. Sie waren auf der Hügelkuppe angelangt. »Hai-jupp-jupp-jupp!« rief der Kutscher. Sie rollten die Straße bergab, die in ein kleines Tal fiel, unten an der Küste entlanglief und sich jenseits eine sanfte Anhöhe hinaufwand. Jetzt waren wieder Häuser da, mit blauen, wegen der Hitze zugezogenen Fensterläden und grelleuchtenden Gärten und Geranienpolstern, die über rosa Mäuerchen geworfen waren. Die Küstenlinie war dunkel; am Ufer kräuselte sich eine weiße, seidige Rüsche. Der Wagen schaukelte rumpelnd und holpernd zu Tal. »Hai-jupp!« rief der Kutscher. Sie klammerte sich seitlich an den Sitz und schloß die Augen, und er wußte genau, daß sie glaubte, es geschähe aus voller Absicht; all das Schaukeln und Rumpeln -- und irgendwie sei er dafür verantwortlich — ereigne sich ihr zum Trotz, weil sie gefragt hatte, ob man nicht etwas schneller fahren könne. Und gerade, als sie die Talsohle fast erreicht hatten, schwankte der Wagen so bedenklich, daß er beinah umgekippt wäre. Er sah, wie ihre Augen ihn anfunkelten, und hörte sie hervorzischen: »Dir macht es wohl Spaß?«

Sie fuhren weiter und waren im Talgrund. Plötzlich stand sie auf. *»Cocher! Cocher! Arrêtez-vous!«* Sie drehte sich um und schaute in das zurückgeklappte Verdeck. »Natürlich!« rief sie. »Ich wußte es ja! Ich habe gehört, wie er hinunterfiel, als der Wagen beinah umkippte, und du mußt es auch gehört haben!«

»Was? Wo?«

»Mein Sonnenschirm! Er ist weg! Der Sonnenschirm, der schon meiner Mutter gehört hatte. Der Sonnenschirm, der mir teurer als . . . teurer als . . .« Sie war ganz außer sich. Der Kutscher drehte sich um; sein breites, fröhliches Gesicht griente.

»Ich hab' auch was gehört«, sagte er offenherzig und vergnügt. »Aber ich hab' gedacht, wenn Madame und Monsieur nichts erwähnen . . .«

»Aha! Siehst du wohl? Dann mußt du es auch gehört haben! Das erklärt mir das erstaunliche Lächeln in deinem Gesicht . . .«

»Also hör mal«, sagte er, »er kann doch nicht weg sein! Wenn er rausgefallen ist, muß er noch da sein. Bleib sitzen! Ich hole ihn!«

Doch sie durchschaute es. Und wie sie es durchschaute! »Nein, danke!« Und unbekümmert um den Kutscher blickte sie ihn boshaft lächelnd an. »Ich gehe selbst zurück und suche ihn und hoffe, daß du mir nicht folgst! Denn« — da sie wußte, daß der Kutscher sie nicht verstand, sprach sie leise, ja sanft weiter — »wenn ich dir nicht eine Minute entkomme, werde ich verrückt!«

Sie stieg aus. »Meine Handtasche!« Er reichte sie ihr.

»Madame möchte gern selbst . . .«, sagte er.
Aber der Kutscher hatte sich schon vom Bock geschwungen, saß auf der Mauer und las die Zeitung. Die Pferde ließen die Köpfe hängen. Es war still. Der Mann im Wagen reckte sich und verschränkte die Arme. Er spürte, wie die Sonne auf seine Knie niederprallte. Der Kopf war ihm auf die Brust gesunken. »Hisch! Hisch!« zischelte das Meer. Der Wind seufzte durchs Tal und legte sich dann. Ausgehöhlt und vertrocknet und verdorrt – so war dem Mann jetzt zumute. Als sei er zu Asche geworden. Und das Meer zischelte »Hisch! Hisch!«
Dann aber erblickte er den Baum, wurde sich seiner Gegenwart hinter einem Gartentor voll bewußt. Es war ein mächtiger Baum mit einem dicken, runden, silbrigen Stamm und einer gewaltigen Krone kupferroter Blätter, die im Licht leuchteten und doch düster waren. Hinter dem Baum sah er etwas – etwas Weißes, Sanftes, Undurchsichtiges und halb Verborgenes – auf schlanken Säulen. Während er auf den Baum blickte, wurde sein Atem leiser und leiser, und er wurde eins mit der Stille. Der Baum schien zu wachsen, schien in der zitternden Hitze anzuschwellen, bis die großen, ausgezackten Blätter den Himmel verdeckten, und stand doch regungslos da. Dann drang aus seiner Tiefe – oder jenseits – der Klang einer Frauenstimme. Eine Frau sang. Die warme, sorglose Stimme schwebte in der Luft und war eins mit der Stille, wie er es auch war. Plötzlich, als die Stimme weich und träumerisch und sanft anschwoll, wußte er, daß sie aus dem Blätterversteck auf ihn zuschweben würde, und sein Frieden war dahin. Was war ihm widerfahren? In seiner Brust regte sich etwas – etwas Dunkles, Unerträgliches und Erschreckendes drängte hoch und schwebte und schwankte wie ein riesiger Seetang . . . und war warm, erstickend . . . Er rang, um es auszureißen, und in *dem* Augenblick – war alles vorbei. Tief, tief sank er in die Stille, blickte auf den Baum und wartete auf die Stimme, die angeschwebt kam und sich niedersenkte, bis er sich eingehüllt fühlte.

Im rüttelnden Seitengang des Zuges. Es war Nacht. Der Zug raste und brüllte durch das Dunkel. Mit beiden Händen hielt er sich an der Messingstange fest. Die Tür ihres Abteils war offen.

»Lassen Sie sich nicht stören, Monsieur! Er wird hereinkommen und sich setzen, wenn er Lust hat. Er mag es – er mag es – es ist eine Gewohnheit von ihm ... *Oui, Madame, je suis un peu souffrante ... Mes nerfs.* Doch mein Mann ist nie so glücklich, als wenn er reisen kann. Möglichst durch Dick und Dünn ... Mein Mann ... Mein Mann ...«

Die Stimmen plätscherten, plätscherten. Nie verstummten sie ... Doch so groß war die überirdische Seligkeit, die ihn erfüllte, als er dort stand, daß er wünschte, er könnte ewig leben.

Thomas Mann

Die Romane

Buddenbrooks
Verfall einer
Familie
Band 661

Königliche Hoheit
Band 2

Bekenntnisse
des Hochstaplers
Felix Krull
Der Memoiren
erster Teil
Band 639

Der Zauberberg
Band 800

Joseph und
seine Brüder
3 Bände: 1183, 1184, 1185

Lotte in Weimar
Band 300

Doktor Faustus
Das Leben des deutschen
Tonsetzers Adrian Leverkühn
erzählt von einem Freunde
Band 1230

Die Entstehung des
Doktor Faustus
Band 5779

Der Erwählte
Band 1532

Die Erzählungsbände

Der Tod in Venedig
und andere Erzählungen
Band 54

Herr und Hund
Ein Idyll
Band 85

Wälsungenblut
Mit den Illustrationen
von Th. Th. Heine
Band 5778

Tonio Kröger / Mario
und der Zauberer
Band 1381

Der Wille zum Glück
und andere Erzählungen
Band 9104

Schwere Stunde
und andere Erzählungen
Band 9105

Unordnung und frühes Leid
und andere Erzählungen
Band 9106

Die Betrogene
und andere Erzählungen
Band 9107

Fischer Taschenbuch Verlag

Erzähler–Bibliothek

Die »Erzähler-Bibliothek« versammelt große Erzähler in besonders lesefreundlichen Einzelausgaben und wendet sich damit vor allem an Leser, die auch im Taschenbuch auf eine optisch großzügige Präsentation von Literatur nicht verzichten möchten. Ihre Bände, die jeweils eine längere Erzählung, eine Novelle oder einen Kurzroman eines berühmten Autors der klassischen Moderne, der zeitgenössischen Literatur, gelegentlich auch früherer Epochen bringen, wollen Verführungen sein zum Lesen: durch spannende Inhalte, reizvolle Gestaltung, ein angenehmes und ästhetisches Schriftbild.

Daphne Du Maurier
Der Apfelbaum
Erzählung
Band 9307

Franz Kafka
Ein Bericht für eine Akademie / Forschungen eines Hundes
Erzählungen
Band 9303

Herman Melville
Bartleby
Erzählung
Band 9302

Vladimir Pozner
Die Verzauberten
Roman. Band 9301

Carl Zuckmayer
Der Seelenbräu
Erzählung. Band 9306

Stefan Zweig
Brennendes Geheimnis
Erzählung. Band 9311

Joseph Conrad
Die Rückkehr
Erzählung. Band 9309

Ludwig Harig
Der kleine Brixius
Eine Novelle. Band 9313

George Langelaan
Die Fliege
Eine phantastische Erzählung
Band 9314

Thomas Mann
Die vertauschten Köpfe
Eine indische Legende
Band 9305
erscheint im September 1988

Tibor Déry
Die portugiesische Königstochter
Zwei Erzählungen. Band 9310
erscheint im Oktober 1988

Fischer Taschenbuch Verlag

fi 669/1

E. M. Forster

Auf der Suche nach Indien

Roman. Aus dem Englischen von Wolfgang von Einsiedel. 393 Seiten, geb. und als Fischer Taschenbuch Band 5308

Der Originaltitel dieses wohl berühmtesten Indienromans des 20. Jahrhunderts zitiert Walt Whitmans anläßlich der Eröffnung des Suez-Kanal geschriebenes Gedicht »A Passage to India«, freilich in ironischer Brechung: der optimistischen Zukunftsperspektive Whitmans auf eine durch den technischen Fortschritt geeinten Menschheit setzt Forster den Zweifel entgegen; nahezu unüberbrückbar scheinen ihm die Gegensätze zwischen den Kulturen und Weltanschauungen von Ost und West – oder doch für den Augenblick.

»Wir sind hier nicht im Lande, um angenehme Umgangsformen zu pflegen«. Diese zynische Feststellung des jungen Richters Heaslop ist typisch für den britischen Kolonialbeamten in Indien. Auf seine Mutter, Mrs. Moore, die erst vor kurzem aus England zu Besuch eingetroffen ist, wirkt sie jedoch schockierend. Sie hat bei der Besichtigung der Moschee von Tschandrapur den symphathischen indischen Arzt Dr. Aziz kennengelernt, und dieses Zusammentreffen hatte ihre Überzeugung gestärkt, daß es echte Kontakte zwischen den Rassen geben könne, wenn man nur bereit wäre, sich mit Toleranz zu begegnen.

Aus dem Erlebnis einer längeren Indienreise 1912/13 und eines sechsmonatigen Indienaufenthalts 1921 als Privatsekretär des Radscha von Dewas schuf Forster seinen Roman von der Begegnung der abendländischen mit der indischen Kultur.

S. Fischer · Fischer Taschenbuch Verlag